个人史

陈峻峰 著

河南文艺出版社
·郑州·

图书在版编目（CIP）数据

个人史/陈峻峰著. —郑州:河南文艺出版社，2020.12（2022 .5重印）

（文鼎中原）

ISBN 978-7-5559-1085-5

Ⅰ.①个…　Ⅱ.①陈…　Ⅲ.①散文集–中国–当代　Ⅳ.①I267

中国版本图书馆 CIP 数据核字（2020）第 239977 号

策　　划　李　勇
责任编辑　张　阳
书籍设计　小　花
责任校对　陈　炜
丛书统筹　李勇军

出版发行　河南文艺出版社
本社地址　郑州市郑东新区祥盛街 27 号 C 座 5 楼
邮政编码　450018
承印单位　河南龙华印务有限公司
经销单位　新华书店
纸张规格　890 毫米×1240 毫米　1/32
印　　张　9.25
字　　数　182 000
版　　次　2020 年 12 月第 1 版
印　　次　2022 年 5 月第 2 次印刷
定　　价　50.00 元

编委会

目　　录

那些逝去的，那些尚存的

曾经如此，此后不再

时代，或时间中的

那些逝去的，那些尚存的

我城市里的三棵银杏

　　一棵树就是一条竖立着的河流。树干是主河道,枝枝杈杈是支流,树皮交错的纹路形如流水,从根部到梢头,就像从源头到下游。只是有的平静些,像水一样光滑;有的粗粝些,重现风雨波澜。年轮的波纹留下时间清晰的印痕,在树的内部,代表着树的内心,像大脑沟回,存储着年景、旱涝、温湿、声音、气味,以及风和人间的故事。

　　比喻不过是作文的手法,时有蹩脚,也会做作。其实我要说的树,是一棵银杏树,就在我的面前,粗壮高大,威武雄壮,没有人能把它看清。它是一个巨人,而不是一条河流。我每次这样站在它的面前,都会在比照中觉到自己的卑怯。

　　我生活的这座城市里,这样大的银杏树现存有三棵,传说树龄都在千年以上,不知真假。但对一棵树,自然也不需要我这样的人去刻意费力一番,进行专业的考证。这三棵银杏树,这个城市的一般居民都知道,其中稍远一棵,生在西郊贤山上的贤隐寺院内。说是在南朝齐明帝建武二年,北魏攻齐之司州义阳,即今我所居住的信阳,梁武帝萧衍屯兵贤山东侧,居高临下，里外合谋，打败了北魏军。公元 502 年，萧衍灭齐称帝后，为纪念此战大捷，在贤山山头建了行宫，史称"梁王垒"；同时，虔诚信佛的萧衍看此处山水形胜、风景绝佳，岭上松风吟啸，山脚浉河绕流，情有所系，心有感念，就在贤山南麓修建了寺院。这棵银杏树由当时寺僧栽种。果如此，这棵银杏树已是一千五百多岁了，而且推想当时栽种的肯定也不止这一棵。不免要问，如何就剩下一棵，剩下这一棵，其他的那些棵呢？湮于天灾、人患，还是毁于战乱、兵火？现在只有活着的这一棵知道了，刻录于年轮，记载在它的内心，常常一阵风吹过，万千形态异样美丽的银杏树叶子，眉飞色舞，窸窸窣窣，纷纷向我们回顾讲述，但我们无法听懂，那是树独有的言辞和造句。

我现在正面对的这一棵银杏树，我权且称它为第二棵吧，是与我相距最近的一棵。我原来居住的院子，大门朝北开，门外是一条东西走向的马路，叫解放路，这个命名不用说，有历史纪念意义；由此便还要说到一条路，叫四一路，我们这个城市是 1949 年 4 月 1 日解放的，这条路的命名，无疑是更加具体的历史纪念。面对第二棵古老的银杏树，我说的这些不过都是书本概念，银杏树才是事实见证。银杏树一定知道 1949 年 4 月 1 日小城解放的情景，也一定知道其后为之命名的是哪些人，以及他们的相貌、气度、热情和自信。

这棵银杏树在朝北开的大门的斜对面，相距十几米的样子，每天进出大门，一抬头，一侧脸，就能望见它。银杏树的后面，是我们这座城市最有名的学校之一——信阳高中，简称信高。这棵银杏树属于信高,在学校的东南一角。出了大门,从银杏树那里拐向北,有条小街,这条街叫文化街,文化街上还有一所中学——信阳九中,和信高门对门,仿佛莘莘学子在信阳九中毕业了,只一步之遥,就上到信阳高中了。当然,事实并非如此简单和轻松,看那棵大银杏树你就知道了,成长总需条件,也有代价,信阳高中门槛很高,应试教育水深火热,你必是在初中刻苦用功蜕了几身皮,才有可能脱颖而出,进到对面的高中。如果用银杏树来比喻,进到对面信阳高中的,应该说是好苗子,是好材料,是优秀的树。

十年树木,百年树人,用一棵银杏树做比喻还真是恰当,不过信阳高中的这棵银杏树在过去许多年里,并不挂果,人们怀疑是棵雄性银杏树。最后证明不是。因为银杏树是通过风的传播自然授粉的,而信阳高中的这棵银杏树独立在城市中央,它众多的不认识的雄性爱人都在郊区和远山,只能渴慕,而不能亲爱,只有相思,而无法结合,年年开花,年年在我们的等待中怅然飘落,一朵朵枯萎,一朵朵掉在地上,"啪嗒、啪嗒"的声音,像沉重凝结的泪滴,像抽泣。然而惯了,久了,岁月麻木了,我们就日常地把它和时节一起给忽略了,仿佛压根儿对它就没有结果的期望和期待。在我们的眼睛中,仅仅独立着自成的风景,在城市的一角,顶天立地。委实,银杏树又高大又漂亮,不能受孕生育并不影响它作为一棵银杏树的盛大和昂扬,春天那一树蓬勃的碧绿,秋天那满树炫目的金黄,冬天那插入高空寒流中虬曲苍劲的枝干,都显示了自然傲慢的力量。

最早的时候，这棵银杏树是结果子的，据说我的这座城市及郊野，那时生长有很多银杏树，1958年中国大炼钢铁，赶超英美，包括银杏树在内的大小树木都被"赶尽杀绝"了，和高涨的革命建设热情一起投入熊熊炉火。而冲动一去，魔鬼必来，钢铁没有炼出，民众连烧饭用的柴火都没有了，接着是"粮食关"，到处都是饥饿和愁苦的脸，我们这个地方死了许多人，饿殍载道，赤地千里，被称为"信阳事件"。信阳高中的这棵银杏树想必无数次惊诧自己有幸逃过一场疯狂劫难，也定然目睹了特定历史时期那场人为的惨绝。可能就是从此之后，这棵银杏树就不再结果了，不仅仅是它生命的自然属性使然，更有可能是历史的那一场荒诞和惊吓，让它既没有了繁衍的欲望，也失去了生育的能力。

当然，这些年这棵银杏树又开始结果了，让我和我的城市喜出望外，并不是那些小杏一样圆润、琥珀一样晶莹剔透的果实带给了城市实惠，而是这座城市及郊野有了新树的栽植和生长，这棵银杏树重新挂果，说明生态正在恢复，银杏树也在复苏中重获信心、爱情和幸福。而信阳高中就不用说了，不仅一直以来是信阳的重点高中，也已经是一所名校。硕果累累，这是对它最为通常又最为切近的比喻。

第三棵银杏树，在民权南路，三十年前我初到这座城市，这棵银杏树就死了，或者应该说它是在我还没来这座城市之前，就已经死了，就像河流断流，只剩下干枯的河床；树皮全部脱落了，只剩下光光的树干，在马路边竖立着，那些分支流，也就是那些曾经风采弥天的枝枝杈杈，不几日水分耗尽，转眼间风烛残年，一截截枯朽，一点点腐烂，枝枝杈杈都成了断头的河流。而死去这么久的一棵树，竟是没人想着把仅剩的光光的树干清除或者弄走。后来我才知道这棵树是这座城市的地理符号，是一个约定俗成的方位标志，这棵树生长的那个地方，信阳人叫"白果树"。无疑其中已经包含了这座城市历史积淀的地理人文意义。即使只剩下光光的树干，也不能动它，即使只剩下一架枯骨，也不能没有了它；它在，我们的去来过往、生老病死、爱恨情仇、欢苦悲欣才有由来，才有依托，才有注解，才有指认；没有了白果树，许多人就迷失了生存方位，城市的记忆抑或情感，就失去了心理的参照。

那个物体，不再是物体，而是象征；因此，这棵白果树，形而上也不再是一棵白果树了。

新城无限拓展，老城大肆改造，谁也阻止不了城市化进程的迅速推进。某一天，在我们不在意的当儿，第三棵银杏树突然就不见了。我们并没感到意外，因为从它枯死的那一天开始，心里就有预感，似乎也有预期，知道这棵枯死的银杏树早晚会被伐倒，会被弄走，会从眼前消逝不见。就像一个人，调动到了另一个城市。之后，可能会在偶尔的谈话中提到这个人，抑或提到这棵白果树时，从惋惜和感慨里，进入回顾和想象，让它一次次生动蓬勃起来，就像那些过往的青春岁月。只是没想到会这么快、这么突然，昨儿个还见着的，今儿个就没了。

现在，那个叫"白果树"的地方，有一家银行和小区还用"白果树"命名。不为纪念，总是慰藉。

本来这第三棵银杏树说到这儿，故事也就煞尾了。就一座古老的城市而言，慢慢流淌的时间与人世的繁复变迁，死亡和消逝的何止是一棵树，能在记忆中为之留下一枝一叶，已经是一种荣幸和不朽，就像这第三棵银杏树，许多年之后，它还会在地理命名和一些文字记述中闪耀光芒。不承想，这第三棵银杏树的故事有了接续的新篇——大约是在两三年前吧，来了一位文人官员，执法管理这座城市，听说了这棵"白果树"，就动了心肠，记挂住了，于是用文人的单纯和浪漫，竟从大别山里硬是弄来了一棵大白果树，移栽在了民权南路那个叫"白果树"的地方。我知道他的用心，是想通过这个具体的构想和行为，移植、复活和延续一座城市美好的自然与人文记忆。但他错了，这座城市记忆和怀念的是那一棵"白果树"，而不是同样科属的这一棵白果树，也就是说，一棵树可以移栽，但对一棵树说不清的情感不能替代。那一棵"白果树"曾经是这个城市的一部分，是这个城市悠远岁月与民众生活息息相关的部分，很多上了年纪的人就在那棵树下长大。而移栽来的这一棵，暂且只能是来此客居的亲戚，而非原来的主人。不过将来，大家肯定会熟悉起来，今天的孩童也会在这棵白果树下玩耍，在这棵白果树下长大，并品尝它年年结下的白果。试想，一百年之后呢，一千年之后呢？千年之后，大树就有了神性,这棵白果树和那时的人世间,该是什么样的光景呢……

银杏是孑遗植物,是现存种子植物中最古老的孑遗植物,被称为"活化石"。树姿雄伟壮丽,叶子奇异秀美,生命力旺盛,更是长寿。银杏树又称白果树、公孙树、鸭脚,且借李时珍著述中的一段话作解:"原生江南,叶似鸭掌,因名鸭脚。宋初始入贡,改呼银杏,因其形似小杏而核色也。今名白果。"李时珍没有解释的"公孙树"一名,则是民间一个有趣的夸张和形容:银杏生长缓慢,爷爷栽种,到了孙子那一辈才能收获果实。

这么说,像我这个年岁,似乎就来不及了,但来不及也要栽种,即使孙子辈不能享用银杏果,孙子的孙子也能享用,延伸一下话题,不仅是树,人类很多优秀品德中的一种,就是"前人栽树,后人乘凉",就像我们城市的这三棵银杏树,上千年了,有两棵还活着,而栽树的人早已不在,也没留下名字。他在时间河流的那头,我们在这头;他是树干,我们是叶子。他把树栽好以后,培土浇水,擦了一把脸上的汗,把土布夹袄或者汗褂儿斜披在肩头,扛着那把铁锹,转身消逝在时间里了。我们看到次年春天里又一个来栽树的,已经是另外一个人。这大约就叫传承,或者是美德,如此从种粒到萌芽,从幼苗到大树,从花朵到果实,从根部到梢顶,河流一样流淌。

于是,我的城市就有了这三棵银杏树。

至于这些年新栽植的,那可多了,我们暂且不去说它。

大地母亲，我们没有别的比喻

近些年来，我不仅是害怕，而完全是恐惧了媒体带着它不衰的新闻亢奋，报道又一大型、超大型地下矿藏被"探明"和"发现"。就像近年报道的黑龙江东宁超大型金矿的发现，内蒙古二连盆地中东部地区大型铀矿床的发现，准噶尔盆地第一个千亿方大气田的发现，以及最近辽宁本溪亚洲最大铁矿的发现，等等。

因为我知道，这许多惊世振奋的发现之后，接着便是大型、超大型钢铁机械隆隆开进；那些张牙舞爪疯狂吼叫着的怪物，原本就是按照欲望原理的组件设计铸造的，并有欲望操纵，实现人类对大地最为贪婪无度的挖掘、摧毁、攫取和占有。

一直以来，我们称呼大地为我们的母亲。是的，大地母亲，我们没有别的比喻。从形貌到感情，大地都展示了一位母亲博大鲜活的生命体啊，我们，以及存在和曾经存在的物种、种群，都是它的孩子。众多的孩子，没有边际的孩子，无穷尽的孩子，丰富多彩的孩子，全部为它所萌发、孕育、生养、赋予；威猛或者娇小，凶残或者善良，强悍或者软弱，美丽或者丑陋,高贵或者粗俗,智慧或者笨拙,都拥在它的怀里、臂弯和腋下,攀附它的脊背、肩膀或头顶。母爱即为大地的引力,以及站立、生存、支撑和思想,让我们从最初和最后,都对大地形成依附之势。飞翔,以及太空行走,以及诸多狂想和梦想,大地都最终是永远的支点、着点和落点。

大地母亲,我们没有别的比喻。因此无可置疑,它时时处处,点点滴滴,都能确切感受到一切的崇敬和敌意,爱抚和创伤,沉醉和疼痛,欢乐和绝望;它用云彩、雨水、风暴、雷电,表达忧愁和伤感,喜悦和激动,安详和慈悲,激愤和狂怒;它会平静得像时间和化石一样缓慢和古老,也会山呼海啸翻天覆地情绪倏然失控,电光石火的瞬间启示肉体虚妄岁月如歌沧海桑田。

大地母亲,我们没有别的比喻。于是,所有大地之上的景象,大地之中的物质,大地之下的矿藏,不是不要伦理与精神的升华和阐述,而我们似乎更需要最为通俗凡常的比喻。大地母亲,我们没有别的比喻。譬如植被,就是母亲的皮肤和毛发、姿色和妖娆;譬如湖泊,就是母亲的眸子,河流是乳汁;譬如金属就是母亲的骨质,泥土是肉,化学是灵,岩石和地层的时间累积是 DNA,是从蓝绿藻类、三叶虫或者裸蕨类开始的生命谱系;譬如石油就是母亲鲜活流淌的浓稠的血液,天然气就是母亲的气息和呼吸。

大地母亲,我们没有别的比喻。而我们已经无视这个比喻的真切、生动、通俗和凡常,一次次血腥地打开大地的母腹和胸膛，探查其深藏的肌体秘密，肢解和掏空其脏器，抢掠它的宝贝和一切伟大的涵养与储存；野心膨胀着野心，罪恶放纵着罪恶，在被肢解和瓜分的母亲七零八落的尸体之上，我们，佩戴着珠玉、钻石和黄金，炫耀着权力、荣耀和财富，口腔里吐纳着污浊，目光淫荡而邪恶，惊心动魄，燃烧的欲望里飘荡着母亲残骸和腐尸的味道。

大地母亲，我们没有别的比喻。茫茫无边际的宇宙间，地球是那么小，那么圆润，那么袖珍；当它呈现在我们眼前的时候，便是无尽天际和大地的铺展。大地母亲，我们没有别的比喻。上帝特别恩赐了它宽厚和丰美、富丽和肥沃，它不仅储备并供给足以养活人类的食品、器物和财货，还怕自己的孩子们孤独，而赐予多姿的花树、鸟兽和色彩，美妙的声音、气味和感受。当然，造物主也前瞻性地安排了许多矛盾和规则、警示和戒律，组成有序的生存伦理和生命链条，也安排了丑陋、暴力、色情、顽劣作为参照物，让孩子们能在其照看下自觉认识自己，知道美和善、道与法、尊严和高贵、坚持和守护，知道天命、理智、神圣、敬畏、热爱、怜悯、悲伤、喟叹、抒发、表达、吟诵和书写。

大地母亲，我们没有别的比喻。这个比喻让我很惭愧，以至常常无地自容。譬如我也堪称是你的孩子，却在大型、超大型钢铁机械一次次隆隆的开进中，表现为一个生命羸弱的个体，仿如你的另一些孩子，譬如蜉蝣和蚊虫。我除了无关痛痒的矫情吟诵和焦虑书写，我知道，我完全没有办法阻止那些大型、超大型机械疯狂地四处开进和作业，肆无忌惮，无法无天，我甚至已不能就人类环境的未来话题表达沉重的预言和忧虑。更多时候，我能做的就是私下向你说出我对你的怜悯和同情，向你说出我对那些和我一样羸弱的生灵的怜悯和同情。仅仅一点，怜悯和同情。然后等待着大型、超大型机械过来对我吼叫、驱赶或者碾碎。

我那时的样子，一下就会让人联想到成语"螳臂当车"，或者别的。就像没有人不知道"地力之生物有大数，人力之成物有大限"的道理一样，显而易见，没人不知道"人法地，地法天，天法道，道法自然"，但谁个能够无为、不争、不贪、知足、慈俭、节欲、去甚、去奢、去泰，而共有人与自然的永久和谐和大顺呢？

大地母亲，我们没有别的比喻。因此我知道，我是很可怜的，也是很可笑的。

可怜而且可笑，我只能自作多情地无数次回到我豫南的乡下，仿佛虚拟，一次次走过我的大地。在那里，也许会在一种怀念和期望间，让这个比喻相对真切、生动、通俗和凡常起来。真的，在那里，我会欣悦地瞭望大地之上，以及这个月份里正在生长分蘖的稻秧，无边际的绿色铺展到视觉的尽头，蓬蓬勃勃，物华天宝。望着，就能让人感到慰藉和安心，同时骗取自己忘掉那些隆隆的机械，大型、超大型机械。

在我匆匆的行走和阅览，以及心事重重之中，我其实看不见那青色中总是令我惆怅的大地生灵，但我能想象出经验和情景中的动物世界里,跃动的蚱蜢、金龟子、青蛙、鹧鸪、秧鸡、蝴蝶和野蜂,以及密集的蜉蝣和蚊虫。它们在跳舞、唱歌、捕风捉影,追逐和嬉戏、快乐地成长。大地母亲,我们没有别的比喻。就是这样。那么我们能否希望——仅仅是希望那些大型、超大型机械在这个时候,不要进去,就是我,及其操着的最温润的言辞,也不要走进去。我们贪婪的嘴脸和不怀好意的样子,以及化纤西服、野牛皮带、刺鼻的化妆品、大腹便便、赘肉、假面、佯笑、不雅的语句,以及克隆、试管、高血压、抗生素、哮喘、癌、甲型 H1N1 流感,一准儿会把它们吓坏的,以至手足无措,乱作一团,魂飞魄散。

真的,大地母亲,我们没有别的比喻。其实人类对大地已经有足够的实践、教训和认识,我们完全知道,一如最浅显的常识,上帝在最初的构思和分配时,就已经十分详尽,把大地和天空规划出很多部分,作为国度、领土和产权,隶属稻秧、青草,隶属每一个小小的生灵。

事实上,规划很多,而它们需要很少,尤其伴随着大型、超大型的机械——侵略者和强盗般地开进,它们会很有风度,很有气度,一次次表现出巨大的牺牲精神,忍耐或者无奈着给人让出空间,承载巨大城市和疯狂人群的狼奔豕突。冰山在遥远极地一块块崩塌和消融,就像母亲无尽地流淌着泪水;河流干涸,土地沙化,森林萎缩,物种一天天在变异、灭绝和消亡,母亲的皮肤裸露大块大块的黄色的病变癞癣,触目惊心;剩下的我们,包括我豫南乡下的青草和稻秧、弱小的野生灵,在几近渺茫的期望中苟延残喘;而依然坚持维持自我小小卑微的生存和繁衍,是它们肩负的使命;就是这自我小小卑微的生存和繁衍,成了大地母亲生命言说和展示的方式,以此向人类诠释彼此间生命的平等和尊严,相互间生死的依偎和关照。它们固然知道,这依然会被早已妄尊自大凌驾自然之上的人类忽略,但它们坚持着上帝赋予的神圣使命,坚持着它们弱小不堪的方式,就像一棵最为卑微的野蒿突然被人无辜折断,它定会将痛苦散发成内心青苦的气息,夺拉下原本鲜嫩的叶子,向人类表示鄙夷,向自己致以哀悼;直到完全枯萎,也保持着生命夭折的样子。

短暂的驻足和面对,我为之热泪盈眶。

是的,大地母亲,我们没有别的比喻。自然给予了我们如此多的简单告知或朴素启示,而我们已经没有了深入大地的反思和自省。人类不能也不愿从自然界获得点滴的感动和感想。所谓道德和救赎、良心和良知,不知何时只归类在我哀怨文字简陋的愿望里,我不能让它形成伦理的召唤和行动的实施。

很多时候,我不如一只蜉蝣和蚊虫,不如一棵最为卑微的死亡的野蒿。

那些大型、超大型机械在欲望操纵下,隆隆滚过,在现实的推进中,我们终于发现它当初的设计制造原本没有安装离合和制动,就像人类正在实现和准备实现的宏大计划、阴谋和野心,以及贪婪、残忍和粗暴,我们只有看着它隆隆地碾过大地母亲的躯体,碾过那些稻秧、青蒿、蚱蜢、金龟子、青蛙、鹧鸪、秧鸡、蝴蝶和野蜂,以及蜉蝣和蚊虫。自然的法则还在,而上帝死了,人类先失去监督,再失去方向;天堂如果不在,地狱意义何存;不知罪,何以罚。因此那些强大抑或弱小的生灵,终究不要期望人类会与它谈判,更不会相互开出条件,达成协议,签署合同,实现双赢。人类一而再再而三地那般独裁和武断,粗暴收走了上帝最初颁发给它们的产权和生存权,让它们甚至不能过着下贱的殖民地的生活,我所担心和忧伤的是,不知道那些幸存的自然生灵的难民,最终会逃难沦落在何方。

在一次次毁灭和惊扰面前,它们最多会叮咬你一口或蜇你一下。那是它们全部的报复。它们显然没有能力制造航母和原子弹,反击自己的敌人。

幽默抑或悲哀的是,有能力并制造了航母和原子弹的那个群类,真正的目标,不是对付它们,而是射杀自己。另外的幽默抑或悲哀的是,我们切开了大地母腹,不仅把母亲的血脉骨肉用作了制造航母和原子弹的材料,还依赖其营养,获得了杀戮和罪恶的智慧。而这都不足以毁灭世界,构成终结和末日的意味和事实。但可以猜测以致想见,人类,最后将孤独而死,抑郁而终。

大地母亲,真的,我们没有别的比喻。

我是一只逃跑的画眉鸟

我是一只画眉，是一只逃跑了的画眉鸟。

逃跑之前，我就幸福生活在那个叫 5 号楼 1 单元 3 楼 6 号的家里，那家的男主人，当然也是我的主人，是个作家，在这个甚嚣尘上的时代，人们都为利益驱动，为财富拼争，为欲望疯狂，狼奔豕突，他还能够有心有肺地在那儿安静地读书和写作，真让人钦佩，也让鸟钦佩。这会儿，我就来说我的人生经历，他来给我记录。

说起我来，按人的通俗说法：你算个鸟么！是的，我算个鸟。平淡，弱小，无奇。很小的时候家庭遭遇不测，被人阴谋捕掠，成为孤儿，然后被拐卖和收养，过着监禁的生活，好在大难不死，总算挨过来了。因为很多和我一样的弱小者，或惊吓、抑郁，或生病、伤残，都悲惨地死了。那里可能还有我的兄弟，我的姐妹，我的父母亲。只是那个噩梦一样的夜晚天太黑，我只知道我被人野蛮掠走，当时以及之后还发生了什么，我都不知道了。我那时可能还是"窝雏"，或者"软毛""齐毛"什么的——这都是人给我们小孩子的命名——睡在母亲的臂弯,暖在它的翅下。那天夜里,一点儿响动都没有,厄运突如其来,惊心动魄,我吓坏了,瑟瑟发抖。这个时候,我被一只从黑暗里伸过来的"魔掌"粗暴地抓住了,我听到了母亲急促的惊叫和凄厉的哀鸣。

那天晚上,天好黑啊,我不知道母亲是一起被人捕获,还是拼命挣扎逃脱了去,那是一场蓄谋已久的罪恶和布局。那帮歹徒,是人类的败类。他们不仅破坏了自然的和谐,也给无数家庭带来巨大的灾祸和不幸。我想念我的母亲。我知道,即使母亲在那天晚上逃脱了,但它失去了孩子,伤子之痛会让它生不如死。

母亲给我疼爱,也给我优秀的遗传,劫难之后无论我过着怎样颠沛流离、惊魂不定的生活,还是一天天长大了,一身棕褐色毛羽油光发亮;一条黑褐色的纵纹装饰,从头顶优美地延伸至脊背;我还富有审美创意地特别选择了白色作为眼影,描画我的眉,与我棕褐色毛羽和黑褐色纵纹形成色彩和线条的对比、呼应,使我看上去不仅精致、精巧、精神,而且那个画眉如一弯新月地白,那般俊俏,且有一点儿显摆和调皮。这还不算,你知道,我的家族都有一副好嗓子啊,天生善鸣,声音洪亮,歌声悠扬,流利婉转。我不知道我什么时候学会了说话,什么时候学会了唱歌,只记得我第一次发声,就非常动听,连我自己都为那声音的干净、清悦和美妙惊呆了。那不是发声,而是乐曲。

说到这儿,我有些自鸣得意了。静下来一想,我那时已经被人收买，深陷囹圄，是一只"笼鸟"，但本性上我终是一只野生的精灵；我或许会被驯养、被驯服，但我无时无刻不向往天地间的自由飞翔。因此我这会儿怎么能这样沾沾自喜、夸夸其谈，向人炫耀我的毛色、我的眉眼、我的嗓音、我的歌声？正是由于我的这个家族具备并传承了这些优点，那些人才用极尽恶劣的阴谋和手段，捕捉我们，劫掠我们，让我们这个族类无数家庭毁于一旦，以至流离失所、妻离子散。自私的人类就是这样以无数悲剧为代价，满足其无所事事的业余逍遥和快乐。包括眼前这个被称为"作家"的家伙，内心讲，他有辱这个神圣的称号。

不错，他对我很好，让我衣食无忧，过着体面的生活，对我的歌声充满赞美，但他改变不了我的"命运"啊，他不会让我逃离囚笼，更不会把我放飞蓝天。美其名曰我是他的家庭成员，被视为"宠物"，地位崇高，生活幸福，但眼前的事实是我被他禁闭，而不是他被我囚禁。如此简单，就戳穿了人的谎言和伪善。试想把他装在笼子里，我来喂养他，让其不上班、不忙碌、不奔波、不操劳，相信他会一脸错愕，决然不肯，不几天就会抗议、申诉，以至绝食，动用一切关系，不惜钱财，拼了老命，也要出去；若发现原是我之所为，必是暴跳如雷，对我嗤之以鼻，大声斥责：你个鸟！

——看看，怎么样，不错吧，这就是人。他们不仅把这个世界的生物与自己分成三六九等，他们也把自己分成三六九等。

倒是这世界还真有被装在笼子里的人,他们多半是坏人、恶人、罪人,而听作家说,也有好人。他以他的阶级身份和价值观念说他们是好人,是光明的追随者,真理卫护者,薪火传承者,代表进步、善良和正义。譬如曾听他说过一个叫普罗米修斯的,为人类盗取天火而触怒宙斯,被锁在高加索山上,让鹰啄食他的肝,为光明受难;有个叫苏格拉底的,为维护自己伟大的学说和信仰,于雅典监狱从容饮下毒堇汁而死,成为后世景仰的先知先哲;有个叫索尔尼仁琴的,诺贝尔文学奖获得者,一生抗击威权黑暗,追求公平正义,因而多次被囚禁、流放,直至被驱逐、流亡,被称为俄罗斯的良心。在中国,有个叫谭嗣同的,为维新变法被囚被杀,后人称他为君子;一个叫李大钊的,被捕后受尽酷刑,凛然就义,被称作共产主义先驱;还有一位伟大的女性,叫江姐,被关押在重庆歌乐山渣滓洞监狱,备受折磨,英勇不屈,在她为之奋斗的理想即将实现的那个血色黎明惨遭杀害,是万人景仰的革命烈士。和江姐一起关押的还有一个孩子,叫小萝卜头,被杀时才9岁。曾记得作家朗诵过一位将军在监狱里写下的一首荡气回肠的《囚歌》:

为人进出的门紧锁着,
为狗爬出的洞敞开着,
一个声音高叫着:
爬出来吧,给你自由!

我渴望自由，
但我深深地知道——
人的身躯怎能从狗洞子里爬出！

我希望有一天，
地下的烈火，
将我连这活棺材一齐烧掉，
我应该在烈火与热血中得到永生！

除此，还听作家说过一位外国诗人，叫裴多菲，很多人都会背诵他的那首《自由与爱情》：

生命诚可贵，
爱情价更高。
若为自由故，
二者皆可抛。

两首诗，前者表达的是自由的性质和取舍，后者表达的是自由的价值和向往。这些人都让我感动，我显然没有遭受像他们那样的牢狱之灾乃至壮烈牺牲的惨痛，我的灵魂也没有他们那般崇高和圣洁。但我作为被囚禁的生命，却有着和他们同样的对自由的巨大渴望。是的，自由与渴望，河流与高山，蓝天和原野，海洋和森林，包括所有飞禽与走兽最原始的腾跃、奔跑、飞翔、遨游、凶悍、威猛、矫健、优美、广阔、辽远、承受、呐喊,大多人对我们不懂,起码我家的主人不懂,虽然他是一个作家,多情浪漫,也深怀对自然生灵的爱戴和对生态遭毁的忧思,乃至诉诸文字,发出知识分子所能有的人文与良知的呼唤。但他对我的忽视和忽略,依然不能容忍、不能原谅。你看这个呆头呆脑的家伙,在养活了我一段时间之后,愚蠢地以为与我亲热了、亲近了、亲切了、熟悉了,居然几次把笼子公然打开,放我出来,在阳台上让我飞来飞去。我知道,这是有限的自由,就像囚徒放风,因为我看见阳台的窗户都紧闭着,戒备森严,而一旦他发现我有逃跑的企图,会立马把我捉住关起来。

他的警惕我能看出来,他的那点儿小聪明、小企图我也能看出来,这个浪漫的家伙放我出来,是想试探我,也是试验我,看是否听话,是否驯服,然后能够做到如他浪漫的想象和虚拟:让我干啥我就干啥。譬如叫我飞到他的手上,让他托着,唱着欢快的歌儿,四处招摇;譬如叫我守在他的电脑桌旁,看他写作,在某些细节的处理上听听我的意见,并与他逗乐打趣;进一步,譬如指使我给他沏茶、倒水,上街给他买早点,帮他整理书房和手稿,一起探讨创世、命名、口语、母语、汉字、艺术虚构,意识流、后现代、黑色幽默、魔幻现实主义,马尔克斯、博尔赫斯、卡夫卡、佩索阿、普鲁斯特、赫拉巴尔,文本、记忆、叙事、非虚构、诗歌和民间艺术,或者网络、自媒体、物价、房产、城市化、纳税人、权利和义务、民主、自由、博爱、价值观、公平与正义……他这样，是想营造一个和美的鸟与人的家，在同一个蓝天和屋檐下的一个梦想、一个幻想、一个童话。

我本善良，也很温驯，特别理解作家这绝无任何恶意的诗意假设，甚或在我具有那些能力后一定帮他做这一切，但他不知道，埋在我身体里的根性和野性像一粒种子，发芽膨胀，不断疯长；像灰烬里的火，地下的岩浆，内心热烫，炽烈燃烧，令我疼痛难忍，焦灼难耐。我身在牢笼，心在云天，思念故乡，想念家人。我每天看着我的主人从大门自由进出，不断还空出时间和心情，乘高铁一日千里，坐飞机飞到天上，尽兴游览名山大川，享受自然美景，阅尽人间春色。只有我在家里守着，他从不带我，我也没有钱，也不认识路，也没有身份证。由此我知道，我要努力，自由需要创造，生命需要奋勇，我不能这样饱食终日，自鸣得意，做幸福的傀儡，坐以待毙。

正如人类的格言所说，机会留给有准备的人。那天，作家似乎是辛苦写完了一个小说的章节，看那样子，可能写得很满意，兴致勃勃，哼着邓丽君的靡靡之音，就来逗我，随手把笼子给打开了。那一时，你都不知道我的内心有多么紧张，怦怦乱跳，惊心动魄——我看见了阳台的窗户没关！这是一个机会，千载难逢，我命运多舛的一生可能只有这么一个机会，因此在作家打开笼门，放我从里面出来时，我还迟疑了一会儿，平静一下心情，然后到了门口，激情振翅，刹那间，从那扇打开的窗口飞了出去，像射向高空的一支利箭，带着尖锐的响声！

我可以想象，作家在那一瞬的猝不及防中，如何大睁着两眼的惊恐！可以想象，那之后，他在无尽的悔恨中，如何烦闷和郁结，不知所以，一蹶不振，甚至连他喜爱的写作也从此放弃。这我可不管，而且也没有任何理由，让我给他表达愧疚和歉意。

逃出来天高地阔，视野舒展，发现作家居住的这个地方真是好，朝南不远的地方就是偌大的公园，树木丰茂，青草如茵，繁花似锦，尤其是那里有一大片竹林，浓密深碧，潮湿氤氲；竹林以西紧挨一条蜿蜒的河流，河对岸就是江淮间典型的青色丘陵和秀美山峦了。我从作家家里逃跑出来之后，根本没有踌躇，就决定在这片竹林安居生活。欣喜不已的是，这里竟有好多和我一样经历的逃匿者、落难者、无家可归者、弃儿，不仅有我的同族画眉，还有黄雀、金丝雀、蜡嘴雀、百灵、黄鹂、红子、胡伯劳、蓝靛颏、灰纹鸟，最多的就是巧舌如簧的八哥了。这片竹林成了流亡者的收容所、避难地，也成了我们新生活的家园和乐园。我们在这里恢复体力，复苏本能，学习恋爱，包括发情和调情，也学习竞争和勇猛，为爱情生死决斗，征服所有对手，赢得美人芳心；建立家庭，结婚生子，举案齐眉，白头偕老。因此很多不是我们这样的逃亡者，如山喜鹊、黑卷尾、啄木鸟、鹭鸶、斑鸠，甚至还有羽毛艳丽的白冠长尾雉，也跑来在这里求偶安家，结交朋友，听我们讲过去的遭遇和传奇，畅想幸福和美好的未来。伤心处，有人就掉泪，竹林里一片寂静；快乐时，大家一起歌唱，竹林里响起一片欢腾的交响。

也有我一个人安静的时候，就想起作家对我的收养和抚育,待我本意的善良和友好,及其对我每日的悉心照料,不仅精食喂养,体察入微,还要为我打扫房间,清理粪便,有时还怕我孤寂清冷、情绪烦闷,总是在写作间歇抽了空儿来和我聊聊天,贫贫嘴,逗逗乐子,虽然我们永远都是两类人,但我们毕竟在一起度过了一段美好的日子,这可能就是人们所说的缘分了,而且时间久了,我们相互间就有了体认、融合和谅解,有了千丝万缕的情感维系和挂牵,我知道在我逃跑后,他一定会想念我;进而发现,我也很想念他。

春晖寸心,知恩图报,于是我经常会在早晨从那片竹林飞到他的窗户下,为他唱歌。那天,他听见了我的歌声,突然就打开阳台的窗户,把头探出来四处张望,我看见他了,看见他了,激动不已,飞起身来,从他房后的桂花树上,欢悦地鸣叫着,从这个枝头跳到那个枝头,好让他能看见,认出我来……

民谚,那一缕怅然的怀念和作别

　　在中国古老农业的泥土上,摇摇曳曳开着民间谚语的小花,清芬雅致,细碎灿然。这些根植在广大乡村的俚俗谚语,是老百姓在漫长与勤苦岁月的日月轮回中,对劳动生产、社会生活、自然万象的实践、体察、感受和经验总结,反应自然规律,预告时节气象,传授生活知识,启示生存经验,反映处世哲学,通俗易懂,浅显易记,朗朗上口,因此常常以俗语、格言、哲理、警句、打油诗、顺口溜的形式,体现并传承着民间的智慧、学问、道理和预言,多半都很实用,也很灵验,甚至屡试不爽。如果你坚决不信,就要吃亏。譬如,"水缸出汗蛤蟆叫,不久将有大雨到"。又说,"饱带干粮晴带伞"。恰恰那天水缸出汗了,蛤蟆也在叫,看着是大晴天,你就是不信邪,不带雨具就出门,一准儿不到地点就会淋了个落汤鸡一样。于是自顾自地想着,嘿,这老一辈传下来的民谚果真不是说着玩儿的,果真这般灵验,才知"不听老人言,吃亏在眼前"。

　　有时我也想不通。譬如就在前几天,准确说就是农历正月二十那天,天气晴朗,有人就说了:"正月二十晴,树上挂琉

　　　　　　　　　　　　　　　　个人史

瓶。"问啥意思，说正月二十这天如果天晴，就要有倒春寒。所谓树上挂琉瓶，就是冰挂，像琉璃瓶子一样。还真是准，今年整个冬天都是暖冬，好几个月没有雨不下雪，正月二十之后，竟是接二连三，雨雪纷至，天气乍冷，及至昨天——已经是正月底了，在我们豫南，往年这个时候都是小阳春了，树木泛青，蒸蒸日上，谁知上午雨雪交加，下午就结了满树满树的冰挂，晶莹发亮，像小琉璃瓶子。人们把脱了的棉袄又穿上，缩着脖子想，这民间谚语真是邪乎，好灵验，啥根据呢？

　　这样的民谚，在我们当地很多，其中有一则说："八月十五阴，误了来年灯。"所谓"来年灯"，是指次年的正月十五，这一天是民间的元宵节，家家要吃元宵、挂灯笼。民谚的意思是说，头一年的农历八月十五，也就是中秋节那天要是阴雨天，来年正月十五元宵节这一天，保管也是阴天。实践证明，这条民谚总是准的，好像无一例外。按说，今年的中秋节离来年的元宵节有将近半年时间，半年后某日天气的阴晴就预定下了，定死了，不变。——一个节日当天的天气决定着另一个节日当天的天气，这有什么科学道理呢？怎么想，都像是神话，都像是白话，都像是瞎话。且不说其间时间相隔的长短，就说天气自身的变化，也是取决于彼时彼地的大气状态及其变化状况，固然有规律可循，事实是千变万化，如民谚所说"天有不测风云"，哪有像这样准确的天气预测和呼应，而且是中国两个最为重要的传统节日之间的呼应。有趣极了，也精彩极了，中秋——元宵，两个节日，竟像是一对恋人、承诺、期许、约定、兑现，你晴，或者说你快乐，我也快乐；你阴，或者说你伤心，我也伤心。看来起码这两天的天气，既能照章办事，也感情用事。我只惊奇于这句俗谚常常的准确性，那么我就不该拿人比喻，哪怕恋人。能如此挚诚守信，一诺千金，比人强多了。

这则民谚，在好多地方都有流传，只是其他地方不是这么说的，比如北京，则说"八月十五云遮月，来年元宵雪打灯"，和我们这里表述有异，但说的是同一个意思，看来这不是什么神奇，也不是巧合，而是自然的常识了。无疑，民谚来自生产、生活实践，其目的终归是要它能够运用于生产、生活实践。那么这些年，一些城市为了营造节日气氛，喜庆太平盛世，总是要在中国的民间传统节日，比如元宵节，举办大型灯展、灯会，或者广场焰火表演，大家其实可以稍稍操心一下头年八月十五的天气，然后决定次年办不办、怎么办灯展灯会、怎么放焰火。如果是雨雪交加，阴冷逼人，到处稀里哗啦，没有好天气，再好看的灯展、焰火，也不能够尽现光华灿烂，难让人们喜气洋洋。

除了农谚，社会生活中还有民间俗语、谶语、格言、箴言、警句，类属民谚的范畴，是民谚的深化和发展。如我们大家都熟悉的"拿人家的手短，吃人家的嘴软""白天不做亏心事，黑夜不怕鬼敲门""人无千日好，花无百日红""倒霉了喝凉水都塞牙""离地三尺有神明""天下乌鸦一般黑""衙门口，朝南开，有理没钱莫进来""笑脸官，打死人""人在做，天在看""恶有恶报,善有善报,不是不报,时候没到",等等,就不是一般谚语的格言哲理了,而是涉及道德、伦理和对人心的警醒、启示。同样是自然规律和生活经验的提取和总结,自然也不能不信,很灵验的。如果意外,也是侥幸。人不能老是靠侥幸活着。靠侥幸活着,会活得寝食不安、胆战心惊,也就活的没什么意思了。社会发展到现在,民谚有了变体和新品,时下流行的讽刺时政、反映弊端、揭露腐败、鞭挞丑恶的"段子"和"民谣",幽默、智慧、丰富、多彩,在各种载体、媒体,到处流传,这就大可不必举例了,而且,每年都有每年的新题材、新创作、新内容、新经典,都在人心里,也都看得见,多半都是当下生活现象和社会现实,那些类似民间谚语的"段子"或"民谣",形象生动,辛辣尖刻。为追求语言和语境的鲜活,虽有过度的夸大和渲染,但认真想来,发生在我们生活中的那些腐败和丑恶的事实,往往比民谣更加触目惊心。

话又说回来,民谚毕竟是农耕时代的民间文化产物,有些已经是老皇历了,人类科技的巨大进步,包括农民,早不再靠节令和农谚预报天气,去适时安排耕种和收获,土地早已不是原来的土地,种子也早已是先进品种,我们吃着反季节蔬菜、转基因食品,甚至还有地沟油、苏丹红、三聚氰胺、毒大米……正如当下的一则新民谣说的:"大棚把季节搞乱了,小姐把辈分搞乱了,关系把程序搞乱了,级别把能力搞乱了,金钱把官场搞乱了,手机把家庭搞乱了!"从旧民谣到新民谣,是时间的变化,是时代的变迁,也是人心的变更。农耕时代,没有大棚，没有手机，也没有地沟油和三聚氰胺。我们慢条斯理地过着日子，土地上生长着素朴的青椒、水芹和小葱，也生长着民谚、情歌、小调、歇后语、俏皮话，在二十四节气中染着霜花、浸着雨水、沁着露珠，青翠欲滴，散发着土杂肥的味道，老婆孩子热炕头是亲情维系的温暖和满足。而人是矛盾的，总是期待宝马香车地天南地北，声色犬马，风光天下；豪情阔气地饕餮大餐，生猛海鲜，极尽奢侈，又时常巴望沿着青草的田埂去遥远的乡村，吃一顿农家饭，在土色土香里忆旧，企图获取一些久远的情怀和乡愁。

是的，在中国古老的土地上，曾经，淡淡地开着民谚的小花，如今一朵一朵枯萎凋零了，也只有像我这样的人，才有偶尔闲来的一缕矫情怀念和怅然作别。眼见着无所不能的人类，利用强大的科技手段改造着山河大地，改变着自然生态，灭绝着物种生灵，那些朴素的民间谚语在现实中既失去了灵验，也不能以其朴拙和善良给生活以预报和警示了。积重难返，天怒人怨，地震、泥石流、洪涝、雪灾、大旱、酷暑、极寒、雾霾、病毒、肿瘤、癌，都是恶果，都是惩戒，由人类自己吞食和承受。只是毁坏的人心和大自然，再无规律可循，也无规则可依。因此再说"八月十五阴，误了来年灯"，我想怕是不会那么准确了。不过人类现在有它惊天动地的胆量和办法，就像今年的大旱，没有雨，我们可以人工降雨，不下雪，我们用炮轰它下来。但这有什么用呢，人类如果再不自律，继续着自私、欲望、权力、财富的疯狂，无尽攫取和掠夺，不惜丧尽天良和人性,终有一日,上帝会放弃人类,不管我们了。到那时,大可用当下一句类似民谚的网络语来表达——

神马都是浮云。

在春天里观察两只鸟

不是一棵,也不是两棵,而是一排水杉。在我居住的城市东南,向天空高高地一排直立着,高过了那些栗树、梧桐、刺槐和雪松。那里离浉河不远。

两只鸟,我们权且称它们为山喜鹊吧,在早春飞来。我以为我认识它们,我以为它们是上年的那一对。它们的巢还在,也就是说它们原来的"家"还在。而且看上去好像经过了去冬的那场大雪,依然完好无损。这么猜想,它们去年应该是为之下了功夫的,从设计到施工,从材料到工艺,细致周到,不遗余力。因此你不论是饶有兴味驻足端详,还是换个角度短暂一瞥,就一只鸟巢而言,它的高度、支点、造型,都大抵可以称得上经典。衣、食、住、行,是生活的必需,也是生存的必需;建造一只鸟巢,就是建造一个家,这是人的也是鸟的一项重大事情。

两只鸟飞来,先在空中盘桓观察了一会儿,停留在附近的一棵树上,对那只去年建造的鸟巢进行确认。我不知道上帝赋予它们怎样的心灵提醒和暗示,也不知道它们依循了怎样

个人史

的信息和气息,让它们总是能够从浩渺的远方,山重水复,穿风行雨,准确地找到这一排杉树,找到自己的巢穴。现在的情况是,它们在经过确认之后,瞬间两只鸟同时飞起,又同时落在了那只鸟巢之上。我猜它们一定是要检查自己很久没有居住的房子了,然后修补外墙,更要把卧室装饰一新。用最柔软的叶子、草丝、羽毛,还有花瓣铺垫,它们要在那里缠绵、拥吻、做爱、谈论天气和诗歌、生儿育女,当然也要在那里抵御今年的飓风、雷电和大雨。

很快,我发现我错了。那两只鸟并未干这些事情,它们选择了另一棵树,开始建造新的巢。按我目光的方向,假定上年那个巢从左到右是第三棵水杉,它们选择的这棵就是第五棵,仅隔着一棵树的距离。困难的是,我无法理解其中的道理。但它们一定是有道理的。

现在我似乎知道了,这两只鸟不是去年的那两只鸟,这两只鸟应该是去年那两只鸟的儿女吧。年轻的一代,风华正茂,奋发有为,热爱生活,富于幻想,它们怎肯居住父母的旧巢呢?它们的家族一代代不遗传依赖和懒惰,这是天然的风范;只有人类才会有不肖子孙,好吃懒做,在父辈的财富中坐享其成坐吃山空。鸟类不会。它们担当不起上帝的指责和同类的嘲笑。

当然,建造一个家是复杂的、艰难的。我们无法知道那两只鸟整个春天的辛勤和劳苦,我们只能通过它们飞翔忙碌的身影,对其进行判断和猜想。就这样,有一天,我们像是突然发现,它们的家建好了。一只巨大的鸟巢像是突然从枝头上长出来,和树完美地形成一体。我们能感觉到那只巢的坚固和安稳,也能想象到那卧室里的簇新和舒适。

那天,是在一个清早,也许是在一个傍晚,让我觉得仿佛整个春天里,我都在向它们仰着脸。年轻人的新巢建在第五棵树上,父母的旧居建在第三棵树上;父母亲不在了,高高树顶的旧居空着,仿佛一个家族的图腾和标志;从我的角度看去,直立的杉树举着那只旧巢,更像是举着祖宗的牌位。那么,这两只鸟选择在第五棵树上建造自己的新家,是想虔诚守着父母的遗址、祖宗的牌位吗?那么,与之间隔一棵树的距离,是不是想和旧有的文化传统既不离得太远,又不挨得太近?它们在生命的繁衍和承续中,需要有自己年轻独立的思想,需要创造一种完全属于自己的信心、锐气和生活。

而我必须让自己自觉离开了,我要做的不是对两只鸟进行观察和猜测,而是进行自身反省,包括对待美妙自然和可爱生灵的态度与行为。旧巢和新巢都建在树的高处,那几乎是树的梢顶了。它们未必不知道这要担当多么大的风险,但它们更知道这世上真正的风险,来自人类。因此它们把巢尽可能地建在高处,建在树的梢顶,那是对人最明白无误的拒绝、痛斥和对峙。

那个悬在高空的巢穴,高高悬在我们头顶之上的巢穴,不知是鸟类的天性不安,还是人类的巨大痛苦。

想念一棵香椿树

那是一棵椿树，香椿。在记忆里。想念它时，会先找到一个叫张广庙的乡镇，然后找到一个叫孙老庄子的村子，找到我家，找到我家房子外一块不大的菜地，就看到那棵香椿树了。

香椿树很瘦，不知道它天生就是那样的体形，还是营养不良，在我们江淮间，几乎所有的香椿树都这么瘦削。日光流年，一年一年，既不见它长粗，也没见它有过枝繁叶茂，进而借浩荡春风疯一回。它永远都是细长个儿，"光棍"一条，而它年岁可不小了，从我见着它时，它就在那里，单身一人，孤苦伶仃，也不笑，也不说话。

季节轮回，又一年的春天，大地觉醒，身心躁动，觉着它作为一棵树，还是要表达一下的，是姿态，也是显示生命应有的平等和尊贵。于是怯怯地，按着自己的想法，从身体疼痛的骨节处萌生一些稚嫩的苗头。不几天，在那条"光棍"上，就有一撮、一撮，或者说，一骨朵、一骨朵的叶芽，奇异地吐露和生发。浅红、鲜美，像花儿。嫩嫩的叶芽儿散发着很好闻的香味儿，像一种思想。我们知道，那叶芽儿可以吃，凉拌，或者炒鸡蛋，营养丰富，是很美味的菜肴。在我们当地，是民间总结的传统四大乡土名菜之一。这四大名菜是：腊肉炖黄鳝，老鳖下卤罐，香椿炒鸡蛋，老母鸡汤下挂面。

——听着，就流口水。

香椿树很瘦，叶芽儿都长在树的高头和梢顶，不易采摘；瘦，叶芽儿又单纯，让人也不忍心采摘；而想吃，又好吃，怎么办呢？结果还是要摘。因此，不仅是我们家的这一棵，乡下几乎所有的香椿树，在春天里叶芽儿大都被采摘下来，成为乡村农家的美味。最是不堪，香椿只有新发的嫩叶儿可以吃，招呼不住，那些嫩芽儿不几天变"老"了，就不能吃了。换言之，那嫩芽儿一发出来，就不能幸免。我才知道，香椿树总是那么瘦削，永远都"光棍"一条的样子，皆因好吃的人们对它反复无情的伤害和摧残。

本来，生命最初生发的叶芽被采摘光了，这一年也就算了，到了次年，大地回春，万物蓬发，看着它所有同类、异类都欣欣向荣，于是受到鼓舞，重获生活的信心，再一次贸然发出叶芽。它觉得在人那里，它不尊贵，但作为一棵树，它要有尊严地活着。谁知人们像是专候着它，刚一冒尖，泛出嫩绿浅红，尚未释放一棵树扑棱棱献给春天的美感和喜悦，一只手就向它的高处伸过来，长长的竹竿就向它的梢顶伸过来，那些叶芽——代表春天和新生，被一一扼杀。仿佛人们就不容忍它有想法，更不让它有个人的表露和展现。

就这样，年复一年，在早春，一年的开始，它就被杀死了希望,别说是树,就是人,还有什么活头!

在那个叫张广庙的乡镇,那个叫孙老庄子的村子里,我长大了,到了别处工作、生活,然后结婚、生子,其间多次回乡,回到我老家的房子和菜地,那棵香椿树还在,还是那么瘦削,光棍一条,孤独一人,历经伤害,备受摧残,但它好像还没死心,仍旧在春天里怀有希望,年年都长出红艳如花一样好看的叶子和嫩芽,庆祝春天,庆祝新生,庆祝重来,并让人们从它那里获取快乐和美味。

它知道人比树厉害,人有美丽的思想、文明的秩序、自我约束的能力和律条,但也有可怕的欲望和手段,一棵椿树算什么呢,再高处的叶芽对于他们来说都触手可及;即使枝繁叶茂,他们也能给你采光,一片森林亦能砍伐殆尽。这是命定。况且,一棵椿树,无论怎么不能忍受自己所处的生存环境,鄙视好吃的人类,可是没有人,它也不能离开,也不能搬走。搬哪儿呢?于是想,这可能就是香椿树独属的品质和品性了,不是它的叶芽特别鲜美,而是它有比人更深的孤独,以及孤独里不为人知的痛切、无语和忍耐。

说来,我家屋前屋后的树多了,我离开家游历五湖四海所见的树多了,参天壮丽,摇扬葳蕤,都展示出强大生命的风华和风貌,给人震撼,而恰恰能够长久留在我记忆里的,有一棵,就是我家菜地里的瘦削的香椿树。这是很蹊跷的。可能别的树都淹没在自己的繁闹和喧腾里了,只有香椿树以它的孤独冷峭从人世苍茫中独立出来,让你忘不掉它。

香椿树只有一棵。对于我，就是我老家菜园里的那一棵。常常回忆起它的样子，它的好吃，以及年年春天对它的采食，让我既想念，又心疼。

个人史

姥姥的人本主义葬礼

　　有些人的离世，是预先知道的，有精神铺垫和准备，仿佛死亡是我们在等着的结果，于是在那个时刻，我们和死者一起压着最后的那口气，终是约定不再坚持了，放开世界，撒手人寰。之前生命好重，此时生命好轻，我们看着死亡若游丝，若羽毛，若云朵，从空中慢慢落下来，落在地上，不再浮起，时间凝结，空气死滞，没一丝儿风，我们站在那里，都是装点死亡的静物，哀伤也变得悄然而安静。而有些人，比如我姥姥，固然已近耄耋之年，但无病无灾，健朗如常，谈笑风生，觉得她会永远活下去，没有尽头，而说她——昨儿晚上——走了，不在了，去世了，就觉得突然，一点儿都不真实。因此我接到电报时，知道是事实，但我根本不信。

　　电文极简：姥姥病故，速回。我觉得这跟说着玩儿似的。

　　姥姥就母亲一个独生女，姥爷非正常死亡于解放初期，姥姥从此就一直跟着我母亲生活。当年母亲随父亲在北方工作，姥姥跟着；20世纪60年代初，母亲下放回到我老家固始县张广庙杨井岗孙老庄子，姥姥跟着；母亲再次参加工作要调到不远的邻乡去,姥姥就不跟着了。母亲知道,姥姥老了,人老怀乡,已经难离故土;叶落归根,张广庙杨井岗孙老庄子,终究是生养她的地方,她也想善始善终,终老于此,埋在这儿。姥姥向母亲随口说出这些话时,她其实已经将自己安葬,肉体和灵魂也全部交付给故乡的大地了。这是一个关于死亡的合约,大气,端庄,自然,坦荡。因此死亡,至于姥姥,不过一个最后的形式,抑或仪式。一个再普通的生命也需要完满。如果说姥姥去世确定为事实的话,那么让姥姥决然没想到的是,她随口说出那些话,抑或想法,抑或遗嘱,抑或口头的死亡"合约"之后,到昨儿个,二十年。

姥姥生于旧时商人之家,家境优渥,受过教育,不信鬼神,生性顽强,个性十足,高挑个儿,小脚,是个美人。姥姥原名常陶氏,后改名叫陶早华,这不像是一个旧式妇人的名字,你一听,就能猜出新社会对她及至整个家族进行了怎么样脱胎换骨的改造,因此在姥姥身上,决然有别于"村妇",但你也决然看不出"贵妇"的特有雍容、风范和气韵。

这当属另外的话题,关乎时代和人的命运,那么艰辛和悲怆,好在姥姥一生平安,寿终正寝,不说也罢。

孙老庄子与我所在的信阳市,相距二百公里,在那个信息和交通落后的年代,这可不是一般的距离。姥姥是1991年的农历二月十六日去世的,待电报送到我的手上,心急火燎不及准备拖家带口紧赶慢赶回到孙老庄子,已是次日傍晚;说明日上午,姥姥下葬。

一进院子,有人就叫嚷着通报,母亲被人扶着出来,一眼照见我,就向我扑过来,哭声震天,接着满院唢呐欢闹,众人附和,先有人给我头上系上很长的白布条儿,叫孝帽子,然后被簇拥着,懵懵懂懂跟着众人走,几乎不是走,我感觉我那会儿是被高昂的喧声抬了起来,一直抬到姥姥的棺材面前,磕头,上香,烧纸,双膝长跪不起。我是姥姥一手带大的,我与姥姥的情感维系,就像我不是姥姥的外孙儿,而是她常年拉扯着的小宝贝儿子。那一时我多么想泪流满面,但满院嘈杂,没有心境,不来情绪,更无氛围,人不在状态,我根本哭不出来。那一帮请来的乡村吹鼓手,演奏的曲子竟都是喜气洋洋的,我在那里给姥姥磕头烧纸回忆往事的时候,他们竟欢快地演奏一曲《大海航行靠舵手》。很多年之后,我才知道一个常识,姥姥76岁去世,称为"喜丧"。说姥姥"享福"去了,亲朋好友大可不必过于悲痛哀绝,会伤元气和身心。这大约就是乡村,就是民俗,抑或传统民间文化的关于天地、纲常、生命、世事,以及生老病死的伦理认识和实践,在丧礼的名义下,体现只能意会而不能说明了的人本和实用。就像我们在乡村会惯常看到许多人在五十来岁的时候,就把自己的棺材打好了,有的就陈放在自己的卧室里,仿佛时刻准备着。这在城市里是不可思议的,甚或是晦气而恐怖的。因此我常常感慨,就面对生死的态度而言,城里人远不及农人。

　　这样说,我们好是虚伪,做作。可不是,你往实用里想,自己不提前给自己打好棺材,一口气上不来,突如其来,一命归西,你怎么能断定你的后人不仅有孝心,且有能力并舍得为你打造一副上好的棺材,倘或遇上不肖子孙,窝囊废,势利狗,吝啬鬼,说不定就把你软埋了,或扔在乱葬岗子,喂了野狗。这例子不是没有。即便个个都是贤子贤孙,棺木敦实,葬礼豪华,锣鼓喧天,无限风光,但死人两眼一闭,是任啥都听不见也看不见的。不如自己打好棺材,眼见为实,守着心安。

姥姥的棺材放在我老家的堂屋正中间,下跪,磕头,烧纸,完后,我仰起脸来,看到姥姥的棺材如此厚重而巨大,仿佛矗立着的一座高大房子,让我一眼就看见了姥姥,一如往常,威严地端坐着,面带说不清的笑容,朝外望着喧闹的院子,光彩照人——精巧的黑色灯芯绒手工小鞋儿,精致艺术的纯白裹脚,谨严的绑腿,灯笼裤,偏襟洋布褂子,头发抹了些发油,一丝不苟,脑后绾一个小纂儿(发髻)……就在这个时候,我望见姥姥出现在了村口:"平子——""平子——""平子——"我熟悉姥姥喊我的各种声音,她是在喊我吃饭呢,喊声传遍整个乡村,回荡在孙老庄子、摔泥巴炮的南大塘、打架叨鸡的稻场、藏猫猫的草垛、张瘌子的西瓜地、钓黄鳝的水田埂、掏鸟蛋的乌桕树,及至更远;整个孙老庄子,在姥姥的喊声里,空旷,寂寥,古老,绝望;姥姥突然小脚跳将起来,她愤怒了,凶恶地喊叫着,骂着。嘴说不急,天黑透了,景物虚幻,雾气升腾,笼罩四野……

后来我想,这兴许还不是什么记忆闪现,也根本不是幻觉。这可能首先是我在跪着,我看棺材是仰视的角度,再就是我从没有这么近距离地面对一口棺材。棺材是新的，散发着桐油的气味，木质粗粝，年轮清晰，能想象笨重劈砍原木的斧斫，能听见打制时工匠铿锵的力量和喘息。尤其是我站起身来，退后几步，我看到，我一直以为煌煌阔大的老家堂屋，原是如此狭小，姥姥一口普通的棺材就把它塞满。

棺材前放着姥姥的黑白照片，照片好是熟悉，想起来，是那年我休假回家给姥姥照的，姥姥那时还年轻，作为"遗像"，不像"遗像"，没有我们想象中的"沧桑"和"慈祥"，倒是清癯，有些秀气，但说不出五官的哪个细小处，显露一点点凶。让我马上想起她喊我吃饭的样子，又想起小时候我曾见她披头散发，挥舞着扇子，与母亲打架的样子，差一点儿笑出来。照片前，左右各摆放着一盏油灯，中间是供品，有点心、馒头、纸花、水果，最显眼的是两只刚宰杀的鸡，一只公鸡，一只母鸡，煺毛，洗净，不剖，十分肥硕；再前，就是瓦盆，供前来吊唁的人磕头烧纸，表达哀思。

前来吊唁的人很多，上账、跪拜、烧纸、问候，程式化；简单、明了，目的性，就像他们不是来吊唁，不是表达对死亡的哀伤、对逝者的哀悼，而是要完成一个交换，或者手续，也无须掩饰、装模作样，或者装神弄鬼，悲痛的自然有人悲痛，哭丧的也自然有人哭。快速完成程序，就去到院子里；院子上方搭有彩色编织布大棚，吊着好几个百瓦以上的白炽灯泡，光芒万丈，大棚下面摆放了十二张大方桌子，方桌四围是条凳，有铺张的气势；随便找个有熟人的位置坐下来，抽烟、喝茶、聊天、打嘴仗,有些人还打闹着,动手动脚,开一些乡村的通俗玩笑,欢声笑语,消磨着时间,等待新一轮开饭。之前已经开过三轮了,这可能是最后一轮,除了部分是外来吊唁的,就是家里人、亲友,丧事帮忙人员,都要在这一轮一起吃。

不一会儿,饭菜端上来,先是几个反复不变的凉菜,众人开喝,吆五喊六,猜拳对打,接着热菜送上来。热菜用大碗装,有酥鱼、酥肉、滑肉、红烧肉、脚筋肉、拆骨肉、面炕鸡、汗鹅块、腊肉炖黄鳝、骨头腿炖海带、绿豆丸子、豆腐白菜粉条杂烩、米酒汤圆等等。大多人吃得很快,应该也吃得很饱,或者怕有人"客气"吃不饱,有人就乘其不备,给他"乶饭",或者"乶菜",汤水淋漓,众人欢叫喝彩。就像专门闹腾给姥姥看的,姥姥威严地端坐在阔大的棺材里,看到这种景象,想必她也会撑不住,畅快大笑。"乶饭""乶菜",在贫穷的过去可能真的怕有人吃不饱,而现在多半成了乡村聚会最欢乐的"节目"。而要有"欢乐"的效果,就要先瞄准好被"乶"的人,要么是乡村最狡诈的人,要么是乡村最憨实的人。前者成功被"乶",是众人意外的惊喜;后者无奈被"乶",是大家已知的愉悦。

闹腾到最后,该走的都走了,留下的除家人、亲戚以及夜间守灵者,就是具体操办丧事的人,他们在一起商量明日出殡的细节,直至深夜。然后打着手电筒,呵欠连天,加之醉意未醒,晕头狼一样,摇晃着回家。

姥姥棺材前的纸火也熄了许久,棺材巨大,灯光从院子里照耀进来,堂屋正面花花绿绿的中堂墙壁上投射出一片阴影,深不可测,院子、堂屋、桌子、板凳、碗筷、菜盆、烟盒、酒瓶、一次性塑料杯,空前安静,一如经历战争的毁灭,有末世的苍凉和悲壮,有此世与来生的寂灭之感,我一个人过去,再将火纸点着,熄了再点着,明明灭灭,照耀着我满眼的泪水,如火焰燃烧。

次日一早,天蒙蒙亮,有些早春的寒凉,按照头天的商议和计划,一些人,亲朋好友,乡村司仪,入殓师,抬棺的人,陆陆续续到来,开始忙碌。几个壮汉齐力掀开棺材上面的盖板,入殓师俯身给姥姥修饰、检查和整理,接着宣布遗体告别仪式开始,让所有人绕着棺材转一圈,瞻仰遗容。母亲走在最前面,母亲整个人都软了,事先安排的几个女人扶着她、托着她,不让她倒下去。院子里,屋子里,哭声四起,激荡人心,司仪小声叫着,让大家招呼住,不要把眼泪滴到姥姥身上。很长时间,仿佛着意的持续,告别仪式才结束。这时就叫了一大帮孝子贤孙,来摸姥姥身下的钱。司仪说,谁摸到的多,谁将来就会大富大贵。潜在意思没说,那就是谁摸到的少,将来就会倒霉、受穷。有胆大的孩子已经奋勇上前去摸了,有胆小的孩子怯怯不敢靠前,家长就急,鼓动着自己的孩子去摸,怕是不摸,果真将来要一辈子受穷,不能吃这个亏的。

那些钱,都是硬币,放在姥姥的身边,易于发现和找到,少有一些藏在姥姥的肩膀下、胳膊下、腿下、手心里,一摸就能摸到。我摸到了多少,我记不得了;其他人摸到了多少,也没人知道。反正都能摸到,再想想由此带来的是将来人生的大富大贵,家长和孩子们一个个都显得无比勇敢和骄傲。

事后我体会,这依然是讲求丧礼的实用性兼顾精神需求的辩证运作设计,一环连着一环,所谓眼泪不能落在死者身上,如司仪警告,若落在死者身上,如何如何不吉,甚或凶险,等等。这种规矩,在中国很多地方都有,其设计的本意是,遗体告别,瞻仰遗容,是一种生者对死者的悼念仪式,并让亲人表达内心的情感,但又怕有人悲伤过度,失去理智,情绪失控,摇晃、拍打棺材甚或扑向尸体大哭,歇斯底里,那场面可就真的不好收拾;于是司仪便用了"恐吓"的方式作为警告,让瞻仰遗容的人,为不让眼泪落在死者身上,而自觉理智保持距离。但又怕大家离得太远,显得冷漠无情,接着就安排孩子们摸钱的"游戏",表达某种联系和亲近。这样又怕吓到孩子们,就转移注意力,编造大富大贵的善意谎言,让孩子们勇于摸钱,与死者有最后的亲近,留在一生的记忆里,在民间,就这样完成了文化礼教的启发和传承。设计的实用性表现在摸钱之前,诱惑和恐吓双管齐下,要么大富大贵,要么一生受穷,大人和孩子进退维谷,你说,你还会有别的选择吗?

待这些流程完成,那几个壮汉就迅速过来,抬起棺材盖,在师傅的指挥下,按茬口给合上,不偏不倚,严丝合缝。而就在要合上的那个瞬间,哭声顿时再次响起,有人甚至大哭着,喊叫着,意欲奔跑过去,不让把棺材盖上,意思是这一旦盖上,就与姥姥天各一方,阴阳两界,永远告别了。他们哭喊着,不舍让姥姥走。这大约也是丧礼程式化的部分,亦真亦假,那大哭的人,早已有人拽着,况且其也不会真的奔跑过来,更不会与姥姥一同去,因此那几个壮汉根本就不管那哭声与喊叫如何凄厉惨绝,只管将棺材合上,钉上抓钉。紧接着进行"踩棺",就是要人上到棺材的盖板上,大喝几声,用力踩踏。"踩棺"者应是男性,至亲,最好是死者的儿子、孙子,姥姥没有儿子,我是长(外)孙,无须多讲,责无旁贷,自然有我代替。按照司仪交代,在左右两个人的帮扶下,我上到了棺材上,顶天立地,威武雄壮,大声地喊叫着,用力踩踏着,从棺材那头到这头,来回两遍。整个屋子里都屏息噤声,我的喊声在堂屋里轰烈激荡,嗡嗡作响。许多年后,想起来,还有一种震慑的力量,我被我的力量深深震撼。

"踩棺"之后,我被人扶着下来,师傅就用板斧把那些抓钉钉紧,我立即明白了,所谓"踩棺",是通过男性有力的"踩踏",让棺材合得更加牢固。入土为安,这样,姥姥的房子就结实无比,固若金汤,虫子不能蠹,风雨不能侵,时光不能蚀。

抬棺的人,一共18个,三道绳索,纵向绑上一根特制的大木杠,横向插三条扁担,扁担上再绑上小木杠,与之交叉成十字架,抬棺者前后2人,左右各6人,共14人,余4人留在路上随时替换。这没有统一的标准,少者也有8个人抬的,多者则有16人、24人抬的。请多少人由主人定,请谁抬,则由富有经验的抬棺者推崇的"首领"定,除首先考虑身体条件外,多半是要挑经常在一起抬棺的人,知根知底,配合协调;传说每次抬棺,重力都不平衡,说死者会专门压其中的一两个人,协调不好,那人会被压垮,之后将一蹶不振。

富有经验者,即被公认和推崇的"首领",负责指挥给棺材捆绑绳索、木杠和扁担,下葬抬棺这么庄严的事情,绝不可有丝毫的疏漏和错误,检查再三,确认安全后,抬棺者各就各位,准备完毕,"首领"在前,大喊一声"起——",14个抬棺者尝试着轻轻将棺材抬起,"首领"喊"走——",棺材就慢慢抬出堂屋;"首领"喊"落——",棺材就落在院子里事先准备好的两条大板凳上。"首领"会一路喊下去,譬如"慢——""快——""缺子——""拐弯——""换肩——"等等,包括号子,一听就明白,且由"首领"视情况而定,没有"雅词"、"文言"或者"术语"。

棺材从堂屋抬出后,落在大板凳上停留一次,这也是一个规定环节,说是等待下一个程序。其实,这是特意设计安排的环节,首先是试试棺材的重量以及绳索和扁担的承受力,同时趁这个空儿,"首领"好由此发现问题,再次对绳索、木杠和扁担进行检查,做到万无一失。从张广庙街北头我家到北干渠斜坡下的墓地,有三四里地吧,无以猜想抬棺人尤其他们的"首领",该承受怎样的身体和精神的双重压力。

送葬的队伍及其顺序已经安排停当,棺材再次被抬起,接着还有一个重要的程序——"摔老盆",自然还是由我来。在司仪安排下,我先把烧纸的"老盆"端起,在鞭炮响过之后,将"老盆"举过头顶,毅然决然,摔向身后,一直往前走,不要回头看。

我把"老盆"摔过之后,鞭炮再次炸响,哭声大作,比任何一次都强烈,一行披麻戴孝闪耀白光的送葬队伍,向墓地蜿蜒进发。

这个时候,抬棺的人脚步要慢,把握节奏,缓缓而行,一如不绝如缕的哀伤,沿途凡路过的人家,都在门口放炮;专门负责放炮的人也点燃鞭炮,以作回应和答谢。沿途一路鞭炮炸响,纸钱飘满天空,唢呐欢腾呜咽,送葬的队伍排成长龙,抬棺的人不断喊出"呦——呦——呦——"的叫声,传至远方,连绵起伏,天地回响,乡村在那一天壮怀激烈。

快到墓地的时候,抬棺人加快步伐,甚至奔跑起来,速度令人惊异,风一样快速绕墓穴三圈,放下棺材,抬棺的汉子们皆已累得满脸涨红,汗流浃背。事后琢磨,抬棺先是要慢,为照顾逝者亲人的哀伤情绪;最后要快,多半是为抬棺者的体力考虑,再慢,怕是有人吃不消,这不能不算是基于实用和人本的乡村经验和智慧。

司仪口中念念有词,往墓穴里抛撒钱币、果实和种子,并在他的指挥下,铺上石灰和黏土,然后下葬,封土,放炮,烧纸,依次跪拜,磕头,众人取下孝帽,开始回家,留下几个青壮劳力包坟。

回来后,那原放在棺材前的供品已摆在桌子上,那两只鸡也炖得有六七成熟,连汤带水,盛了一脸盆,大人都不吃,由晚辈们来分食,司仪的说辞还是原来的那一套,无非是谁吃得多,谁最孝心,谁将来必是大富大贵;谁不吃,或吃得少,谁将来就受穷。没孝心，姥姥就不托福给你了。小一点儿的孩子无须这样宣传鼓动，上去就吃；我和一些大了的孩子，实在不愿去吃，嫌脏，觉得恶心，想着都反胃:那两只鸡都宰杀好几天了，烟熏火燎的，让人咋也咽不下去。以至宁愿将来受穷，也不愿去吃一口。我甚至一直不解，那做祭祀的鸡，兴许还腐烂变质的鸡，为什么非要吃掉呢？后来我明白了，什么受福受穷，在过去漫长的物资匮乏的年代，两只肥硕的鸡扔了，多可惜，多遭罪啊。就这么简单。

不管怎样，一场盛大的乡村葬礼就这样完满结束了，之后的"头七""三七""五七"等祭祀程序，都由自己家人及至血亲、近亲操持和完成。现在是农历二月，春风化雨，种子拱土，生命跃动，土地上一年的繁重而灿烂的农事，就要开始了。

再陪母亲几天，也就几天，我和我一家，也要回城了。

丧葬制度作为中国古老的礼文化、孝文化，千百年来，反复被丧礼的设计者和执行者与时俱进、破旧立新，不断加以删减和修改，再加上人为的毁灭性文化运动与革命，无论在乡村还是城市，都早已变得面目全非，不伦不类。但从操作层面来看，尤其在一些细节上，它更加简单、明了、直接、实用，以方便活人;不言而喻，死者为大，而活人还要继续活。因此，我把姥姥的葬礼称为乡村的人本主义葬礼。问题也来了，比如许多丧礼都不再强调"礼"的文化形态和内涵，完全程式化、戏剧化，甚或官样化、功利化了。有些时候，我们风尘仆仆，一路哀号，不是来祭奠一个人，包括自己至亲的人，而是来走形式和过场，那般急不可耐，按照套路，背完台词，做完动作，擦去那几滴假惺惺的眼泪，拍去身上鞭炮和纸钱的碎屑，摘下孝帽，脱下孝服，演出结束。

侧脸望去，另一厢，闹哄哄的，正在一遍遍统计份子钱。

这可能是随时代而来的文明和进步，就像这些年移风易俗，改革传统丧葬制度，一律提倡火化，人都烧成灰了，不成体统，粉身碎骨，万念俱灰，我们还有什么想不开的；我们赤条条来到这世界，最早不就是一缕空气、一粒尘埃、一滴水吗？于是很多人，由此看淡风云，看破世事，也看穿自己，人死如灯灭，不如早早留下遗嘱，那一撮骨灰都不保留，实行海葬、河葬、山葬、田葬、树葬、花草葬，期望死后不给儿女增加祭祀的劳烦和负担，且自足安息在自己的世界里，海天一色，云雾缭绕，山清水秀，鸟语花香，一梦千年，如此想象一下，就觉得浪漫、安心，死而无憾了。况且现时代的人，人人充满生存的重压和危机，狼奔豕突，日夜奔忙，心急如焚，所谓中国古代经礼三百，曲礼三千，父母去世，服丧三年，不洗脸，不刷牙，不洗头，不理发，不刮胡子，不苟言笑，不能娱乐，不能饮酒，不能出门，不能接待宾客，不得参加任何社会活动，等等，这哪儿行得通、受得了？兴许只几日里，房价已经飙升上天，股票狂跌进谷底，新人在笑，而旧人在哭，让你的人生都没有意义了，生，不如死。猝不及防，有人就从高入云端的楼顶跳下去了，像一只鸟。

无论乡村趋于实用主义的丧礼，还是城市日渐形式主义的丧礼;无论它是延续了传统,还是经过了革新;无论是慎终追远,教化现世,启迪后人,还是怀有功利目的,它终归是一个哀悼的仪式,是每一个人生命最后有尊严的谢幕仪式,是必经的安详到达另一世界的通过仪式,辉煌,庄严,沉重,我们会想到过往,想到久远的岁月和世事,想到生前和身后。因此在某些时刻,也只有在某些时刻,特别的心境、情境、处境,面对衰老、病患、殇别、亡故,也包括重逢、团圆、欢聚、畅饮,会倏然诗意起来,醉意起来,思念亲人,怀念故人,忆念逝者,瞭望远方,那么也就是说,许多时候,人的内心不尽全是物质的坚硬与欲望的酷冷,还有温情,还有柔软。

这一说,时间就匆匆而过了,明天是姥姥的头七,烧了头七纸,我们就回,妻子和孩子都暗地里吵闹着,催我几多遍了……

曾经如此，此后不再

淮上

从豫皖交界的淮滨蒋国,过淮河北是新蔡蔡国,正阳慎国、江国,安徽阜阳胡子国、沈子国,再北是上蔡老牌蔡国,偏东一点是羲皇故里、万姓之源的河南周口陈国;往东是安徽六安皋陶后裔封地英、六及"群舒"诸国,过淮河南便是俺老家固始蓼国了,而往西,即沿淮河主干上溯,不足百里,可直达"天下第一县"——息县(息国)。

何谓"天下第一县",曰中国历史设县最早,且唯一名称不变、存续至今的"县"。《左传·哀公十七年》载:"彭仲爽,申俘也,文王以为令尹,实县申、息。"起码到目前止,这是关于"县制"的最早记载。申,有东、西申之说,西申在南阳,东申即我现在居住的信阳市区,或本为南阳申国延展向东之淮上所辖,后人叫它东申;息,即息县。无论东西,申县早已不在,似要专门留下息县,不与其争,成为县制翘楚,天下第一。楚灭申、息,在楚文王二年至八年间,即公元前688年至前682年,由此可见,中国郡县制应该发端于春秋时期,至秦统一,有始皇帝和李斯两个政治天才予以完备、推行,影响至今。李斯,这个伟大的人,就是淮河北蔡国人,最初是厕所茅坑小贼,后成了秦国粮仓硕鼠。蔡、息之间,本是近邻,是近亲,也是诸侯同盟国,似乎为一个美人相互纠缠,终成冤家,结果两败俱伤,遗恨千古。

这美人,是俺陈家姑娘,息妫息夫人;这话题,自是有些伤感,还是暂且按下不表。

伤感何止于此,淮河故乡,本来上游,加之可知的生态环境原因,好多年里,这里的主干、支流都没多少水了,水上也绝无古人诗意悠游的竹筏、独木舟、画舫和行船;两岸皆平原,大地平展,无山川形胜殊景以观,好看一点或于早春岗坡滩地开满金黄油菜花,夏日田野间闪现一片一片人工种植的红莲藕,而仲秋之时,南岸有成片块状成熟的稻子,多半是杂交稻,齐整整、平展展,像是修剪过的,展示大地上现代农耕园艺;北岸便是望不到边的玉米地了。那些成千上万棵玉米士兵一样集结排列着,武装整齐,在平原之上、村庄之间,如纪念日、庆典、阅兵式;如果觉得有什么不同,是它们并不一起成熟,有老兵,有新兵,你一眼就能看出来:早熟的,已经收获,经历了岁月,叶子与秸秆,枯黄、发白、杂乱,在风里飘摇,有飒飒凌厉的悲壮;没成熟的,仍生机勃勃,忘我生长,青色苞衣的棒子还吐着赭红的须,梢尖俏立一杆星状花穗,能闻到花粉气息,那是植物的雄性激素,青春荷尔蒙,令人迷醉。

好吧,只当现在果然有商周贵族之家专享独木舟载你泛舟淮上,且有美酒佳人昼夜欢宴,也只当大河澄碧如练,两岸无尽繁华,烟柳画桥,风帘翠幕,水禽鸣晨,渔舟唱晚,但在这个时代,你有那份雅兴和耐心吗？赤日炎炎,大地流火,我们终究还是开着车子在公路上狂奔。稍出意外的是,从淮滨蒋国出来,没有上息淮高速,而是走了那条老路——337省道:淮河在左,隐约可见,似可听到水声和船歌,远远近近,与之并行,诗意蜿蜒。只是在息县夏庄,车头掉转,我们没有沿淮河直达息县县城,而是朝右,上了106国道,去了息县包信镇。

那里是赖子国的故地。

小时候偶然听大人讲故事,说有一个赖子国,就觉得奇怪,叫啥不好,非要叫"赖",我老家对那些刁钻撒泼之人,才说他"赖"。于是想,一个人咋能生在赖子国呢。只当是传言,是讲故事的人故意让你觉得果然"天下之大",果然"无奇不有"。

那年初秋,我们这儿的一位女画家,非要让我跟她去她老家看棉花,她想画那里的棉花,她说她老家的棉花接天连壤铺天盖地都是,空间画面构图,以平面几何延伸,夹角或扇形,打开或收合,到天边儿,到看不到的远方和无限;开花时,那粉红、浅绿、淡黄、乳白的花朵,若蝶之翅、雀之彩翼舞蹁跹;一个大田里都是;这时节,好日头,金灿灿,香喷喷,棉桃儿炸裂,棉瓣儿绽开,如丝如缕如絮语,吐露从春天开始包含了一年的心事……你是诗人,你想想。

我想了想,就跟她去了。她的老家,就是包信。棉花有,没有她形容的那么多,时至初秋,棉桃儿倒是完全熟了,如攥着的拳头,仍包藏着秘密,恪守着心事,呼之欲出,只等待秋阳点燃,金风撩惹,尽情一年或一世的生命与爱的释放和给予。偶然也会在密集的棉叶深处,有一两朵,在较低一层的斜枝上发着亮光,想是属于早恋者、先知先觉者、收获季引领者。

算是看到棉花了吧,我给了她美好的原谅。我知道,她很小就随父亲离开了老家乡村,如今也极少回来,她所形容的棉花是她定格在少女视角的棉花,是她儿时记忆的棉花,是她想象的棉花,本就不是作为一种淮上农业经济作物的棉花,她的棉花已经不再是棉花。

阳光真的很好,虽是初秋,万物沉淀,大地、田野、树木和眼前这个叫徐楼的村庄,是如此安静和空旷;这是淮北平原,一览无余,我们从她家的宅子往南走,没多远,是东西横亘着的堤坝,有许多高大白杨树,猜想那里应该是一条河流。我问画家,她很诧异,说那是一条河流啊。闫河。你不知道?咋了,你不知道闫河?她这种诧异,依然来自童年记忆。闫河,不仅我,外地人有多少知道的呢,但对于她,却是她儿时世界全部认知中,最熟悉也是最伟大的河流,超过天下所有江河湖海。换言之,闫河养活了她,养育了她,流淌在她的血脉中,是她的生命,她的根,她的源头。固然她,包括我们都早已离开故乡,终生都不会返回,故乡也不是原来的故乡,但那里的阡陌流水、日光云影、沙石泥土、花草树木,还有接连到天边儿的棉花,都以原初之状连接成我们的神经末梢,稍一触碰,就有痛感。

于是去看闫河,站在大埭上,画家目光深情,一直朝南,指给我说，从闾河桥过去，就是傅庄，那里有个赖子国……我侧过脸去，急急问她什么国，她重复了一句：赖子国。

我惊住了。后来我写作《先秦三部曲》，和画家又去了她的故乡，不是去看棉花，而是去看赖子国。

关于赖子国，说是周文王第十九子叔颖的封国，叔颖即为赖国开国君王，并成为赖姓始祖，真假无论，暂不辨析。现在争论最多的是赖国地望：一说是春秋楚国苦县厉乡，即今河南鹿邑；一说是随县厉乡，即今湖北随州市西北；一说是蔡国之褒信，即今河南息县包信镇；等等。说法之多，其因首先是叔颖被封子爵，封国小，事不多，被边缘化了，史料无所载，就乱了。而在不多的史料中，发现这乱多半又因为"赖"与"厉"二字在古代通假，且音同。如《左传》载楚灵王"灭赖"，《公羊传》《穀梁传》则皆作"灭厉"。此三部大著同为解说《春秋》的史书，并称"春秋三传"。但《左传》在对"赖""厉"的表述中，却把它们分得很清，从未混淆。现代有学者对此做了大量史料甄别与田野调查，认为西周至春秋时期，赖国和厉国是同时存在的诸侯国。那么问题来了，现在赖姓、厉姓皆视叔颖为始祖，赖姓乃黄帝姬姓一族，厉姓却是炎帝姜姓一族，这似乎已涉及氏族血统了。再就是本源，因为至今赖国始祖姬颖其人其事于史无证，但赖氏是有存续的。其地为颖川郡，堂号乃"颖川堂"，包信之北不远即淮河上游最大支流颖河，而赖被灭国，迁赖于许地鄢陵，更是临着颖河；有考证说，最早赖姓一族现于颖川一带繁衍生息，枝繁叶茂，追宗问祖，或许某人、几个人、一干人，虚拟出一个文王之子来，斟酌再三，以颍河之"颍"名之，并按周初分封惯例称"叔"。这不过是一种推测，但可以肯定，赖姓始祖姬颍、叔颍或颍叔，都应该是颍河的"颍"，而非新颖的"颖"。最起码的，赖氏宗亲众后裔，要统一规范一下，不能写错。你来看眼前我们所在的包信赖子国叔颍公的墓碑碑文，上刻就是"叔颖公"，固然为 20 世纪 90 年代制作，我以为，也是不能原谅的。典型是包信叔颍公陵园奠基时，奠基石刻字为"叔颖公"，而到建成典礼时，主席台会标横幅则又写成了"叔颍公"。

想起"赖"字，儿时懵懂似是好笑，而古人造"赖"字，形声，从"贝""刀"，乃先秦货币也，媒介物，用作交换，自然包含合作和信赖，因此其本来释义：得益、赢利。体现信用、公平、契约精神，这多么美好、义气。

最早有《左传》记赖国事，后有《后汉书》载"褒（包）信侯国，有赖亭，故国"。今有著名史学家顾颉刚、谭其骧主持编绘的《中国历史地图集》，亦标赖国于此。那么息县包信即为赖姓地望，这也得到了世界各地大多赖姓认同。只是这会儿在写这段文字时，突然想不起来那天去包信赖子国，及其那么多遗址、遗存，哪些是在间河南，哪些是在间河北，过后我得问问那位女画家。顺便问问，她一直梦想画的棉花画了吗？还要问问，她老家赖子国，满眼碧水良田沃野的广丰岭，曾为"息县古八景"之一，现在还种棉花吗？

晌午的时候，在赖子国沿街找饭店，见一家玻璃透明，内里宽敞，给人信任感，就进去了。接过一张圆珠笔手写覆膜菜单，开始研究，然后点菜。要了一个面炕鸡、一个面炕鱼、一个淮河蚬子炒韭菜和一个荆芥炒凉粉，主食要了油酥火烧、芝麻叶面条，都是息国名吃，我觉得唯芝麻叶面条有点儿特别，其他一般。几个人不免争论一番，说乡村哪还有好厨师，稍好一点，都叫上面给挖走了；再好一点，就"北、上、广、深"了；没办法，市场资源配置，城乡差距，何止是饮食，还有教育、医疗、文化诸多公共设施和资源，等等。这些问题，自知是我们解决不了的，说说而已，然后结过账就离开了。从赖子国到息国，说是三十来公里，左拐右拐地，竟走了那么长时间。几个息县诗人接我们，在约定地点停下，钻出车子，阳光灿烂，楼体参差，明暗对比强烈，我穿越了，四处看，回忆和辨认。问他们，这是西大街？他们说是。往前一点就是那个大十字街？他们说是。对面就是老新华书店喽？他们说是。邮电局拐过去，在北大街是吧？他们说是……

一切顺水而逝，又恒常如新。人类为自己设定时间，却拥有不灭记忆，并为之创造追回和重现的载体，刀笔的锋刃下，是真善美，也有假丑恶。王小波说："虽然岁月如流，什么都会过去，但总有些东西，发生了就不能抹杀。"沈洁说："历史书写所传达出来的无法言说的温暖、震撼、战栗和沉重，它延展了时间的'意义'。"

上溯，1947年，刘邓大军抢渡黄河，千里跃进大别山，很大程度上是为缓解陕北和山东两个解放区重兵压城之危,今日正规表述是,揭开了人民解放战争由战略防御转为战略进攻的序幕。6月,刘邓大军渡过黄河。7月,发生了惨烈的鲁西南战役。8月,存亡一瞬间,有一个人、一口气,也要走:7日,在国民党军队围追堵截下,杀出一条血路,实现突围;11日,越过陇海线;17日,通过黄泛区;18日,渡过沙河;24日,渡过汝河;25日,到达息县彭店,部署渡淮;26日,攻克息县县城,迅速控制淮河北岸大埠口、小王湾、姜湾、洪湾、新铺街渡口;27日,神话诞生了——

时任国民政府国防部作战厅厅长的郭汝槐中将在8月29日的日记中写道:"追击刘伯承各路国军均为淮水所阻。据云:刘军渡淮河系徒涉,国军一到即涨水,可亦奇矣!"

1989年11月邓小平在回忆二野战史时说:"过淮河,老天爷帮了一个大忙,能够徒涉。过去没有人知道淮河是能够徒涉的,那一次刚涨起来的河水又落下去了,伯承亲自去踩踏,恰好就在那个时候能徒涉,这就是非常顺利了……实现了战略反攻的任务,跃进到大别山。"又说:"这个跃进的意义可不要小看了,中国从北到南没有多少个一千里,从长江再跃进一千里就到了广东、福建的边界,剩下不到一千里了,蒋介石的反动政权就要垮台了。"

徒涉或抢渡,天意或巧合,中原突围,千里跃进,新旧更替,生死分水,从此岸到彼岸,淮河是一个隐喻,是决定中国未来命运的历史大转折!

上溯,1958 年,年轻的共和国,第一个十年充满艰辛。历经百年动荡与战乱、血火与生死,新生政权本该采取韬光养晦、休养生息之策,然而,革命激情一再高涨,这一年,河南遂平先"放卫星":2.9 亩小麦亩产 3530 斤;之后全国跟进:麻城建国一社出现天下第一田——早稻亩产 36900 多斤! 当所有人都丧失理智,甚或丧心病狂,怕是要出大事了啊。果然,震惊全国的"信阳事件"发生了! 在息县,村庄无人,土地荒芜,四野哀绝。又一个十年之后,即 1968 年,荒芜的土地上,五七干校出现了,在信阳共有 26 处,而息县有 7 处,皆为中央部委,其中特别需要提出的是中国科学院哲学社会科学部五七干校,1969 年 11 月由罗山迁来,地址在息县东岳镇西塘坡,就是在这里,住过一大批非同凡响的人物,仿佛天外来客,带给淮河两岸这片古老大息地以震惊和传奇,还有不朽和永恒。他们中有:俞平伯、何其芳、冯至、蔡仪、张友渔、李泽厚、陈骏涛、卞之琳、邹荻帆、吴世昌、余冠英、何西来、吕叔湘、丁声树、胡绳、任继愈、刘大年、李学勤、金岳霖、孙冶方、骆耕漠、顾准、吴敬琏、林里夫、沈从文、钱锺书夫人杨绛等等。他们在这苦难土地上劳作,也在这艰辛时代中思考,时间流走,大浪淘沙,留下的是特殊境遇下的大家风范、不屈品格、不死精神,还有一个时代的真实记录和经典之作,如我们所知道的——顾准的《顾准日记》、杨绛的《干校六记》以及俞平伯写于息县的诗词等。

　　就在这年年底,一支部队开进息县县城,然后转向西,开往孙庙公社新庄的国家外经委五七干校。干校之前已搬迁至罗山五一农场了,空下的土地,有军委工程兵54师125团2连、14连接管。在这里,不能说是"空下的土地",应该说是"死绝的村庄"。据说农场所在的新庄当年饿死许多人,仅剩的三户村民,搬迁到附近的尤庄去了。农场除原干校土地外,还征用孙庙公社土地300亩、城郊公社100亩,后经部队不断开垦、耕作,共有良田近2000亩。

"信阳事件"发生时,我们一家随父亲生活在北方,逃过一劫;1962年母亲下放,带我们姊妹回到父母的故乡——固始县张广庙乡,我转入当地上学,1972年底高中毕业,参军入伍,分在西安三桥工程兵54师留守处,服务部队家属子女。我被分配到电影组放电影,开始学习放映技术,学习制作幻灯片,学写美术字,学画画,装腔作势学说普通话,舌头都伸不直了,但我进步飞快,成长起来。一年后,组织上决定,让我去息县孙庙我们54师部队农场放电影。原因是农场是双包机,没有放映员。

所谓"双包机",就是那种三脚架撑着的两个像提包一样的放映机。我们称这是大机子,放映32英寸电影胶片。你还见过另一种,单机,一盘放完了,需要换片,我们称这是小机子,放映16英寸电影胶片。换片时,电影情节常常在关键处,观众心急火燎,一时换不好,那真是备受煎熬。大机子则基本不存在这样的问题。两台机器,两个放映员,胶片互换时,片尾有换机标志,短暂一闪,两人心照不宣,配合默契,一关一开,电影故事衔接得恰到好处,观众几乎没有察觉。当然,这需要技术。孙庙农场,有机器,也有放映员,但没技术。首长就让我去,任务就是去培训农场放映员。临时性的。说培训好了,就回来。谁知这一来,就是三年。三年能够记住的是,我在那里写了一部反映阶级斗争的长篇小说,在《工程兵报》发表了诗歌处女作,再就是培养了两个放映员,其实也培养了我自己。比如农场经常停电,我自学了发电机全部技术,手到擒来;比如农场放电影是在很大的打谷场上,固定竖立着高高木头架子挂银幕。两竖一横。两头横竖交叉有个"十"字,挂银幕时需要把绳子准确抛向"十"字外侧横头上;横头很短,有战士就过来帮忙,你扔他扔我扔,死活扔不上去,两眼茫然;不服气,再扔,扔上去了,却是扔在了"十"字里边横杆上。看差不多了,我就过去,拿过绳子,在手里绕几圈,几乎都不抬头看一眼,向上一抛,就挂上了,准确无误。那些战士顿时目瞪口呆。我拍拍手,去指挥装机,留给他们一个骄傲的背影……哦,如果还有什么让我记住的话,就是息县县城西大街、新华书店、邮电局,以及邮电局里一位文静的美女,与农场连队司务长发生了爱情,双方已婚,闹得翻天覆地,要死要活,让众人不解这爱情的力量究竟有多大……

上溯,1988 年,思想大解放,文学之盛世,先锋、魔幻、寻根、现代派、新启蒙、朦胧诗、新写实,一起涌现;每出现一部作品,就能引起全民的尖叫和欢呼。这个时期,就是"新时期";

这个时期的文学，就是"新时期文学"，也被称为中国"八十年代文学"，成为当代文学史命名表述。我那时也在其中，在一定范围内是著名青年诗人了，四处参加笔会，被邀讲课，受到文艺少年少女追捧。

这一年，天很热，我们被邀到息县参加诗歌活动并辅导讲课。那时息县有个活跃的诗歌群，活动像是在一个旧礼堂里，参加听讲的人很多，灯光灰暗，空气里飘荡着尘埃，台下人头攒动，看不清脸，如现在的传销场景。他们讲的什么记不得了，我讲现代派，讲通感、象征、意象，半瓶水，讲着讲着有时把自己也讲糊涂了。今日想来，半瓶水，也有洇湿的潮气吧，而息县诗歌群体不乏优异种子，区域诗歌环境与淮河有关吗？物质的，文化的，自然禀赋的，生存状态的，我不知道，但事实是这个群体在泥里在水里在绝望与苦难中，顽强生长起来，令中国诗坛不可小觑，并非因我的半瓶水，而是地域与个体、个体与群体、群体与时代，以及本土与他乡、守望和突围、承继和扬弃，等等，构成一个同类群体的写作生态，并呈现为一种文学现象与特质，相信在时间过去之后，会有人来重新认识其存在和价值。

那天中午活动结束后，一起到诗人李政刚家吃饭。政刚烧得一手好菜，尤其是鱼，还有豆腐。那天我喝醉了。传言息县"麻雀也能喝四两"，果真不虚。欢宴之后，我从政刚家楼上下来，已站不稳，东倒西歪，被人扶着，我的衣裳上蹭满了楼道墙上的白石灰，其时惨状，一生羞愧。看看人家，啥事没有，靠晚一些时候,还去城南头淮河洗澡。我也去了,还晕着,天上流云,河面来风,只能坐在岸上观风景。那时没有游泳裤头,一个个都脱光了下水,我们那儿叫"打精屁股"。带大家来的人出于安全,选择的是浅滩,河水不深,齐腰以上的位置,正好淹着下半身。这时河上划来一只货船,不堪重负,没有机械制动,船上一老人一女子,用力撑着竹篙,到了大家游泳的地方,是浅滩,估计船挨着河底了,划行艰难。那女孩二十来岁,青春小模样儿,略瘦;夏日衣服单薄,夕光照着,小身条儿显着骨感;依稀记得她立在船尾,将竹篙插入水底,双手撑着,两脚蹬着甲板,前倾,将整个身体和重量都用力压在那一根竹篙上;船在她的推动下,向前滑行一截,她再把竹篙提起,重新插入水底。间或,她把竹篙收回来,竖立着,依撑着歇息,仿佛一个大篆"人"字,又好似一只愣神的抽象水鸟。落日熔金,倒影斑斓,独有淮上船家风情之美。几个男诗人就游过去,站在水里帮着推船。其实——他们八成是去看女孩。在水更浅的地方,他们蹲着身子,不敢站起来,怕是不小心,露出"精屁股"来,也不知那女孩是否发现。我们将此作为特别优美,也特别纯朴的回忆讲了好多年。那优美和纯朴,就像那个年代,就像那时的青春。

上溯,2009 年,秋高气爽,息县文物部门接到群众报告,说城郊乡徐庄村张庄组在淮河河滩沙场下发现古船,那里正是息国古城遗址所在地。

这只古船，当时的样子大致南北走向，南部裸露出水面的是方形船尾，有两米长，木质坚硬，呈黑灰色，其余船体掩埋于三丈多高的沙土下，仿佛重见天日，未知眼前是怎样一个世界，有点儿惧怕和羞怯。赶赴现场的专家，惊喜万分，依据专业经验，初步判断，这不是古船，而是一只古代独木舟。接着，有关文化、文物、水利等诸多部门专家赶到，进行考古发掘。

确实是一只古代独木舟，全长 9.3 米，宽 0.78 米，高 0.6 米，是由一根完整树木凿成，舟体保存完好，是迄今我国考古发现的最大独木舟之一；而这棵完整树木是一棵生长于热带地区的植物：母生树。学名"红花天料木"，属常绿大乔木。这种树如今在中原、在信阳、及至淮南、江南，都已绝迹。我们只能推想那时中原一片热带雨林的苍茫风貌、淮河自由烂漫的盛大之水，以及两岸勃勃生机和富庶。经北京大学专业测试，独木舟应为商早期晚段之物，距今已 3500 年了。舟者，船也，那个报告者说得没错。原始社会时期，先民大都依河而居，靠水而生，种植、养蓄、渔猎、交通，都离不开河流，那么人怎么能到水上呢，到达对岸呢，自由来回于上游和下游呢，除了裸泳，还有载体，这便有了那个聪明的家伙"观落叶因以为舟"（刘向《世本》），"见窾木浮而知为舟，见飞蓬转而知为车"（刘安《淮南子》），于是那个聪明的家伙和另一些聪明的家伙——今天我们称他们是创世者、开启者、命名者，也即传说中的番禺、共鼓、货狄们"刳木为舟，剡木为楫，舟楫之利，以济不通，致远以利天下……"（《易经》）。这里所说，正是远古人类制作舟楫的过程。在新石器时代，祖先既能人工取火，更能磨制石斧、石锛等生产工具，造出一只独木舟来，根本不是问题。独木舟现藏于信阳市博物馆，陈列在进门处，无疑为其镇馆之宝。我每次带人去看，都感到无比骄傲和自豪。骄傲的还有，这之后在息县又发现了好几只商代独木舟，皆保存完好。

载货、渡人、渔猎、悠游？为官家公产，还是贵族私有？或者就是普通淮上人家日常生产生活所用？水能载舟，亦能覆舟，那一天发生了什么？愿望里那不过是一只空舟系于淮河岸边的吧，一场滔天洪水突然袭来，将舟子沉入河底，埋于泥沙之下，而舟子的主人安然无恙。哦，舟子毁了，再做一个，只要人在。数千年了，历史激来荡去，滚滚而逝，人终究还是去了，舟子还在，相信被淹没的肯定不是这一只舟子，其他皆被冲走或毁坏，唯这一只留下，淮河的泥沙积淀封存，为我们留下先人的生活物态标本，纹理与包浆为自然手绘秘图，岁月暗码藏于其间，上善若水，厚德载物，天道酬勤，密匙在善者、智者、有缘人、上下求索者手里，他们自会有解，必能有解，直达历史、文化、艺术、科学渡口，从此岸，到彼岸，渡己，渡人，渡我们回远古，回到时间流水之上，淮河浪涛之上，划一叶扁舟，随四时流转。

上溯，2018 年，这个夏天，几个写作者，突然要来看淮河，游到了息国。觉得谐谑。过去我们无数次到过息县，也无数次看过息县的淮河，阅读过大量有关文字，那都不算是看吗？

淮河远古是什么样子,其间发生了什么变化;恣肆凶恶是何面目,岁月静好乃怎样一幅图景;古道、故道、远水、近水,三十年河东,三十年河西,今天真的不好描摹。两千年前,雨量充沛,植被丰厚,物种多样,整个世界都烂漫多姿,异彩纷呈,萌发和冲动,生长和创造,充满了生命原始的力量。淮河也完全按照自然的、造物的、上苍的超力,不受约束,冲越、漫漶、奔淌、咆哮。况且专家说我们这里那时四季如春呢,淮河流水从没雨季旱季之说,那可真是美极了,大美、壮美。今日淮河,经数千年自然与人为之力,不断毁坏、变更、再造,战天斗地,人定胜天,早已面目全非,再无天然之势,野性之态,巨大博弈的结果,强行和相对固定了它的水道、走向、形态、风貌,了无生趣和野趣,哪有惊险和意外,再通过卫星变成高清实时地图,包括政刚家小区楼顶密集排列的太阳能热水器,院子里挤满的大小车辆,还有楼后面幸存的最后一棵歪八扭四的广玉兰,都让我们一目了然,甚或触目惊心,仿佛天地再无秘密,山水再无神灵,人无崇拜,心无敬畏。

好吧,我们来搜地图。果然,诸物清晰起来,一切变得直观:淮河在息县城南呈现一个"几"字形,左一撇撇下去,是发源于湖北大悟五岳山的竹竿何,撇上来,是淮河主干,成为一个倒"几"字。倒"几"字肚子里是息国古城遗址,在淮河北;正"几"字肚子里就是濮公山了,在淮河南。而河南河北,一望无际,"平畴旷远,惟兹山峻石孤撑,高观枕流"(《光山县志》),怎不令人突兀和惊诧,有横空出世之感。淮河于此,流连忘返，绕其三折三曲，将濮公山迷人姿影倒映在淮水里，在不同的时段和光照下，闪耀迷人浮光，被视为天地奇观、淮上殊景。因此濮公山又名浮光山，往东南即光山和古光州(潢川)，皆因此而命名，足见山水对古人的影响。到了宋代，苏东坡因文字狱被贬黄州，路过信阳，喝了毛尖茶，挥笔题曰：淮南茶，信阳第一！到达息县，看见濮公山，挥笔题曰：东南第一峰！经科学测量，濮公山海拔不足150米，而苏东坡自宋都开封南下，四百里黄淮平原，一路坦荡，无以称奇，忽见淮南一山平地而起，一声感叹，便脱口而出了！显然，苏轼这"东南第一峰"之赞，已非基于地理学考据，完全文人骚客性情表达。"乌台诗案"发生在1079年，苏东坡被贬后，于次年正月初一离开大宋汴梁，正月十八到达汝南蔡州，写下《正月十八日蔡州道上遇雪，次子由韵二首》，之后就到了息县。其间是一百多公里啊，就算他未在蔡州停留，理论上也只有正月十八和正月十九两天，因为他正月二十已过麻城春风岭，写下著名诗篇《梅花二首》。其中这短短两天时间，在息县的活动暂且不说，他还要过淮河继续贬谪之旅，我们知道的，他起码是在光山加禄镇南四十里的大许店郭守祥家中有过寄宿，见壁上有四句诗，"字势颇拔俗"，得知是光、黄间狂僧麈公之作，遂作《书麈公诗后并引》；再接着，到了光山大小苏山间的净居寺，写下那首五言长诗并序。这些仅仅是"有诗为证"的，除此你知道他还去了哪里？我的天，且不要说寄宿、拜访、交游、谈话、写诗，即便连天加夜不睡觉，这么远的路程，你也赶不完的。我觉得绝无可能。要么就是两天跑马观花,诗歌为后来写成;要么到黄州后又返回悠游于此。其实我们的所有猜想都是错的,而这一路平仄坎坷来来去去写下的诗歌,不过都是徘徊、过渡、铺垫、酝酿和蓄积,因为这之后,划然长啸,草木震动,山鸣谷应,风起水涌,乱石穿空,惊涛拍岸,人类超越时空、震古烁今的旷世之作、巅峰之作,就要横空出世,你知道,那就是苏轼写于流放之地黄州的《念奴娇·赤壁怀古》、前后《赤壁赋》!

回到息县。苏东坡过此,那时叫新息,属蔡州下辖。因此有人说他称濮公山东南第一峰,并非以开封为基准,而是以蔡州为坐标。且不管它。现在是苏东坡终于一路艰辛到了息县,先去拜访四川老乡、曾任新息县令的任师中故居,任师中乃苏父老友,年轻时多次听父亲讲他的故事,记忆深刻,迷恋其中,充满对淮河以及息县的遥想和揣摩;与此相关,他又去了城北小竹陂,还到了城南桐柏庙,在那里留住、吃饭,跟和尚聊天,写下《过新息留示乡人任师中》的诗篇;在渡过淮河往光州去的时候,还在淮南村留住一宿,辗转反侧,细思世事,打量人生,写下《过淮》的诗篇……苏东坡写于息县的诗篇,还有刘咸、刘长卿、范仲淹、黄庭坚,以及当代息县诗群的上品佳作,都是息县最为珍贵的文化瑰宝,应该让息县人知晓这精彩历史,阅读这美丽诗篇,在淮河边寻找诗人的身影和足迹,寻找山水间的光芒,寻找我们诗意的过去。

悲伤轰然袭来,把我击倒,关于濮公山。其水澄碧,其山葱茏,其石也美,出珉玉及黑石,做成棋子,曾为贡品,名传天下。这都不重要，重要的是这里的山石是灰岩矿，能烧制出高品质石灰，叫"息石灰"，与"息半夏""香稻丸"组成"息县三宝"。那么，这可就不得了了，濮公山一场铺天盖地的开山采石建窑烧灰运动，在淮河岸边构成天空下欲望燃烧的人类惊恐图景，一座山就这样生生被炸裂、扳倒、摧毁、荡平，不见了，没有了，还往下挖出深深的、巨大的矿坑，淮河水渗进去，成了大湖，是很多人身前就能看见的沧海桑田。

那一天，息县的几位诗人领着我们去了那里，经过一座座如木乃伊的石灰窑，登上尚存的半边危山，俯瞰矿坑湖，感慨万端，无言以对，想想那炸山炮声，天地崩裂，心流血，石头碎成齑粉，罪恶之火烧出白灰，更像是烧出人类自己的骨灰。政府终于来收拾这满目疮痍、残破河山，有人提议废墟利用，在那里建一座生态公园。——生态，真是天大的讽刺！那么也好，以此来见证人类的野蛮，留下作恶现场，来陈列展示原罪可怕的标本景观。濮公山没有了，那么任师中故居呢？城北小竹陂呢？城南桐柏庙呢？还有淮南村、白石桥、青阳陂、黄岗寺、贾彪庙、程晓碑呢？以及几行疏柳、万里归鸿，几家村落、是处桑阴呢……

上溯，公元前十三世纪，商王盘庚因政治内乱而借水患灾害之名，与奴隶主贵族战，决死迁位于山东曲阜之商都于黄河之北安阳殷地，今称殷墟，实现了一次历史与王朝的伟大变迁。之后，历小辛、小乙二王，就到了武丁时代，累积的财富和集权,使之成为一个威武、雄壮、灿烂、华美的时代。——我必须用这些大词来表达。而且武丁长寿,在位长达59年,百岁而崩。其直接作用就是能让国家保持相对长治久安。因此,武丁时代,国力鼎盛,军队强大,文化绝伦,大器雄浑;北征方国,开拓南土,所向披靡,纵横天下。至武丁末年,殷商已成为西起甘肃,东到海滨,北及大漠,南逾江汉,包含了众多部族融合在内的泱泱大国,莫敢不来享,莫敢不来王……目光收回来,聚焦到息县淮河南岸罗山莽张乡天湖村后李,那里紧挨着美丽的竹竿河,罗山人的母亲河。1979 年,那里惊现一个"小殷墟":"青铜器与安阳殷墟相同或相似,其中的息父辛鼎、鸱鸮提梁卣、圆圈云雷纹尊、饕餮纹单、獠牙纹钺、尹斗等均为国内罕见精品……后李商周墓地是我国迄今为止除殷墟以外最完整、最重要的商代晚期墓葬资料,被国内考古界誉为'小殷墟'。"(生活·读书·新知三联书店 1992 年版《信阳地区志》),其中 8 号墓发现有殉葬人,推测为商王朝奴隶主贵族墓葬;青铜器中有"息"字铭文的多达 26 件,铭文为金文,与常见金文有区别,其中"息鼎"上的"息"与"乙息鼎"上的"息"又小有区别,但风格一致,与常见金文比,更具线条之美、对称之美、简洁之美、感官之美,常见金文之"息",突出了"目"或鼻腔、鼻梁部分,而息鼎之"息",仅用笔画即勾勒出鼻翼及气息之象形,让你仿佛能感受到那"鼻息"的细微和"呼吸"的温热,你就觉得这个字是有生命的。那么常见金文之"息",有人说,是对商象形之"息"的"讹变"。于是就想知道铸鼎的艺匠以及刻字者是谁，经历了怎样的构思、修改、成型、烧铸、出品；这些墓葬群是孤立的吗，周边曾有怎样的城邦和村庄、族团和民众，日常的劳作、生活、聚会、娱乐、祭祀又是怎样进行和展开；更重要的，淮河之南此一处息族与遥远黄河之北商王朝是怎样的关系……

"挞彼殷武，奋伐荆楚。深入其阻，裒荆之旅。"（《诗经·殷武》）此次殷商伐荆楚，武丁亲率大军，过黄河，过淮河，一直打到汉江、长江中下游及两岸大部地区。武丁所伐荆楚，是个大概念，不是一般狭义上所说楚国。这个"荆楚"是指当时居于那里的部族方国，隐于深山绿水之中，荆棘般有着极强的生存力、生命力，因此首先是如何征服他们，其次是将他们一一征服之后怎么办，结果是或有殷商中央王朝的人取而代之，进行统治和管理，或王族直系、旁系，大族、亲信，以封国、赐爵、联姻等诸多形式扶持地方政权自治，比如天湖后李之"息"，等等，有甲骨文刻辞记载，息族乃商王朝之姻邦。此地在淮河之南，紧临竹竿河，顺河而下，不足百里，进入淮河，从莽张到淮河，正是荆楚进入中原的孔道，息族于此便有了重要的战略地理位置，成为商王朝置于淮南的军事防线和堡垒。墓葬出土一方面显示了这个部族的庞大和经久，也显示了身份的特殊和显赫。从出土的"息戈""息矛"大批铜兵器，还有两件大"钺"推断，这个"息"也有可能是商王朝赋予其征伐权力的军事首领贵族。

淮河是天然的南北分界线，橘生淮南则为橘，生淮北则为枳，据说拿着温度计走过息县淮河大桥，南北温差立现。那么淮河就不完全是自然造化之走势，而是上帝着意刻下的界痕。天湖后李处淮河上游南岸，又与商王朝姻亲联邦，中原文化渗透其间，但也表现出完全不同于中原文化的独特性、顽强性和自我性，首先是青铜器，基本都是南方的圆口鼎，风格细腻，纹饰精美，而漆木器、几何印文硬陶罐和连弧分裆甗等，皆中原文化器物中所未见。正是因为他们与商王朝的姻亲与隶属关系吧，至西周时代，被周人所灭亡，绝无余地。之后在淮河北的息县境内分封周之姬姓诸侯，是为"汉阳诸姬"之一，也称"息"。那么息国与息族，由于共有一条淮河，以及距离原因，它们是什么关系，有否联系？那么庞大雄武的军事贵族、家族，就那样如水消失于水？他们是否就是乘坐三千年前的独木舟来回于竹竿河和淮河之间？息地原住民在建立息国之前归属于谁？有否治所？时至今日，我们没有任何他们之间的信息。因此，息国历史，应该自西周分封始。太远的追溯，都有点儿扯了。

关于息国的确切信息，最早见诸《左传·隐公十一年》：公元前712年，郑、息因言语不和，"息侯伐郑，"郑伯在边境迎战，"息师大败而还。君子是以知息之将亡也。不度德，不量力，不亲亲，不征辞，不察有罪"。冒犯此"五不韪"，却还要报复人家，这种人丧失军队，难道不应该吗！杜预说："郑、息同姓之国。"因此《左传》才指责息侯"不亲亲"。不管怎样，息国终载于史册，首次"亮相"于春秋初年的风云舞台，却不光彩；

而且息侯此战，一战败北，并由此一蹶不振。二十多年后，即公元前682年，息国为楚所灭，随之设立息县，存续至今。

息国故城遗址，在淮河倒"几"字肚子里，位于县城西南5公里处，今城郊乡徐庄村青龙寺，清代这里被称作"古息铺"或"古息里"，显然是承袭古息墟而名，我觉得特别有意思的是，过河就是濮公山，对面就是竹竿河入淮口，双河汇流，陡增的大水形成惯性冲力，使淮河三曲三折之后，沿着主干宽阔河床，再无回头，奔向它的下游。

现在有个女子要出场了，她就是息妫，或者说息夫人。时在公元前684年。

说她眼似秋水，面若桃花，被称为"桃花夫人"，说她倾城倾国，风华绝代，与文姜、夏姬、西施并称春秋四大美人，云云，这都是酸腐文人、民间艺人无端臆猜和非分遐想。她就是一个青春女子，若有什么不同，那便是她的出身，贵为陈国公主。美是肯定的，或姿色，或才情，或容光，或德行，固然史书未见有对她相貌进行具体而生动的描述，但她所经历——为息夫人，为文夫人，为蔡侯贪恋的"吾姨也"或"媵娣"，并在楚王面前对其大加赞誉，便可推测与想知了。于是真假是非与美恶纠缠便以此展开，而从开始到后来到今天，所发生的一切，都是息妫所不能预料不能左右的，一如历史本身，无论是亡国之耻、忠贞节烈或三年不语，罪名、骂名或美名，息妫都是被动的，春去秋来，落花流水，无辜也无奈。

刘长卿诗曰:"寂寞应千岁,桃花想一枝。"李白诗曰:"有恨同湘女,无言类楚妃。"宋之问诗曰:"可怜楚破息,肠断息夫人。"杜牧诗曰:"息亡身入楚王家,回首春风一面花。"邓汉义诗曰:"千古艰难唯一死,伤心岂独息夫人!"

在浩荡的历史进程中,在血火征伐兼并争霸时代,一个美丽女子担负不起这些,也不该由她担负。那么这是怎样一段令人搅扰的历史、一个含恨凄伤的故事呢?

> 蔡哀侯娶于陈,息侯亦娶焉。息妫将归,过蔡。蔡侯曰:"吾姨也。"止而见之,弗宾。息侯闻之,怒,使谓楚文王曰:"伐我,吾求救于蔡而伐之。"楚子从之。秋九月,楚败蔡师于莘,以蔡侯献舞归……(《左传·庄公十年》)

> 息妫将归于息,过蔡。蔡哀侯命止之,曰:"以同姓之故,必入"。息妫乃入于蔡。蔡哀侯妻之……(清华简《系年》)

> 哀侯十一年,初,哀侯娶陈,息侯亦娶陈。息夫人将归,过蔡,蔡侯不敬……(司马迁《史记·管蔡世家》)

这是围绕息夫人以及楚、蔡、息之间历史事件节点最重要的几个记载,大多的歧义、考论、纠缠、争端,都在这几则文字信息里。挑出几个关键字词:"息妫将归""息妫将归于息""息夫人将归"的"归"，若理解为"返回"，那么息夫人就像有些文章演义的那样往陈国娘家省亲，回来时，路过蔡国，自然前去看望那里的姐姐——国君蔡哀侯之妻蔡妫，席间，蔡哀侯对小姨子的美貌垂涎三尺，动手动脚，公然非礼，息夫人顿感羞辱，愤然斥之，拂袖而去，回去后即告知夫君息侯，然后就发生了下面一系列悲惨的故事，直到亡国；若按《榖梁传》解"妇人谓嫁归"，即为息妫出嫁，将要与息侯成亲，而非省亲、过蔡，这就又引起另一些关键字词，即蔡侯对息妫的行为，《左传》说"弗宾"，《史记》说"不敬"，《系年》严重，曰"妻之"。蔡国乃老牌王室贵族之国，序列有致，礼仪整饬，绝不会因为一个——即便美貌的小女子失去国家形象和王者尊严，诸多演绎和演义，不过以今人情态以度之。那么蔡侯对息妫何以如此，史料给出的理由是"同姓之故""吾姨也"。

　　如此简略之词，你马上就会想起《诗经·硕人》"东宫之妹，邢侯之姨"句，不错，就是这个"姨"，妻子之姐妹，也是今天所说"小孩姨""小姨子"，以及俗语"姨太太"。这个硕人，众所皆知，乃卫庄公所娶的齐国公主美人庄姜，巧笑倩兮，美目盼兮，美得要了人命，而与庄姜随嫁而来的几位女子，"庶姜孽孽"，同样高大健硕，美艳惊人；几位男子，"庶士有朅"，亦青春洋溢，相貌堂堂！遗憾来了，庄姜美而无子。是故，卫庄公又娶一陈国女子，就是厉妫，而妹妹戴妫也随嫁而来，两个人都为卫庄公生养子女。因此，有人就息妫过蔡之事联想到了西周普遍存在的"媵婚制"。"媵"即随嫁者，或陪嫁者，有夫人的妹妹，即小姨子，随嫁"媵"之，曰"媵娣"；有诸侯国送女媵之，曰"从媵"；嫁女国没有妹妹，也可"随嫁"侄女、侄儿，以及奴隶、仆从，在对外统一名称时，男者叫"媵臣"，女者叫"媵姜"，除此还要有物品陪送，甚或专门定制，铭文以记之，这种器物叫"媵器"。这种"媵婚"现象，最早可追溯到当年的尧，他把自己的两个女儿嫁给舜，大女儿娥皇是正妻，二女儿女英则是随嫁之"媵"。在西周时期，这种婚俗据说已十分普遍。如上面所说庄姜随嫁的"庶姜""庶士"，以及后来的戴妫等。无论这是婚姻制度还是约定俗成，被整个社会所接受、承认和实行，那么它就是合"礼"合法的了。

来看息妫，无论是"省亲"还是"成亲"，她都不会是一个人或几个人，诸侯国君，大国公主，大婚之日，必兴师动众，一路风光，而息、蔡间，除姻亲关系外，重要的还有血缘，因为他们是同姓诸侯国，并在军事上与王朝结成御楚联盟；这种关系，非一般邻邦，在这非常时代是生死相依的关系；再则，息妫"将归"，那般阵势过蔡，蔡必给予"宾主之礼""过邦之礼"，而大出意外的是蔡国、蔡侯，竟然"弗宾""不敬"，甚或"妻之"。在做出这些被后人视为恶劣行为的时候，很显然，蔡哀侯压根儿就没把此放在国家层面来考量。推测有一种可能，那就是息妫曾经为"媵"、应允为"媵"或理论上应该为"媵"，后又嫁给了息侯，不知其中发生了什么变故。如果蔡哀侯把"将归"息妫视为蔡妫的"媵娣"，一切则豁然开朗。否则，我们就真的把蔡哀侯想作是纯粹的淫棍了。而所谓"妻之"，当理解为是蔡侯没有把息妫作为"宾"的身份而当作出嫁之女对待了，"妻"在这里是动词，但绝非今人那般狭隘地把它作为"男女之事"想入非非，霸王硬上弓。即便息妫不是"媵娣"，就当蔡侯所言"吾姨也"，那就更趋合理，试想，一个国君为小姨子举行隆重的国礼，那才滑天下之大稽！

好一个春秋四大美人，鲁桓公因美人文姜乱伦而被拧断了脖子，夏姬因妖淫杀三夫一君一子，亡一国两卿；美人西施浣纱清溪一颦一笑，左右了吴越争霸，蔡、息因息夫人而桃花流水春去也，分别于前684年、前682年，先后被楚灭亡，或名存实亡。历史兴替果然是因了这些个美丽的、绝世的、抑或是妖艳的、淫荡的女子吗？那么其他，比如淮上诸侯、江汉诸姬同样也被楚灭，我们该如何来编造那么多有声有色、有情有义的好故事呢。

仰起脸来，打开历史视界，瞭望淮河南北，西周灭亡，东周纷扰，王室衰微，"天方授楚"，楚国的迅速崛起是春秋时代的大事件、大历史，也是大趋势。而就楚、蔡、息之间发生的小故事，结果显现息妫或是起因，绝非原因。让我有所纠结的是，蔡与息、息与楚相距那么遥远，历史记载仿佛他们是邻居一样，一会儿息侯到楚子家了，一会儿蔡侯到楚子家了，一会儿楚子跟着蔡侯到了息国，还一起喝酒，喝高兴了还要美人息妫出来，让楚子看看，接着楚子翻脸，露出真面目，把息国灭了，把息妫弄到了自己家里，成了文夫人，三年不语，生了堵敖及成王两个儿子，其间把蔡国也灭了，云云。或演义，或史实，如今都不重要了。一切都将越过《左传》《系年》《史记》以及"将归""弗宾""妻之",聚焦成一点,便是楚(文)王从历史中窥见了机会。这机会就是击破周王朝"江汉诸姬"联合御楚防线一隙之机,千载难逢。换言之,蔡、息有无事端,更无所谓有没有美人息妫,楚国都要灭了他们!

楚生南土,蛮荒之地,刀耕火种,筚路蓝缕,充满生存艰辛,历来又为中央王朝极度边缘化,被不断征伐和打压,但这是一个坚忍不拔、自强不息的族类,是以凤为图腾不死的浴血、浴火的凤凰,在大时代乘风借云,忍辱负重,转眼一鸣惊人,一飞冲天,自由翱翔于万里碧空;青铜冶炼、丝织刺绣、木竹漆器、音乐美术、老庄哲学、屈原诗歌,仿若天命、神授,一起涌绽,横空出世,构成强大楚文化的根基和支柱,华美、博大而宏丽。这样一个族类,绝不会囿于江汉一方山水乐土,而是要突出重围,逐鹿中原,以观中国之政。

如我所疑惑,蔡、息从哪里入楚,反之,楚人如何北进中原。当时信阳有"三关"天然大阻,难以逾越。入"三关"如入死地,楚只好避开,选择沿汉水北上,袭取罗、卢、邓、(西)申等国,然后越过汉水,征伐汉东诸国。大约前后方距离原因,北出一线较为顺利,而汉东一线距离遥远,又有御楚联防同盟,就进展艰难了。历史进退犹疑的当儿,蔡、息送上门来,你想想,楚文王是怎样一副狂喜的表情和心情。结果我们看到,汉东以至淮水间小国,申、蔡、息成了最早被楚灭的国家;申先,而后蔡、息,申国到息国,顺淮河而下,百余里,距离关系与灭国顺序清晰表明楚进军路线和意图,可以肯定,楚灭蔡、息,非息妫故,或非完全息妫故,而是早在楚国整体战略推进计划中。文化点说,你乃人家囊中之物,俗气点讲,你早就是人家的菜了,现在你不过是把菜双手奉上,端到了人家面前。

在淮上,申、蔡、息几个老牌大国被灭,"汉阳诸姬"周之联合防线由此被打开缺口,一溃千里。我们必是浅薄而平庸想到时间与历史进程,空间及人文情态,然而它的精彩与辉煌,其时却是由楚人书写,由强者书写,由王者书写。

息妫不语,我复无言。

……夏日天黑得晚,但时间已经不早了,诗人们还留恋着停留在息国古城遗址残基上,那里离淮河不远,风从水面吹来,能明显感受到暑气在渐次消退。朝南瞭望,想看到对面寨河、竹竿河,及至更远处的众多涧溪、飞瀑、大川,怎样汇流入淮;想看到从那里飞过的归巢倦鸟,漂来悠游舟船,重现那年撑篙少女,一起幻象般融入夏日夕照一河流金的波光;再南,就是光山古弦国了,那里出过一代史学大家司马光;就是潢川古黄国了,那里出过战国四公子之一春申君黄歇。再南,目光之尽头,就是楚国江陵郢都了,当年就是有夫君楚文王将深掩于深山远水的丹阳旧都搬迁于此,并踞此地望,朝外开疆拓土,崛起于南中原。在那里,有两个男婴先后降世,历史听到了他们的哭声,然后慢慢长大,其母息夫人,哦,现在应该称文夫人,一手牵着一个,桃之夭夭,灼灼其华,或秋水长天,雁阵惊寒,幸福抑或惆怅地朝北,朝更北的北方遥望;这两个孩子,长子熊艰,又称堵敖,即楚殇王,少子熊恽,即楚成王,但他们只能留下一个。这是集生存法则和集团利益打不破的魔咒,物竞天择,也为人择;堵敖为王,于国于民于法于天命,理占先,势亦盛,欲杀其弟熊恽,恽奔亡于随,借随人反杀堵敖,自立,是为楚成王。

——突然恍惚了,息被楚灭于前 682 年,而楚成王乃前672 年杀兄代之,推算,那时兄弟俩咋都不足 10 岁,还是一介少年。无疑,历史所记录他们俩的国家与个人行为,及至手足相残,皆为权力集团或王朝幕僚代行,或族团派系间的博弈和对决。而现在胜出的是楚成王,一个小孩儿,年幼的傀儡,需要有人主持朝政,代行王权,这个人是楚文王弟子元。

这是一个卑鄙之人。在任令尹大权在握后,竟然贪恋文夫人美色,"欲蛊"之,百般引诱,在她宫室一侧大造馆舍,在里边摇铃铎、跳万舞。"夫人闻之,泣曰:'先君以是舞也,习戎备也。今令尹不寻诸仇雠,而于未亡人之侧,不亦异乎!'"(《左传·庄公二十八年》)有侍者把这话告之子元,子元得知,误读抑或说曲解了文夫人的话,以为要他建功立业,方能以身相许,于是率领大军,战车六百乘,长驱数百里去打郑国,弄出一番阵势,假装胜利,无功而返。回来后,就胆大包天,直接住进王宫,这不仅有贪色之念,大有窃国之嫌。楚成王八年,子文、斗班父子联手,对其怒而杀之。子文请为令尹,斗班封为申公,结束了国家长期动乱,并随着楚成王的长大成熟,开始了全面北进问鼎中原的皇皇霸业。子文终成楚国一代名相、廉相。其子斗班，做了申县县令，成为信阳人的父母官，同时他也是位了不起的人物。父子俩继承文王雄风，南征北战中训练了一支强大的军队，即史上著名的"申、息之师"。楚成王以子文、斗班为左右，率领着这支军队，先后败郑、屈许、灭英、败徐、服随、败宋、败陈，还有就是灭我信阳光山之弦国和潢川之黄国……我就想，成王在灭弦、灭黄之时，是否有所触动，想起什么，一阵惊心，蓦然抬起头来，朝北瞭望，于是一股热血和浓烈的情感在内心激荡，他跃上战马，长鞭炸响，沿寨河和竹竿河两河夹持的沙石古道，劲疾飞驰而去……

一条大河阻挡了他。战马骤停，腾起前蹄，一声嘶鸣，山川回荡。成王知道，这就是淮河，而对面就是息国，现在乃楚国之辖的息县，那里就是母亲曾经生活的地方，遭难的地方，受辱的地方，也是她由此成为后来文夫人的地方。他翻身下马，想召唤一只船来，载他渡过淮河，然后从大埠口，缓缓而上，沿南街向北，到大十字街，然后县政府、谯楼、文庙、邮电局，以及参差拥挤的居民老街小巷，还有新息大道之北一眼望不到边的大平原，听那里乡亲用淮南淮北的蛮语和侉腔，讲述美丽的息夫人、哀婉的文夫人，讲述母亲哪怕完全虚构的绝世爱情和悲情……

下陈州

路上

这个冬天,我要向它感谢,它给了我出行的好天气。我希望我的感谢,它能知道。这样我便相信了它这一直以来的冬日晴朗和暖和,原都是在等着我去豫东,下陈州,我从没去过的陈州。

陈州即淮阳,行政区划现隶属周口,光芒闪耀在时间深处,是诗经《陈风》唱于宛丘之上的古老情歌,是两千年前或者更早的陈地生动而迷人的景色和情色。周口即坐落在陈地之上,自然也包孕在它的文化之中,因此在我以下的表述中,陈州和周口或可相互指代。

后来的事实是,在这冬日的晴朗和暖和里,我先到了郑州,见了我的朋友,并与之相约,一起与我"下陈州"。陈州是他的故乡,也是我陈氏祖地。这种不意契合,以及过程与事务性的顺利和顺畅,都未经设计,过一天想来,都是日常生活的诗意和神奇,不可思议,它甚或包括了郑州和陈州以外你走过的地点和时间,及其美好的邂逅和遇见。

我还要感谢郑州长途汽车站,感谢我乘坐的那辆豪华大巴,感谢京珠高速公路。很显然,没有它们,我可能将寸步难行。它们为我提供了 21 世纪中国现代化交通的舒适和便捷,从另外的意义上讲,我更认为它们为我承载了劳顿,节约了生命。

我现在就坐在这辆豪华大巴上,在下陈州的路上,我的座位在第一排,我感谢这辆大巴的第一排,它给了我行驶途中最好的视野。一路上,我能看见我河南全部的大地和平原,我能看见一切冬日的晴朗和暖和,我能看见沿途所有绿色和绛紫色路牌。那些路牌,明晰地向司机、旅客和行人提示和标注出里程、地名,以及两侧属于一个地方骄傲的历史人文和风景名胜:新郑—长葛—许昌—临颍—漯河;黄帝故里—郑国车马坑—三国故城—钧瓷博物馆—鄢陵花都—郑韩故城遗址—欧阳修陵园—小商桥—许慎墓……就是这些没有任何注释和说明文字的地名称谓,总是要触动你一些什么;它是概念,也是确指;是远方,也是当下;是他乡,也是吾乡……无论你去没去过、知不知晓、跟你有没有关,在朴素常识抑或泛文化情感里,必是生发出古老中原之感慨,厚重河南之感慨,煌煌中华之感慨。

平原之"原",我理解了字典中对它的解释:宽广平坦的地方。

这个解释，一如大地本身，坦荡而豪迈，有气宇的宏阔，有想象的辽远，天地的轮回里，上苍垂恩，厚德载物，人力勤勉，地力不竭，一季又一季，是棉花的纯白、大豆的金黄、玉米的油光、高粱的火红，而现在，清一色，是铺展到天边的泛青的麦子。

是的，这是北方平原最为朴素惯常的景象，看着心安。国人已获温饱，丰衣足食，大灾荒的记忆却如昨天，身体仍时有对饥饿的恐惧和惊心；一日三餐，依然是我们生活基本的伦理和形式；五谷杂粮，仍旧是我们赖以生存的活命之物；进步的人类还没有进化到不食人间烟火，也没见有新异的品类替换下农业作物，及至未来，雄心和梦想，负载于科技之翼，临空蹈虚，纷纷移居至别的星球，不得而知；就现实迅猛推进的城市化进程，谁能决然舍弃皇天后土，古老大地上的春华秋实，艰辛耕耘还是季节里最生动的风景；弯下腰去，仰起脸来，满含泪水，那就是我们，对土地和粮食依旧爱得深沉。

粮食，想象里的葱茏、丰茂、诗意、沉实，今儿，在我眼里，它就是那些泛青的麦子，在车窗外，接天连壤。

其实来来往往地，我乘坐汽车，乘坐火车，无数次地南北穿越过这条道路，观赏过这片河南的大地和平原，以及桥梁、河流、庄稼、房舍、泡桐、白杨、大片大片的枣林，我乃至熟悉从我居住的信阳与郑州间道路两侧所有的里程、站点、路口、转折、岔道儿，但我都没有像今天这样怀有兴致，怀有热爱，怀有深情和感受。我的目光湿润，充满了喜悦和欣赏。我把迎面而来的景物都视为纯粹的自然客体,排斥着文化理性上的分析和判断,删除所有附加于它的意识形态说教意义,去蔽而敞亮,生发着生活自由的联想。

就这样,我和车子上的其他人一样,暖洋洋地倚靠在舒适的座椅上,略带一些旅途的寂寞和懒散。固然我和他们互不相识,大家所关注和操心的也是各自完全不同的事情和生计,我们却是坐了同一辆车子,最重要的是,我们要去的是同一个地方。在偌大的世界,人与人之间能有多少这样的概率和安排。因此,我喜欢他们每一个人。因此我也无须和他们交流攀谈,便相信他们大多都是陈州人了。这样,我要去的就是他们的家乡;我去他们的家乡,我知道,他们不可能接待我,但他们家乡的另外一些人会接待我,他们家乡的土地、河流、房舍、风景、粮食、蔬菜、肉食、小吃、晨光、夜色和豫东平原上的风会接待我;我甚至想,陈州我的朋友今天中午为我设下的午宴——应该算是我平生在陈州吃的第一顿饭,米或面食,土产或特色,俭朴或丰盛,可能就是他们其中的一个人生产的。那个人兴许和我一样,喜爱诗歌,喜爱阅读美文,喜爱阅读他们本土作家墨白或孙方友先生的小说。

世界就是这样,把我们联系在一起,固然我们十分陌生,永远都不会知道彼此,我们连一句话都不会说;这有什么关系呢,我去的是他们的家乡,起码在今后的几天里,我们会在同一个区域间的土地上生活,我会闻到他们也能闻到的空气的干燥和湿润,我会去他们和他们亲戚都去过的那些商店、酒肆、街区、河岸、滩涂和码头。如果落一些雨，会打在我的脸上，也会打在他们脸上，打在他们家的屋脊上、房檐上、窗户上、麦苗上；我的鞋子上粘着他们土地的泥巴，并有可能还会带回到我的城市和我的家里，这就足以让我真诚表达上述的那些感谢了。

哦，如果有一些区别，可能是这些日常生活天长地久的感受，他们用最直接的表情或动作，明白无误，一如事实本身；而我可能会用眼睛和内心体察，然后用文字和段落表达。我不怀疑我情感的基本挚诚，但我只担心我书写的蹩脚和做作，会误解或者粉饰了生活本质的真实和生动。

我提醒着别人，也提醒着自己，在生活与艺术之间，一定要小心翼翼。

陈州，周口，共有的地望和名望，源自二者地域与文化的隶属，互为内涵和外延。陈州是旧土地，积淀深厚，周口则是植于其上的大树，华盖如云，往事稠密，如茂发的枝叶，繁繁复复掩隐着它，抬起目光，就能与之触碰。

说到周口，我倒是更喜欢叫它原来的名字：周家口。

口，乃出入通过的地方。譬如关口、道口、河口、渡口、埠口、口岸等，而这些词，似乎都能用来解释周口往昔的地理，映衬历史的风貌。追溯周口之初，在明代初年，它是一处河流的渡口，主渡者姓周，故名周家埠口，亦称周家埠、周家口，后简称为周口。其具体位置应该在贾鲁河与颍河交汇处之沙河南岸，那么也就是现在周口市所在位置偏西南一点的地方。当年，附近农民为了交换农副产品，在沙河北岸贾鲁河两侧形成双日集；后来，在沙河南岸又开辟了单日集，由于两集为沙、颍河阻隔，便有这一周姓船家在街北口辟一渡口，以摆渡那些做买卖的人、赶集的人。而随着航运的发展，三岸连起，万商云集，逐日兴旺起来，至清代中期，已有文字记载为：人烟聚杂，街道纵横，沿及淮宁境，连接永宁集，周围十余里，三面夹河，舟车辐辏，烟火万家，樯橹树密，水陆交会之乡，财产聚积之薮，北通燕赵，南连楚越，西接秦晋，东达淮扬，为豫省一大郡会。周家口遂与朱仙镇、道口镇、社旗镇并称中原四大名镇。

　　商业和贸易，像生生不息的贾鲁河、颍河、沙河的流水一样，共同交汇、集散于周家口镇，南来北往中，那里未必不翻卷几朵即将到来的近代中国先进思潮的浪花和暗流，推动并注入其间，焕发了一个时期社会、团体与民生的活力，构成豫东平原长达百年的繁盛和景象：蓝天下波光潋滟的水面；码头进出的舟楫、货轮和商船；穿行于集市密集人流中的巨贾、富豪，他们鲜亮的衣褂，明亮的目光，簇亮的神采，如此地不同凡俗、不同凡响。以及楼堂、会所、酒肆错落参差的招牌，琳琅满目、堆积如山的各路物品财货，让我们看得繁花似锦，眼花缭乱，心花怒放，泪花迷离。

　　熙熙攘攘中，没有人在意，明万历年间一位叫熊廷弼的进士也平平仄仄一路风尘来了这里，激情与文采飞扬，挥笔写下了这样的诗句：

万家灯火侔江浦，

千帆云集似汉皋。

　　他赞美周家口商埠之夜万家灯火如南京长江浦口的喧闹，白天千帆云集商旅奔驰则像大汉口一样繁华。而他见到的还不是周家口的鼎盛时期。及至乾隆年间，周家口早已从一个渡口开辟为十六个渡口，本地居民达四五万人，流动人口则达数十万人，街道116条。据有关专家推测，在周家口的秦晋商人中有名号可考者，坐贾164家，行商320家。加之安徽、福建、江浙、江西、湖广等省的商人，在此修建的商业会馆多达10余座。

　　建筑及其陈设、构件、粉饰和材料，因人气而不朽，内里的坚韧与美质，与时间抗衡。近代以降，仿佛一场旷世的狂欢，不知是哪一天，骤然散场，于一个华丽时代浓妆艳抹的人们纷纷作鸟兽散，甚至不及收拾那些贵重家当、金银细软，还有曾经的大气和豪迈，爱情与温柔，周家口迅速萧条和冷寂，那些建筑随之风化、颓废、坍塌。惜哉，现仅存两座了，分别坐落在沙河的南岸和北岸，岁月的剥蚀及残破中，仍见曾有的气度与恢宏，匠心的密致与精到。

　　拈来一枚友人的诗句表达：余下的情景，你可以想象。

　　事先的阅读引领我先于身体之前，到达了周家口。于是看到那时的周家口，除了附丽于词语的喧哗之外，"陆陈""牲畜""茶叶""年画"的买卖交易，应该是构成其一个时期以来长盛不衰的四大商业支柱。

"陆陈"，是粮食品种在商业上的总称。周口属黄淮平原，土地平旷，河流众多，土质疏松肥沃，属暖温带半湿润季风性气候，降水量适宜，有利于农作物生长。明代成化至清同治年间，历经四百年的发展，周家口不仅一直是重要的粮食生产基地，也是全国著名的粮食交易市场。贸易范围，北达长城内外，南至闽越湖广。清光绪年间，周家口经营粮食交易的大型行庄有28家，普通粮坊80余家，每天粮食交易吞吐量60多万斤。品种多为小麦、绿豆、芝麻、大豆，年交易量高达两亿多斤。置身其间，就置身在庄稼之中，置身在农耕中国特有的景象之中，置身在粮食的世界！

那么近前，来闻闻，在周口的文字里，拂去时间的盐碱和沙尘，释然散发着麦香、面香，还有老家的锅盔、烧饼、蒸馍的香哩，鲜美，热气腾腾！

"牲畜"，其交易同样始于明而盛于清，尤其在清同治年间蒙古马匹大批涌入，周家口很快发展成为闻名全国的骡马市场。然而，在周家口真正出现大宗骡马交易，还要感谢一个人，这个人就是曾国藩。这位赫赫有名的文正大人曾进驻周家口指挥剿捻，为军备所需，派人到蒙古买马，蒙古客商一次送来良马五千匹。文正大人挑选购买了三千匹，让蒙古商人那会儿笑逐颜开，摸了摸鼓鼓钱袋中的真金白银，觉得所赚已大头落地,遂将余下的两千匹马投放市场出售。不承想,风起于青𬜯之末,不知如何就轰动了四方,客商纷纷前来,不几日便抢购一空。蒙古商人一看这行市,了得,回去后,于次年早春就将数千马匹赶来周家口,自然又笑逐颜开大赚一把。而商业繁华之地的周家口人多么精明,只在这个当儿,他们便悄无声息地备足了资金,日夜兼程,速速赶到蒙古、张家口牵回了上等的良马来贩,把周家口的牲畜市场推向高潮。及至我们通常能看到上万匹的北口马在市场上出售,随即发展出"牙行"162家,从业人员两千余人,日成交骡马6000头,牛驴3000头,为周家口商业四大支柱首屈一指,独占鳌头。

试想自己能去当年的周家口,你一定会立即到骡马市场里一番招摇,闻闻那牲畜浓烈的气味,感受那买卖的气氛,和他们讨价还价,谈笑风生,且听着那厢成交后白银的响亮,对着你一眼就相中的那匹高头大马身上的肥膘轻击一掌,那是何等满足和自豪!

"茶叶",有统计,1816年周家口共有花局67家,从二板桥往北直至周套楼全是花房,绵延三四华里,形成一条洋溢着扑鼻茶香的花街。越过攒动的人头,可见各花局卸茶、装茶、熏茶的繁忙。六安瓜片、信阳毛尖经沙河大量运入,让山东青岛、烟台、威海、济南、河北保定、邯郸、邢台广大地区的商人闻香而至,采购新鲜茶叶,就地加工包装。各花局年产茉莉花8万—9万盆,烘熏能力5000—7000篓,约13万—16万斤。

美啊,那种好闻的茉莉花和绿茶的清香,在你还没到达周家口的时候，你就两腋生风醉眼蒙眬了。加之这美物如美人的天然品质，加之这可以预期的丰厚利润的引诱，在你真正到了周家口花局的时候，呵呵，你就只做一件事，把身上的钱袋慷慨解开，"哗啦啦——"一连串全部倒出你白花花的银子！

"年画"，这是周家口的手工纸业产品，更是百姓人家的精神产品。同治、光绪年间，周家口共有纸作坊30余家，每家设计、描稿、上色、刷纸、制版、印刷工人多者百人，少者数十人，从业人员达1800人。年画种类繁多，有门神、灶画、中堂、桌裙、门头、影壁、斗方、对联等；内容丰富，有历史故事、神话传说、世俗生活、风景名胜、时事新闻、讽喻劝诫、仕女娃娃、花鸟虫鱼、吉祥喜庆等；工艺制作最是讲究用色——这是年画共有的突出特点，一般以矿物、植物做原料，采用手工磨制，使其色彩纯净浓艳，极具视觉感染力。其花鸟齐整华美，大红大绿，大俗大雅；其人物粗犷简练，爽朗古秀，朴拙夸张，极具中原地方特色和民俗风情。周家口当年年产年画5万—6万刀（100张/刀），尖纸、蔻丹纸、梅红纸、加花纸、柬帖、龙凤大启10多万刀，销往本省各地，及西北的山西、陕西等地。

那么可以想象一下，到了婚庆、寿诞、生子、年节，家家户户都张贴着喜庆的"五子登科""富贵满堂""连年有余""麒麟送子"；张贴着动情的"牛郎织女""梁山伯与祝英台""白蛇传""秦香莲"；张贴着有趣的"耗子嫁女""三猴烫猪""狗咬财神""看官盗壶"；张贴着威严的敬德、秦琼、关平、周仓以及叱咤风云的封神人物，张贴着祝福的灶王爷、灶王奶奶……联想到年画中那些我们熟悉的人物和故事,我们便找到并获得了心灵永远的慰藉和美满。这是我们全部真实的民间现实生活,全部艺术的民间精神生活,我们继承和延续了岁月的平安和祥福,于是在大年夜里,我们用最为朴拙诚实的热情和欢笑点燃了一串长长的鞭炮,噼噼啪啪炸响满天电光和纸屑的飞花。

大碗的酒和大碗的肉已经盛上,堆满了桌子。不久,村子的那头,不知是谁,已经醺醺然有了三分醉意七分惬意,在阔大的豫东平原上,恣肆地吼了一嗓子纯正的沙河调儿,乖乖,那个美啊……

车子在漯河转弯,折向东,我才知道,我还没到那个叫周家口的地方,现在我才真的往周口去了,往陈州去了。仿佛之前我是顺着时间的反方向去,终于转过了身子,这才是包括对待历史的正确姿态,并非隐喻。不知来,视诸往;温故而知新,不过如前所说,行走,可能改变了我的生活态度,以至于改变了我的言说方式,但我从不会改变我对中原历史、平原文化、地域生存环境和土地焦虑的审视、读解和批判。就像周家口不复存在的商业繁华,就像贾鲁河、颍河和沙河舟楫桅帆在久远天际的消隐,就像那些民间年画艺术在现实濒临消亡的危机,就像豫东平原上唱醉了一代代百姓人家生活的苦难和向往的沙河调、道情、曲剧、越调,眼见被电视剧、好莱坞、脱口秀、真人秀、周杰伦、郭德纲取代的尴尬,同情与惋惜之余,我会努力追寻深层的嬗变和原因,坦然接受,迈向创新,并找到精神的周家渡口。

毋庸置疑，情感上的遥远岁月眷恋和文化怀旧情绪，不能代替我决绝的告别，同样不能避免我温情或残酷的书写。我以为，这才是对土地和民众真正的理解和应有的尊重。就像现在车子载我转过身来，面向周口的方向、陈州的方向，向东，向太阳升起的方向，我更需要以向未来的迎接，给出一个文学的姿态，及至来热情赞赏进步时代带给陈州人开放的慌张、手足无措、泪水、惊喜和惶惑后明确而坚定的判别和选择——他们自己的选择。

如此，我在车上已经开始向陈州期待和瞭望，寻找豫东平原在这个美丽岁尾即将呈现和传达给我的感受和感慨，就像我的第一次来周口、下陈州，身体和心灵都会到达一个新的区域和天地，可能行色匆匆，但未必没有鼓舞、激情、失落、忆念或刻骨铭心。

陈州，正向我徐徐打开，也许是我，在向它徐徐打开……

心香

燃一炷香，敬咱的中华人祖伏羲。

丙戌年冬月的这个上午，在古老陈州的太昊陵，我有了生命脉缘或文化脉缘意义上的第一次跪拜和叩首。我的手掌、膝盖和头颅，紧贴着陵墓前的地面，天空钟鼓鸣奏，大地龙凤呈祥，我跪着的是一个东方之子对自己民族公共精神的认同和虔诚。我敬慕的内心，充满了热烈和华美，也洋溢着蓬勃和亲切。

之后，我抬起头来，和我一行的朋友们转身往回走，阳光真是很好，景物显现清晰，路旁园子杂生着已经落叶的占卜用的蓍草，其茎圆象天，德圆而神，数千年来的演绎变化，是向未知的打探和接近，是心灵智慧的体察，是与自然神性的会晤和圆融；古老高大的松柏，依然苍翠青碧，让人停留和行走的当儿，凝视与仰望之间，得见冬日参差的枝干梢头于干净广泛高空的衬托，仿佛中国文字和书法古意朴茂的笔意和气势；森然错落、钩心斗角的建筑，那些楼、廊、台、坊、亭、祠、堂、园及砖瓦檐椽壁面的青灰、石绿和朱红，都格外映照心情的艳丽和鲜美。

那么，六千年前的伏羲和我没有距离，既没有时代的相隔，也没有时间的确指，我仅仅觉得，那个伟大的人不过是累了，需要一次长眠，需要一次休息，抑或需要一次长达数千年的思考，一个关乎人类生存和文明创造的思考。

转而又想，他又何曾睡去！

他不一直都在醒着么，他不一直都在我们中间么，他过一会儿就会从那个巨大陵寝里坐起来，像日常午休之后，起来伸一个懒腰，舒服地打个哈欠，然后平静地到那些树下散步，深深呼吸着豫东平原吹来的淳厚泥土和新鲜冬麦的气息；间或停下来，听门外浩渺龙湖环绕的水声，听几只沙鸥或鸟雀在不远的地方飞来飞去地啁啾；他甚或会和来看他的 21 世纪的人们熟悉地打一个招呼，喜悦而诙谐地欣赏着我们完全不同于他那个时代的奇装异服。当然，我们也都会远远看到他健壮高大的体魄、宽阔的前额，以及简单的麻类或丝织的衣裳，看到他一位百岁老人苍烈飘飞的头发和明亮深邃的目光。

哦，六千年，是什么，有多远，在我这里，果然一想，不过是从我家乡信阳到周口的距离，是从周口到陈州的距离，是从午朝门、道义门、先天门、太极门、统天殿、显仁殿、太始门至伏羲陵凡750米的中轴线的距离，是从天、地、水、火、山、雷、风、泽到乾、坤、坎、离、艮、震、巽、兑的八卦演绎和转换的距离。

反之亦然。

就这样，终还是要回到远古大地的洪荒和文明的肇始，八千年或六千年前，甘肃天水、秦安大地湾、陕西蓝田、宝鸡，安徽巢湖，山西永济，山东泰安、曲阜，河南舞阳、济源、桐柏、淮阳、陈州——这些都被认定为伏羲生活过的地方——便稍稍有了一些遥远。果然要仿照历史学家的求根溯源论及具体的辨认与考证，八千年或六千年前，是年初农历的正月十六吧，九月十九吧，十月四日吧，——这些日期都被认定为伏羲的生日——我就有些惶惑不定了。因为八千年或六千年，在我这里，真的，它就是昨天——昨天，我刚从郑州到达周口；他就是今天——今天我来到了陈州，来到了宛丘之上羲皇故都——太昊陵园，来到了伏羲身边。我真实地看到了这个高大的人，这个优秀的人，这个智慧的人。我感受到了他身体的温度和他阔大手掌的厚实与粗粝；我听到了他胸腔里发出的男人浓重的呼吸，以及脚步每一次迈出的震动；于是我也看到了他的母亲，那位华胥氏美丽而聪颖的少女；我看到了他的父亲，那位雷泽氏勇敢而俊朗的青春美少年，我看到了他们天地间柔情而狂野的拥抱和相交，我看见了一枚最英勇充沛的精子和最温情圆润的卵子仿如历史盛典般的华美结合和咏唱，我看见了晨光初露的那个暗色黎明，一个婴儿的降临和出生，他不屈不挠嘹亮的哭声划破了沉沉黑夜，一个民族文明的肇始里，八冥天光大开，四合雨露滋润，继而天空阳光普照，大地鲜花盛开。

——八千年或六千年的漫漫征程开始了，艰苦卓绝开始了，生生不息开始了，文明创造开始了。

这个伟大的男人和他的妻子——另一个伟大的女人一起，纠缠交合，一画开天，抟土作人，炼石补天，制定婚礼，编排舞乐，创制了文字、八卦、四时、都城、宫室、舟车、刻制、结网、采药、医病、养蚕、织帛、织布、种植、雕塑、算术……我无法复述更无法复现这八千年前或六千年前漫长而辉煌的历史业绩，那么就让我们听一曲伏羲氏族集团中的葛天氏后裔句芒(句，音勾，故又名勾芒，神话中的"春神"，总管一年农事。"句"字，其形若勾着头的刚萌发的嫩芽；"芒"字则是嫩芽上毛茸茸毛刺。象征春天的生育和生长)其作歌"八阕"对伏羲的颂扬，一曰"载民"、二曰"玄鸟"、三曰"逐草"、四曰"奋五谷"、五曰"谨天常"、六曰"达帝功"、七曰"依帝德"、八曰"总万物知极"。你听吧，那"八阕"之歌，就像一部情节恢宏起伏跌宕的氏族史诗和歌剧,一阕阕向前推进,一步步达到高潮,激荡天地,振奋人心,漫漫回旋震荡在西北的广袤高原上,中原坦荡的大地上,豫东肥沃的平原上。

这时我望见了伏羲氏族部落蛇的族徽和图腾,同时看见了图腾飘飞辉映下的英雄热血激荡的征战、搏斗、屠戮、迁徙、兼并、联姻、融合,日渐扩张壮大成一个以蛇、虎、羊、犬、马、牛、鹿、鱼、鸟、蛾等为图腾的庞大的复合图腾氏族部落集团。而在伏羲华族(曾居于华胥泽畔,史称华族)和神农夏族(曾居于夏水之滨,史称夏族)最后融合生成华夏民族的时候,我们终于看得清晰了,那个表达了现实与未来理念和意志的属于一个民族的图腾,就是以蛇为主体的基础上,附加上其他氏族图腾的局部,如马的头、牛的尾、鹿的角、鱼的须、鸟的爪等,便成为极富创意和想象的中华"龙"的形象。矫健有力,庄严威猛,至高无上,充满精神的神往、崇拜和依托。

全世界华人都因此而骄傲地说:"我是龙的传人。"

高山仰止,景行行止,于是那个人,从此被我们尊称为三皇之首、百王之先、人类始祖、龙的祖先。

午朝门阶,蓦然回望,十门相照,你看那个人,还无声地站在那里,一脸的睿智、平静和祥和。

走出太昊陵,仅仅一步,我就站在了龙湖岸边铺着花岗岩的现代化超大广场上。阳光满地,游人如织,生命鲜美而斑斓,到处是 21 世纪开放中国获得的自信、喜悦和笑容。我才知道,我和那个伟大的人真的相隔有八千年或六千年的距离,及至八千年或六千年的仰望、敬慕和崇拜。这遥远，这相隔，这时空的瞬间转换，是那些游人的表情告诉我的，是龙湖中合金钢雕塑和音乐喷泉告诉我的，是湖对岸矗立着的淮阳县城鳞次栉比的楼群告诉我的，是朋友们用数码相机对我拍照时告诉我的。

八千年和六千年果真就是历史时空距离的概念吗？

我在广场上东张西望，充满疑问和企图，我沿着湖边的栏杆走着，我沿着一拉溜销售旅游工艺品的货摊走着——琳琅满目中，我惊喜地发现了民间手工制作的布老虎、埙和泥泥狗，就是著名的淮阳泥泥狗，泥狗子！

——这伏羲的孩子，这女娲的孩子，他们把自己的孩子做得多漂亮啊，那体相、造型、眉眼、神态、表情，充满了艺术的想象，诚实还原了大地的朴拙，夸张再现了心灵的飞动，粗粝恒久着生命的本真，细腻描述了超然物质世界的空灵。这豫东铺展无际的大地下的胶泥，就这样经过伏羲的手，经过女娲的手，便赋予其血肉的丰满，骨骼的品质，筋脉的坚韧，生命的精气。

抽象，具象，夸张，逼真，写意，写实，他们是远古生殖繁衍全部意义的表现和象征，更是悠久岁月和民间生活的现实情景和情状。

这些伏羲的漂亮孩子，这些女娲的可爱孩子，千姿百态的造型和体态，来自深厚的母爱，来自女人艺术心思的奇妙，那么我就想，最先用胶泥揉搓粘连捏出孩子们形体的，应该是他们的母亲女娲；他们的父亲伏羲要做的，就是先在孩子们身上染上黑色的底色，然后用红、黄、白、绿、粉五色，细致地饰以点、线构成的图案。有点漆器文化的格调，又有点像绳文、格文、古陶器的纹饰。固然这个高大的男人曾经用他那双手画过八卦，但还是显得有些笨拙，女娲就笑了，会过来帮他完成那些更加细致的部分。

孩子们打扮好了，一个个古朴浑厚，似拙还巧，浪漫夸张，情趣盎然，五色点缀，艳而不俗。而陈州乃中华万姓之源，孩子们都有自己的姓氏，相信通过人生踏实的努力和坚定的迈进，一定都会成为名门望族。子嗣绵延，香火旺盛。那么，该给这些活泼可爱的小家伙起些名字吧——这个是表达生殖崇拜的，就叫"草帽老虎"；这个似欲飞天，就叫"猴头燕"；这几个来自神话和传说，就叫他们"母子猴""猫拉猴""双头狗""九头鸟""人头狗""多头怪""图腾柱"；这几个来自现实生活，就叫他们"驮子斑鸠""歪嘴斑鸠""甩尾鲢鱼"。

最后这个猴儿颇特别，两脚矮化，中间女阴生殖符号突出，造型肃穆，内心神圣，全无其他猴儿的顽皮，那就叫他"人面猴"吧。

——这个"人面猴"没有人不认得，我们常常称他为"人祖猴"。

说到这儿，八千年或六千年就又与我近了，因为这些泥泥狗就来自淮阳县城东北的金庄、盛庄、陈楼——我们常见到的那种典型的北方村庄，也就是说，伏羲就在那里，手指粗大，脸膛黑红，衣着朴素，腰板硬朗；女娲也在那里，体魄强健，腰肢浑圆,丰乳肥臀,性格爽直。

你可能一眼就能认出他们来,你也可能根本就无法对他们进行辨认。

芸芸众生,来去过往,天长地久,岁月如歌,他们在其中早已是和我们一样了,相貌平平,真实、普通而又寻常。

黑格尔说,历史是隐藏的一种力量。他认为历史有三种,一种是原始的历史,一种是反思的历史,一种是哲学的历史。所谓原始的历史,是历史的目睹者,记录的是他们看到的、当时他们生活当中发生的事件,也就是记录者所在时代的历史,一般被后世的人们看作是"历史素材";所谓反思的历史,包括普遍的历史、实验的历史、批判的历史、生活和思想的历史,如艺术史、法律史以及宗教史等,是对过去的事情站在今人的角度上的总结和回顾;所谓哲学的历史,就是把历史看成是一种历史理性或者历史精神的时间呈现,这为黑格尔所极力追求,因此历史在他那里便是历史自身的某一种精神,及这一精神在不同阶段被事件表现出来的心灵实现过程。

黑格尔对历史类型的划分,恰恰代表了历史的过去、历史的现在和历史的未来。问题是中国的历史从不这样明晰地分类,而认为三者在内涵上是浑然一体的,过去、现在和未来就像是一棵纷繁大树的根、干、枝,就像氏族香火的绵延不绝,共同组成了人类历史的伟大景观。

而我们终究是一个沉湎过去的民族,不断坚持着对根的寻找,跪拜祭祀先祖的虔诚,更多是出于对动荡现实浅显的祈求,即使短暂达致心灵的平安,也很少有历史精神及文化意义上对现实的观照。至于一个民族或生命个体如何面对未来的思考和把握,常常会祈祷祖先依赖神灵的护佑。因此,我们祭天祭地祭祀先贤圣祖,也祭祀鬼神,甚至包括那些自造和人造的鬼神。委实,政治的苦难和自然的灾难之于精神和肉体的不能承受,乃至让我们不能寻求大道,顺应天道,实施人道,以尽子孙的孝道。悲哀的是,担负着民族薪火传承并护卫其文化尊严的知识分子,在特殊的年代,在面对大灾大难,在最危险的时候,及至为苟且的生存也会轻易交付真理和良知,更何况普通的民众呢。因此,一代史学大家钱穆先生在《国史大纲》开篇令人惊异地说——

凡读本书请先具下列诸信念:

一、当信任何一国之国民,尤其是自称知识在水平线以上之国民,对其本国已往历史,应该略有所知。

二、所谓对其本国已往历史略有所知者,尤必附随一种对其本国已往历史之温情与敬意。

我似乎明白了,中国国情尚难以让我们对历史有精神的升华、有哲学的思考,更不易从历史中华丽转身,把目光投向光辉的未来。那么所谓知识分子的责任,为生民立命,为往圣继绝学,这是基本;为天地立心,为万世开太平,可能还是一个梦想。

人类经历了太多艰辛和苦难，一代一代总有优异者担负了时代创造和进步的大任，为我们点燃了光照现实和未来的文明烛光和薪火，就像伏羲、女娲创制的文字、八卦、四时、都城、宫室、舟车、刻制、结网、采药、医病、养蚕、织帛、织布、种植、雕塑、算术，终成为后世思想和理论体系建构的演进和完备，涵养一种普泛而珍奇的文化植被，成为民族精神的绿洲和湿地，并渗透和滋润着国家与民众世俗悠久漫长的生活。

我终于揣度、理解了钱穆，除去历史寻根的独立意义不说，而就现实而言，知识分子当务之急的责任是让一国之国民，对"本国已往历史"，应该略有所知；进一步，则是对"本国已往历史"，从内心附随一种温情与敬意。因为这是国家、民族永久文化之脉源，也是知识分子需要永久保持的生命之庄重和人格之尊严。

因此，在陈州，在皇羲故都，我和伏羲没有间隔，我和女娲没有距离，我和他们可能就一起生活在金庄、盛庄或陈楼，日出而作，日落而息，仅仅在难得的空闲的当儿，多了一些莫名的躁动和匪夷所思，异想天开地看看有什么简单的方法，试图对过往做出图解，对未来进行预测；而翌日走出那些兴奋或恼人的思考的时候，我可能就是其中一只浑然天成的泥泥狗、泥狗子了，活脱脱给你一个新颖的造型，一个奇巧的姿势，一个自信、灵动并略带一些顽皮的神态。

那炷香还在燃着的吧，其实那炷香八千年前或六千年前就燃着了,那是一个生生不息重情重义的民族的心香。这个民族,不仅具有强大的生殖力、生命力、原创力、再生力,而且感情充沛,想象丰富。间或众生相中会显见诸多个体的粗鲁、顽劣、木讷和愚昧,但他们转而在面对土地巨大灾难的时候,却是那么顽强不息,令人心生感佩。

因此,那炷心香,永远都不会熄灭。

平原

1

到了豫东平原上,我才知道,我所谓的"行走",是多么作秀的一个词。因此说要时时保持书写的警觉和警惕,在这里,也就仅仅是一非常可乐的忸怩作态。车子载着你在大平原上急速行驶,没有边际,没有参照,没有方向感,甚至连一点自我的建议和主张都没有,许多时候,索性就放弃了咨询、打问和判断。你被完全带动着,仿佛在追撵你根本不知道的目标,一棵树或者几只跳兔和奔鹿。忽而,陪你的朋友说到了。到哪里了?到太昊陵了,到女娲城了,到龙湖了,到鹿邑老子故里了,到商水邓城叶氏庄园了,到关帝庙了,到陈楚故城了,到孔子弦歌台了。那么下车,听导游讲解,囫囵吞枣,装模作样,似懂非懂,频频点头,然后转悠,拍照,抽烟,解手,等人,翻看赠送的印制精美的景点小册子、历代名人咏某某、当代诗人咏某某;握别、道谢、上车、再见……没有人请你在此"停留",更没有人给你时间"行走",包括你自己;你很尴尬,你知道你的行程,原是由人计划安排好了的。你既知道你何时出发,何时到达,也知道何时应该自觉离开。

一切都只能靠事后的阅读和回想,来补充、了解、猜测和体会行走过的地方。如果诉诸文字,比行走本身还要尴尬。时光你都握不住,你怎能握住那许多匆匆而过的人世和风景,匆匆而过的心情和思绪。

这种匆匆,竟带动了我的语速,打乱了我原以为从容的叙述节奏,仿佛脚跟脚,看着句子,竟也变得慌张、急促,喘息着,上气不接下气。

就在这时,车子在国道上颠动了一下,那是一个坎。把车子上一个人的记忆颠动了起来,他叫郁。郁说这里原是一段很长很长的高坡,说他和哥哥小的时候拉过板车,做过脚夫。那时,很小。我迅速链接了我也曾有过的关于那个贫穷苦难年代的记忆。我知道对于一个拉板车的少年来说,这个很长很长的高坡,每次该是怎样一场艰难的攀爬,因此也是怎样一生的刻骨铭心! 不止于此,在那个豫东干冷的冬天,粗大笨重的原木是如何放置到板车上的。有的树木长达数丈,郁说,知道怎么弄到板车上的吗? 真的,你不能想象。说到这儿,郁就打住了。他终没告诉我那树木是如何给弄到板车上的,就他弟兄俩,没人帮忙。那时比现在冷,除了这很长很长的高坡,常常拉着板车要走十几里或几十里地,早出晚归。走下来,棉袄里面的小汗褂儿湿透了,贴着身子,郁说,凉,那种凉啊。还有,塑料胶鞋不透气,拉着板车走,鞋里头也湿透了;卸了货,往回走,那脚冻得疼,那种疼啊。

——他没有再做具体的比喻描述,他知道像我这个年岁的人,即便没拉过板车,也会有关于那个时代种种类似的生活经验和体会。

仅是记忆,没有理论,没有阐发,他甚或是在笑着说的,仿佛十分遥远,又像是刚刚发生。苦难在童年的视角和少年的情怀里,不仅饶有兴味,也具天真之美,坦然以对,没有难堪,从不加以任何世故观念的遮盖和掩饰。

成人之后,就不一样了。

2

之前,的确不知道周口这片北方平原竟也水系发达,河流纵横,包括"有蒲与荷""有蒲与莲""有蒲菡萏"的龙湖及其所辖的柳湖、弦歌湖、南坛湖和东湖,我一概不知——我们经常会表现得这么无知,以至开始时这河南的三条著名大河——沙河、贾鲁河和颍河汇聚周口,这么奔流于天地间的自然奇观,我也一概不知。我几乎是带着人生的惊异去向朋友询问、追溯和了解,只因身在此山中,他们也说不清楚,人们会对遥远太空发生兴趣,却不钟情着意于身边的风景。只能借助书本的教条了,先说沙河,发源于鲁山县石人山,流经宝丰、叶县、舞阳、漯河,于周口汇入颍河;贾鲁河发源于新密圣水峪,流经中牟、尉氏、扶沟、西华,于周口汇入颍河;而颍河发源于嵩山南麓,流经登封、禹州、襄城、许昌、临颍、西华、周口、项城、沈丘,于界首入安徽省。颍河因多条河流汇聚于此,故地理学称其为颍河水系,是淮河流域最大的河系。

其间我朋友倒是加注了一句:凡黄河往南,皆为淮河流域。

河流与土地及其生活在这片土地上的人们构成的关系是复杂的,丰美沛然的滋养和毁灭性的泛滥,都成为区域生存环境形态,无端促进了一种文化和另一种文化的生成,进而成为这片土地上个体和群体生命活动和精神行为最直接也是最深入的舞台背景,演出着欢喜和悲壮的历史活剧。极有意味的是朋友们带我到的景点名胜,大都建在了沙河和颍河的岸边,很近,就挨着。好几次,我们都是从那些景点一出来,就纷纷跑到河滩上去,大声畅快地叫唤着。

——那里更迷人,有很多悠远漫漶的水的想象。

3

关于河流和土地上的生存和命运,苦难终究是避不开的事实。大旱之年,河流也会枯竭,像一具僵尸,土地和我们的嘴唇一起干裂;而雨水充沛抑或肆虐,河流则四处漫溢,土地和我们希望中的年景全部被淹没和冲毁。风调雨顺能有几年呢?于是"风沙""盐碱""兵祸""水患"以及"逃荒要饭"和"背井离乡",一直是河南人的形容词、代名词、屈辱词、悲愤词。仿佛我们从没与河流达成一致，从没与土地有过和解。"逃荒要饭"和"背井离乡"，表示一种及至生命最后的放弃和诀别。诀别就是离开，离开什么——土地和故乡；鸟飞反故乡兮，狐死必首丘，土地和故乡是一个人的全部啊。因此那离开，需要多少眼泪和决心，及至撕心裂肺，才能沉重地背上残破的行囊，才能携妻儿老小抬起那只脚，走出家门，走过田地，走过祖坟，走出那个世代居住的村庄。

　　河流和土地，一个人的全部，我们离开的是它，让我们离开它的也是它。

　　远了，走得很远了，身在异乡，客居他乡，以至老死在他乡。突然又发现，离开的那天，却是把故乡的河流土地和妻儿老小一起，也颠沛流离地带了出来。怎说离开，而离不开的究竟是谁离不开谁。于是流着眼泪，往回走。

　　沙河和颍河岸边，生与死，悲与欢，爱与恨，抗拒与接受，它都是家。

　　土地，或曰出生，即命运。

　　然而，这是非常有害的。对土地的放弃及信心的丧失，即使蹒跚着再走回来，生存和生命的庄严，已丢失在逃荒的路上。短暂生出重建家园的谋划，在挖掘地基的第一锹土时，又惶惑不安了。无遮无拦的大平原啊，何为屏障，谁为砥砺，一次次战火腾卷，马蹄踏过，洪水泛滥，蝗虫洗劫，文化的建筑和园林，及雅致和气韵，家产和基业，什么东西能存留下来，包括人，你还能有多少肉体的坚韧和精神的抗击？一旦这些东西都找不到理由支撑的时候,土地的信心转而便成了人性的沦丧和幻灭。于是"黄泛区""淮泛区"的那些男人大块吃肉,大碗喝酒,在自己女人的身体上释放蛮力,也释放压力。这种类似糟践生活的态度,有对土地复仇的敌意,有对命运自虐的快意。女人们受到影响,任烈日暴晒,风沙摧残,淫雨侵蚀,任当初如花似玉的脸蛋和身体,变得粗糙而麻木、臃肿而丑陋。何谓风情?何谓温婉?何谓缠绵?何谓乖巧?笑话!她们不需要珍惜自己,因为没人疼爱和珍惜她们,包括那些为民众设立的旧时代的官府、军队和衙门。

生活就是这样,一度变得颓废变得肮脏变得没有心肠起来。

尊严是用清水洗濯且有代表财富的黄金铸造,才能发出光辉。

4

其实我在本文《路上》一节里,努力描述了周口沙河、颍河历史上曾有过的气象和辉煌。尤其这两条河流当年繁盛的水路航运,及其带来的一个时期商业贸易的如火如荼,使其一度成为水陆交会之乡,财产聚积之薮,及至北通燕赵,南连楚越,西接秦晋,东达淮扬。那么可以肯定,这条水路在通向淮河后,也直达我的家乡蓼国固始。周口被称为万姓之源,陈州是我陈姓的发源地,柳湖岸边埋着陈姓始祖胡公满,由于陈州陈姓和固始陈姓有着历史某种特别的联系,于是两地陈姓,通过淮河水路，天高云淡，风凉水快，"船"来"船"往，走亲戚，串门儿，维系了上溯数百年两地的亲情与血缘关系，这也成为我追溯而来陈州的原因之一。

根系一脉，血浓于水，我老家的人还说，亲戚不走不亲。

这其实只需你简单想象一下，便有许多历史的感慨和感动。因此在叶氏庄园，在关帝庙，你仍能看到当年的那些建筑遗存，其雕镂装饰的繁复几近烦琐，无处不体现曾有过的那个富庶时代，主人和匠人刻意追求精湛完美的细致、细腻和耐心；生活和生命在那时显得兴致勃勃，雄心勃勃；一张一弛，活得有心有肺，有情有义，有滋有味。周家口人在河流和平原上，曾经扬帆远航，昂首阔步，载歌载舞，浪漫多情。

即使在今天，站在高高的大堤上，你难道听不到响彻颍河两岸夜以继日铿锵不息的造船的声音吗？你难道看不见停泊在水边的恢宏漂亮的准备下水的庞大商船吗？高悬在豫东天空的太阳，光芒万丈地照耀着大地与河流，照耀着劳动者汗水发光的额头和脊背，锯、刨、锤、钉、漆、刷、洗、拖，汇成劳动的交响，浑厚而激越，难道你不想登上那艘大船吗，到那些豫东汉子们中间，和他们抽烟、聊天、计划、展望、梦想；间或一时兴起，激越而亢奋，也拿起那只粗糙的大海碗，舀上满满一碗凉茶，像豫东人饮酒那般豪放，那般畅快，咕嘟嘟喝他一肚子。

这时，没人要求你你也忍不住了，对着那宽阔浩荡的淮河流水，吼上一嗓子，那个放肆，那个自在——

说什么包拯打銮驾，

谁是谁非你听分明；

你假借名来充正宫，

论国法就该处斩刑；

西宫本来无銮驾，

你说我打銮驾无证凭，

哪怕你贱你去告上龙庭……

你知道，这是豫剧《下陈州》包黑子包拯的唱段。包拯在宋代，而成戏演出在近代，颍河上的商业繁华和航运景象那时已开始变得萧条。接踵而至的流血战争和民族变革长达百年，仅就水路航运在其间的沦落而言，最重要的原因其实很简单，就是陆路交通的发达，迅速对其取而代之。而我虚拟选取了这一段豫剧唱腔，试想，如果天有大难，民不聊生，再有贪官污吏，奸臣当道，没有包黑子这样的清官来主持公道，满足民众精神虚拟的期待，还怎么过！

5

说到这里，那就来说说这中国第一大地方剧种，俺的好听的河南豫剧。

四大流派：以开封为中心的是"祥符调"，以商丘为中心的是"豫东调"，以洛阳为中心的是"豫西调"，以沙河流域为中心的则是"沙河调"，也称"本地梆"。地方戏曲发源于本土民间，发展于本土民间,是纯粹的民间艺术,观照着民间的生活,也观照着民间的内心。包括周口的曲剧、道情和越调。那板胡、曲胡、坠胡、二胡、唢呐等乐器上的选择,有独属于这片浸满凄伤土地的因素和道理。于是,秦雪梅悲声大放、秦香莲哀婉凄切,正是把我们一直郁积于心的苦难借以向人好好地哭诉出来;倘或生活中生有美好的向往和喜悦,小红娘和周凤莲就轻快爽朗地帮你引发释放一段情感的鲜活和风流;而用"二本腔"长长地亮一嗓子沙河调,那激昂、豪放、明朗,还有一点儿花哨,正是辽远豫东平原在视觉和感觉中的无尽铺展。总是相信善有善报,恶有恶报,不是不报,时候没到,人间有太多的坎坷、屈辱、不平、抗争,以及是非、曲直、大爱和大恨;贪官、污吏、奸臣、贼子就出来了,白脸,专门描作白脸,不能饶他;英雄、豪杰、清官、大帝也出来了,红脸,专门画成红脸,弘扬正气。

——唯一人例外,那就是包公包青天,黑脸,铁面,铁面而无畏,铁面而无私。因此我们相信,在包公这里,世间、民间,所有的冤情都可以得以申诉,所有的冤屈都可以得以昭雪,所有的仇恨都得以报复,尤其那威风凛凛的狗头铡、虎头铡、龙头铡,"呜呀呀——"惊天动地地落下,我们没能看见,舞台不能表现那真实的场景,但我们都知道那个坏蛋的人头被血淋淋地一刀铡下来了。——这个提前设置的结局,从大戏每回的一开场,我们就知道了;而我们就是愿意经受着情感在戏曲中的折来叠去,反复揉搓,以至于在曲折的情节里耐心地忍受和等待,只为等待着那个坏蛋人头落地,那个大快人心的结局。随着缓缓落下的帷幕,长长出一口气,我们内心那个鼓舞和痛快啊,让我们热血激荡。

兴许哪天我们就为自己和别人,勇敢地站出来,反对或者抗争。说不定,也会——他娘那个脚,跟狗日的,拼了!

相信天地良心,人间公道,善恶泾渭,终将邪不压正。

戏曲很大程度上,影响了几代人文学及其他艺术形式的创作,但悲哀的是,我们误解了民间文化的审美取向和生活热情,也误解了文艺为大众的理论说教,于是"脸谱化"便造就了一个时代的"高大全"和那个时代作家的不幸;宫廷戏、家族史借口成为民族的心灵秘史,其王权争位、家族私斗、宫闱淫乱、野心阴谋、悲欢离合正好满足了浅层次人群对肮脏以及奸情的偷窥;而"全景式""主旋律"则自慰了国家政治宏大叙事和英雄史诗较之西方早已落后了许多世纪的重大缺憾;及至已经是后现代叙事的今天,我们还在大量地用主题先行编造的历史——不惜虚构,放弃尊严,乃至戏说,也要满足商业利益和普通百姓对封建"盛世""清官""大帝"的显而易见的精神企望和渴求。——这是愚弄人民的写作,是一种比金钱还龌龊的伎俩,他们终将是历史和民众的罪人。如果我们的国家任其所为,让民主法制和公平正义,仍然寄托于那些封建帝王或包公的铡刀,并大量充斥于荧屏和书市,我不知道一场感性的狂欢之后,如何应对未来政治、经济、文化、思想、和平、发展、环境、信仰和人的现代化,及其实现过程中的文明冲突、挑战和较量。

因此,我们必须向作家、艺术家质问,我们为这个时代和这个时代的民众提供怎样的精神食粮,包括继承、借鉴、创新,包括文本和叙说。

当然,在我这里,他们——那些人,一些人,不能成其为写作。他们所谓"写作"的,只是小说体裁的故事,而不是小说艺术的文学。因此,不必担心,真正的写作,永远恪守着人格的独立性和精神的纯粹性,浑厚如黄钟大吕,辉煌如灯塔,矗立在思想和智性的高山之巅,照耀并引领着人类不断进取和困苦前行。

匆匆而过,对于周口抑或陈州,我是一粒沙、一丝风、一只飞鸟、一个过客,对于我们共有的淮河流域的平原和土地,我也是主人,也是家人。委实,这片土地过于沉重了,这片土地上的文化积淀过于沉重了,这片土地上的爱恨生死过于沉重了。

和我一起下陈州的我的朋友,我现在可以告诉你了,他就是周口籍作家墨白,他和被称为当代笔记体小说之王的孙方友先生是同胞兄弟,他带着我到他的老家并一直陪着我,陪着我的还有当地的诸多作家、诗人朋友。周口有一个知名的作家群。在偌大的平原上,我们之间展开了文学及文学之外诸多话题的论辩和探讨。比如淮河旷古以来的第一次断流,比如上游植被的大面积毁坏,比如中原文化与楚文化,龙文化与凤文化的主流与从属、对立与融合,比如苦难和金钱、贫穷和富有哪个对人性更具影响和伤害,等等。

准备离开周口的那天清早,墨白先生请我去吃陈州的小吃——胡辣汤和包子。风味地道,极其鲜美。因此这个清早,生活变得真实起来。

这个不算很小的小店,熙熙攘攘,证明了这家小店在当地一直以来的传统声誉和普遍认可。熙熙攘攘,加之隔壁一家商店开业庆典,周遭空间充满了无数的动作、言辞、气息和声音,汽车的声音,电动车的声音,三轮车的声音,男人、女人的声音,孩子的声音,凳子的声音,筷子的声音,碗的声音,勺子的声音,肉馅的声音、盐的声音、醋的声音,胡椒面的声音,淀粉的声音、姜末和葱花的声音,触摸的声音,呼吸的声音,眨眼的声音,嘴巴的声音,喉咙的声音,咀嚼和喝汤的声音……突然鞭炮剧烈炸响,噼噼啪啪,很长,街上就有很多人围观。这烟火民间及其世俗的嘈杂和喧闹,竟生成巨大的生活感动和感激,一起涌来我们的内心。那个瞬间,墨白已是不能自制,满眼泪水。

——我能体会,这除了他素来就有的民间草根情怀和他小说家挚诚一往的民生人文关切,还因为这声音,是他家乡的声音。他听到的是他自己,是他的女人和孩子,是他自己的包子馅儿,以及盐、醋、姜末和葱花。

现在你知道了,他也是我文章开始时说的,那个拉板车的抑郁的少年。

天阴:海上偶记

一

先于手机闹铃的预设,潜藏在内心的意识与身体里的生物钟提前在一个秒针上重合,"咯噔",毫无声息地哪里一震,我被拨醒。

心里有事。根据状态判断,我其实可能早就醒了,且完成了身体的过渡和交接,就像一次靠岸。我现在不过是把眼睛睁开,将美梦虚空之幻变为具象可及之物:摸过床头柜上的手机,摁亮,屏幕显示:04:36;2018 年 9 月 18 日;戊戌年八月初九;星期二……侧脸朝圆形舷窗外望去:大海深碧,是未退的夜色和深水的清冷;天幕发白,极远处低低涌卷浅灰色的云团,多云间阴天,如昨晚船上的预报。略有遗憾。又想这船在行驶,海在流动,不断变换时间和区间,兴许在期冀的"海上日出"时分,正赶上那里云淡风轻,乾坤朗朗,朝阳喷薄而出,万丈烈焰染红大船和海水,堆积的云层,浓墨重彩,镶金错银,我们朝向东方的脸,熠熠生辉,人们大喊着,张开双臂——固然他们很多人并不知道这种肢体动作究竟要表达什么,比如拥抱、解放、欣喜、热爱、吐纳、宣泄、迎接、召唤、祈求、挣脱,我欲乘风归去,自由,重获新生,或者无意识……夫人睡着,我起身,没有习惯靠在床头,不是怕惊动了夫人,那显然是一个起床的预备式,并有所迫切。伸手去拿衣裳,又犹豫了:我,现在,就起床吗?带着相机,上到15层甲板,去赴小微的私约?哦,我没想过这会成为疑问和惶惑,糟糕的是,这海上仅仅一个小时的时差,我便失去一生的时间经验,比如在此国此时是早晨四点三十六分,在我国则是凌晨三点三十六分。这个时间点,果然早了点,而在此国,它早吗?换言之,我昨天晚上零点睡觉,在我国不过夜间十一点钟,哥儿们消夜的桥段还没开始铺垫呢。

亢奋。激荡。波涌。再摁亮手机,看时间,快五点了:这么一小会儿的断续,我竟有了深深煎熬之感。

毅然决定:起床。昨晚船上送来《邮轮日报》,首页提醒:05:20日出,17:34日落。

当然,这个时候,我要做的是先关了预设的手机闹钟:我已醒了,不必再闹;如果一闹,就吵醒了夫人,和她说我去看海上日出,这没有问题;她不是不知道我这一向对摄影玩得沉迷,之前刚刚升级了设备,投入了不小一笔开支,也正可将我一个长期伏案劳作的人带向阳光的户外。但今天,终归有所不同,你知道,那就是与小微私约,一起看海上日出。私约,这个词用得多么好:私乃私密,约是约会;换一种说法:私乃私下,约是约定。男女之约,就算了吧。偷眼看了看夫人,无端的,手脚失灵,眼里慌乱,心上忐忑,再无那么坦然和淡定。扪心自问,我这是咋了,不就是一起看日出嘛,掩于朦胧夜色一起浪漫看星星又能怎样?男女之事,有事有事,没事没事。另外,这是旅行的第五天,在海上的第三天,头两天都在下雨;今早没雨,仿佛期待,即便天阴,看日出的人估计也会有很多。还有其他一些说明,比如,是小微约的我。小微约我和我约小微,在联想生发男女暧昧关系的意味和指向上,或许是不同的:小微说,明早起床看日出吧?我说好啊。小微说,给我拍照哦?我说好啊。小微说,五点,准时,不叫了。我说好啊……

　　就是这样。那么我,还有你,在这种场景、情境和语境中,能给出别的回应吗?

　　小微和我一个城市,进而知道她和我竟是住在一个小区,随便都能说出好多共同的熟人来。这世界,大也大,小也小,每日擦肩而过,却不认识,即是天壤之别,一生一世。称呼她小微,其实她也不小了,长了一张娃娃脸,面貌姣好,而身体明显发福了,有一些虚胖,也可说成是富态。她同行的闺蜜说她是富婆,生意做得很大。无须刻意审美,一眼就能看出来,她的服饰高档,质地不错,包括款式、花色和搭配,雍容华贵——这个形容,尚不为过,倘或准确点,叫风韵犹存吧——我选择这个其实是令女人伤心的溢美之词,是我不得不说,"捉襟见肘"。浓妆华服下的小微难掩岁月风尘侵蚀,偶有一抹暗色或丝缕印痕，似有还无，是身体悄然的潜移默化，比如她本来的丹凤眼尾，迷人的颈项、两肩，手和裸露在外的皮肤，还有笼在宽松裙裤里的腰身，这是时间共有的残酷。当然，她仍然称得上美人。固然在一定程度上，我略有基于对她曾经年轻美貌的想象。

还是把夫人弄醒了。问我，这么早干什么？我说看日出。夫人翻了个身，脸朝里，背对着我，咕哝了一句：神经！

舷窗外有影子一闪，是意念、错觉、海鸟、晨雾，还是一个人，天似乎已四望大亮。

二

这是一艘开往朱槿之国（我喜欢以此来代称这个海上国度）的豪华游轮，是个大家伙，有相当的体量。宣传册页上介绍说它全长 333.30 米，宽 37.92 米，不知何故，没有标高，只知道它有 17 层。第一次见到它时是在上海吴淞口国际游轮港，它停靠在那里，壮观、庞大，像一栋写字楼，令人在向它仰视的时候，猛然生出旷世的震撼。这种感受，可能是缘于我第一次乘坐海上游轮。它的端顶之上是蓝天、云团，以及强烈阳光的折射和巨大斑驳的投影，比照的广阔和高远，都是烘托它的幕景，甚或是一首巨轮必然的布置和装饰、组成部分，重要的部分。

我们在那里排队、审核、安检、入境、登船，我和夫人被安排住在 8 层 8165 舱位,是普通的"经济海景房",类似一个小型标间,两边靠墙分别摆放两只一米多宽的小床,全白的床上用品。中间是两只床头柜,放着两盏台灯、一部电话。事后有人告诉说,可以把两只床头柜挪开,分列两侧,两只小床便可并排摆放在中间,瞬间变出一张双人大床来。这之于恋人、情人,从咫尺相望,四目以对,就变得肌肤相亲、相拥无间了。而对于另一些人,许多人,单独摆放和睡眠,可能更合适一些。人不同,什么情况都会有,即便是有限而流动的空间,也要求设计的人性化。而设计师必是科学与诗性、严谨和浪漫兼而有之。这是多么不易。再看,一侧床头摆放着双人沙发,布面,墨绿色,附会海的颜色;背靠的墙上挂着一幅油画,荒诞,甚或怪诞,也不是鱼精、水妖或海怪,倒像是沙漠中树形仙人掌,一身尖刺,锋芒所向。如果是,就猜不出设计师的用意了。大海和沙漠,波涛和干旱,舵、锚、舱、桅杆、甲板和仙人掌,加诸科学与诗性、严谨和浪漫,把它们联系起来,是怎样的一种逻辑、艺术、形象的思维呢。另一侧是吧台类的桌柜,配以方形独凳,布面、颜色与沙发同。余与常见宾馆类似,设施齐备,如衣柜、电视、空调、烧水壶、托盘、口杯、小勺,及至咖啡、茶叶、吹风机、晾衣架、简易剃须刀、一次性牙具、浴帽、抽纸、垃圾桶等。特殊而有限的空间,我相信这自是最大可能简化的人的生活物化形态,已是如此繁复和琐碎。于是想,人之为王,可上九天揽月,可下五洋捉鳖,独居生物链端顶,高高在上,万物臣服,皆为我用,最简单的生活也堪称奢华。比如一只海鸥,在大海与天地间,生命与生活如自然永常,它是否理解这海上突然驶来的巨大怪物,数千人载于一体,吃喝、排泄、聚会、狂欢、饕餮、祸害,徘徊、寻觅、打探、远望;从哪里来,到哪里去;表情和心情,身份和阶层,隶属和归属,欲望和图谋,现实和未来,生存和死亡,灵肉和欢苦,爱恨和情仇,这都是一只海鸥无法辨析和理解的,它也无须理解;还有鱼,巨大的,凶悍的,狡猾的,阴狠的,单个的,群体的,五彩斑斓的,它们都不能成为万物之王,它们依存于海洋,却不能如人拥有海洋,拥有高级的思维和智慧、审美和创造,以及仿佛神话和魔法一般瞬息万变纷呈人间奇迹和奇葩。

我们无法给"人"一个定义,我们或者还没有真正认识"人",就像无法预测未来人会创造怎样的人的世界。从石器、木器、陶器、青铜器到智能化,语言、绘画、音乐,以及《诗经》、楚辞、汉赋、唐诗、宋词,希腊神话、荷马史诗、浪漫主义、文艺复兴、超现实、印象派、魔幻现实主义、后现代,香奈儿、空中客车、爱马仕、麦当劳、好莱坞、奔驰、微软、可口可乐,原子弹、化武、无人机、载人航天飞机,没有谁做出预测,换言之,没有人对人做出预测,人超出了对人的估量和想象,人让人愕然、震惊。就像在当初,及至今天,你根本无法理解人是如何造出这么大体量的豪华游轮,如何从建造的陆地下到水中,再从遥远的国度、港口,穿越茫茫大海,驶来我的面前。及至推进至逼仄的房间,它仍然让你震惊:比如小床仰面的天花板上,你一点儿看不出来,那里面竟还藏有一张小床,打开放下来,就组成一个上下铺的双人床，也就是说，这一间小小的"海景房"，可容纳4个人睡。比如一对夫妇带一双儿女来住，那真是盈盈满室温馨、其乐融融了。再就是盥洗间，用一个词表达：小巧。小则小到不能再小，巧乃巧夺天工，用尽心机，科学、合理而实用。在盥洗间，坐便无须说是专门为游轮房间设计定制的，抽水的按钮在墙壁上，前面，哦，我的天，这就是传说中的朱槿之国的马桶盖吗？我是看不出有何特异，也不理解我国人民为何那般纷纷迷恋一只他国的马桶盖，固然这玩意儿被统称为"洁具"，但它恰与"不洁"联系在一起，加之人类排泄行为天然的私密性，多半在隐蔽处，且不可诉诸视觉和嗅觉，因此堂而皇之从国外背一只马桶盖回来，总是不雅，如何不让那些自谓伟大的爱国者大加攻击和嘲讽。

我得看看这只马桶盖。我先进行一番目测和观察，看出了点不同：四围边沿不是如我国那样的与马桶平齐，而是一圈大出许多，把马桶完全"盖"在里面。我固然不知道何以如此，但相信它一定有所不同。那么我现在得掀开这只马桶盖了。它超出了我的经验，我在掀动它时，没想到会那么重。也就是说，没有人会想到一只马桶盖会那么重。那个重量，让你觉得它不是塑料做的，更像是一块白色的生铁铸件。我仍然不知道何以如此，但相信它一定有所不同。转过身来洗漱，打开水龙头，提压式，先是出水较小，再提，水变大了，一个惊喜。其间环节，我的心不过随之微小地咯噔了一下。再试，发现这确是一个微小的设计，但包含了一个伟大的理念——节水。水危机是世界性越发深重的难题，关乎地球和人类的永续生存，而在这里——我猜想它甚或无须另加装置，也没有复杂的机关，只在提压处内藏一个小小的机巧、阻碍，使其只微小地咯噔一下，就使龙头出水量分为大小两级了。我国也有的，觉得没这么明显，就忽略了去。在船上几日洗漱，每次微小地体验那咯噔一下，都是一次提醒，都是一次警醒，要你不可忽略。这让我一直被感动着，常常眼含泪水，我觉得那必是一位有情怀并极具大善、慈悲与忧患的设计者，我不知从哪里能望见他（她），哪怕一个背影，来表达我无以言表的感激和致敬。你要知道只需再过几年，全球就将由现在的二十亿人变成三十五亿人面临严重缺水！哦水，生命不可或缺之物，每一滴都弥足珍贵。人让人愕然、震惊，除了创造力，还有毁坏力。每想到此，我伸向水龙头的手，就僵滞在那里了，我觉得在触及金属柄时会触碰到那位设计师的指头和掌心，指头张开着，掌心朝向我，一个拒绝的手势，一个隐喻，就像是在护着人类的水；你往下摁，有一股阻力和抗拒，再往下摁，咯噔，那已不再是一个微小的机巧，而是一个微小的疼痛，怎能忍心！人类誓言铿锵，从我做起，我们兴许由此，获得滴水的启示。

倒是忽略了，我当时竟没去确认一下马桶盖和水龙头的产地、品牌，以为大船开往朱槿之国，便想着这大船的拥有者、建造者、经营者、员工，以及它的万千设施也是此国的了。事后想来，多么好笑。

三

几下耽搁，到 15 层船头甲板上，时间上已超过与小微的私约，那里已有很多人，兴奋异常，就像他们已经看到或即将看到什么，比如日出。遗憾的是，天阴，没有日出，只有看日出的人。老天爷啊，不知这几日它为何心情不快，眉头紧蹙，不得舒展，让不易出海的人们如鱼在网，一直困扰着、翻腾着、挤压着，不得一次大江大海的奔涌澎湃、酣畅淋漓。话说回来，较之前几天，今儿还好，天阴得没那么重，有晃开之象，至于那般海上辉煌的日出，仍然只在宏大想象的云层之后燃烧。其实这会儿我刚到甲板上，还没顾得看天，因为爽约，我在用眼睛快速扫视人群，挑选出小微。我想我会一眼就能看见她。那个瞬间，就像是从茫茫海天云水间，一眼看到了初阳。惊艳，如美人出浴。当然，她也在寻找我。我揣摩，她甚或有些着急，甚或失望，渐生疑惑，有上当之感，甚或已隐隐伤及自尊。

我是从 15 层电梯口的左手侧门来到甲板上的，我现在的方位可能是在北边，这个判断来自我对面的甲板，太多的人都在那边，很多人背对着我，脸几乎一致朝左侧瞭望。我断定他们是在瞭望日出，那么他们瞭望的就是东南方向了。他们和我分列船体两侧，中间是巨大的长方形的"天井"，下面就是游轮的 14 层，是游泳池，中间是大池，冷水；四角分别有一个台式圆形小池，温水。水池里泛着蓝色，是海洋的颜色，因为清亮，所以斑斓。小微说她试过那泳池里的水。她说这船上有两个泳池，这个是露天的，还有一个是室内的，她头一天就去了那里游泳。我抬头望了她，有点儿惊讶，生发联想，心生微澜。话跟话，以为她会问我是否游泳，她没问。我立即明白，是阻于我的年岁以及体力，老态、臃肿、迟钝。还有相应的场合。不同年龄、职业、身份，界定着你所在的场合。尊严共有，人权至上，同在蓝天下，不分男女老幼，但一个罪犯，那么对不起，你必须待在特定的场合，被限定自由。即便是一个普通人，也不是什么场合你都能自由出入。这包括两个方面，一个是场合本身的限定，比如诸多机关、单位、私宅、禁区等等；一个是内心意识的限定，不是不能进，而是自觉不能进。这也无须找那些极端的例子，就像这大船上每晚的假面舞会和各类主题派对，如我等，被人讽为"苦逼"的一代，年龄和心理早已消耗殆尽于往昔峥嵘岁月，或有不甘，约同行好友三五，聊发少年狂，且慢，你要知道那地方可是要另行付费的，是力与美、灵与肉、青春与金钱的探戈、华尔兹、迪斯科，因此去之前，你最好掂量一下钱包，还要试试勇气。悄然潜于暗角，恍惚各处红男绿女，纸醉金迷，火在燃烧，海在涨潮，身体里正生成一场海啸，逼近、压迫、击打、包围、窒息着你，你知道这果然不是你应该待着的场合；你有能力消费和偶尔挥霍，却没有自信去撩最近的那个靓妹，然后爆发一阵无羁的欢笑。

　　来看日出吧，在大船的极高处，你可以将身体朝向任何方向，没有自卑，也无须勇气，不用付出，却拥有充分自由，再不瞻前顾后。海洋给你天地浩瀚，视觉延伸无限空间之感。蓦然发现，你没有海鸥的翅膀，不能飞；肉身沉重，不能拽着自己的头发离开地球，临空蹈虚。你仍然在一个有限的空间之内，在场合里。而这个场合，不是别的，它可能就是一只大船所具有的载体意义，代表大地的引力。换了万能上帝的视觉看它，不错，它既有意象之念，表象之美，又呈物象之观，具象之微。前者形而上，后者触手可及；借上帝所思，人为所造，为人而设，广义上，它属于所有的人，就像那些我们熟知的公共空间、造物、架构和设施。空间的无限和有限，于现实的包容中，终还是要回到人类社会的层面；山南水北，天涯海角，各色人等，共聚一艘大船，所构成的是部分人类社会临时生活的共同体，但它并不是孤悬于大海之上，也无人能抽刀断水，它同样有着繁复和完整的社会关系，千丝万缕，上天入地，延伸到岸上，以及我们完全未知的区域和人群。这让你多少明白了空间之谓：你不过到了海上，并未走出世界；会有美丽的艳遇和邂逅，终究你要回家；目光追问远方有多远，有人在喊你吃饭，你手持的护照，国籍、身份、隶属、目的、出发、到达、起始、终止，皆明确无误，你与游轮公司签署的合同，则把这些更加精准地指标化了、商业化了。而商业嗜血之虎将媒体和文艺添为两翼，猎猎如风展开时，我们看到了阳光与黄金交织的斑斓，看到了诗和远方，并有语言之舌的舔舐：美丽和优雅让你拥有梦幻级游轮，直到你有勇气忘记海岸才能游到新的地平线；美食爱好者的味觉之旅，探索、发现、惊喜、新奇，享受律动，感受肾上腺素激升;家庭旅行和欢聚时刻,留下美好记忆,顾客永远是上帝……还有1300多名服务人员都在恭候你的到来,近两千个不同档次的房间为你次第打开,还有超越想象的歌剧院、图书馆、景观酒廊、艺术酒廊、钢琴酒吧、爵士酒吧、广场酒吧、雪茄酒吧、辉煌酒吧、船尾酒吧、莫伟达酒吧、迪斯科吧、瑞其奥冰淇淋吧、塔塔洛加酒吧、点心茶楼、咖啡吧、牛排屋、海中阁火锅、皇家棕榈娱乐场、嘉年华之夜、鲜花派对、免税店、健身中心、舞蹈教学中心、水疗美容中心、日光浴场、F1模拟赛车、4D影院、电子游戏室、北极冰屋儿童俱乐部以及各种帕果帕果、波拉波拉自助餐厅、主题餐厅和美食——羊角包、三明治、汉堡、热狗、比萨、烤鱼、烤肠、熏肉、水饺、煎饼、炒米、炒菜、杂粮、水果、沙拉、咖啡、汤、茶、水、冰、奶——供你享用……理论如此,别信以为真,等价交换、利益最大化抑或双赢是商业最基本的原则,也是最高原则。而我说的不是这些,我想说的是,如果把这些都称为空间抑或场合的话,那么同样,有些你去不了,有些你不愿去,有些你不能去,有些你必须去。就像我和我夫人,登上大船之前,可能就被人设定好了空间,即8层8165舱位,数千人都这样一一给划定好了,具体化了,就像规则有序的社会分工,就像被提前驯化的猎物,甚或无须有一个首长、领头、总统、老大、领导者……

唉!话题搅扰,不能细说。于是想,顾客至尊,上帝之谓,一个共有的宣传理念而已,上帝有国籍吗?需要有护照证明身份吗?登上一艘大船需要付费吗?即使不付费,他登上大船限定其中随我们在海上漂流,阴着天,干啥子呢……我想见到小微的时候问问小微。小微?她在哪儿呢?她不会因为我的爽约、不守信,愤然回房间了吧?

我有些慌了。

四

我从北边一侧的甲板迅速环绕过右边一头的舷梯和小舞台,转到南边的甲板,一一浏览,不敢放过任何一个人。没有小微。看了看时间,已是此国时间 05:59,我绝望了。内心在为自己寻找解脱的说辞,寻找自我安慰的借口,之后,索性不再管它,在人群里找合适的位置挤进去,身体倚着白色的栏杆,随众人朝左侧东南方向望去。云层不是很厚,极薄的间隙透露着初阳的红光,当可以判断出太阳的高度和位置,而且那红光隐约照射在海面上,极远处海水黑色发明,似有波光潋滟,再极远处已无可想象,我们可能是从那里来的,连接到岸和那个港口城市以及它的万千广厦和繁华。它把我送到海上,一个过客,它最初就不属于我,当然,我从来也不属于它。某种——比如在空间的意义上,我也把它视为一个过客。

就在这时,我看见了日出——小微出现了!她一身大红,像一轮朝阳。她在向我招手示意,却没有向我奔涌而来,我这才发现,不是一轮朝阳,而是两轮朝阳——小微身边还有一位老人,也一身大红。老人瘦弱,步履蹒跚,小微和我打招呼的同时,要照护老人走路。如我猜测,那位老人是她的母亲,八十五岁高龄,已是耄耋之年。巧合了,和我母亲同岁。这样说,我是否想拉近我与小微"辈分"和年龄的差距,怀有企图,确乎令人质疑。小微一个劲地向我道歉,仿佛在澄清一个事实,为我担责。她并不知道我爽约在先,她爽约在后。她的爽约,自然是为老母亲的起居。我突然释怀,不过在一条船上,不过约了一起看日出,来自同一座城市,又是小区邻居,机缘偶遇,一起同行,哪来盟誓与承诺的庄严和凝重,就像众人一起来看日出,天阴,哪来的日出?再则,哪里没有日出,在家就有日出,日日都有日出,此一日出为何就赋予了意义,让这么多人激情以待,早起,蜂拥着,要死要活地来看它,人们向上仰起的脸,有如饥饿之人,在等待天上掉下来传说中的馅饼,厚实,喷香,日头一样地圆。天上不会掉馅饼,天上也没有日出,低下头来,收回目光——哦,时间已迟,天光正好,我们来照相吧。

小微开始准备,两眼明亮,神采奕奕,她拿出一条白色饰以些许水样浅绿的纱巾,抖开来,就在风里飘扬,撩惹人立时要跟着生动起来,快速进入剧情。照相具有表演性质。她把纱巾披在肩上,摆好了姿势。我目测了一下,大为惊奇,她很会摆姿势:面部带动身体微微向上抬起,侧逆光从她背后的左上方投射下来,发丝、额头、颔面、鼻翼、肩、颈项、胸部、乳房,形成的明暗、对比、过渡,及至局部与整体,恰到好处。我怀疑她做过演员或模特儿。我端起相机,透过取景窗,拉近镜头,就觉拦了她的腰肢，猛然把她逼近到我的面前，毫发毕现，气息至微，我怦然心动——你别想多了，我的怦然心动，由于镜头的拉近，生发本能的诱惑，似有一点。所谓饮食男女，食色性也，上帝特别赋予了人类之爱，尤其男女之间，相互的吸引和取悦，自然而然，并不都是肉体的勾当，更多的是无以明了的感受，就像异性之约和同性之约，非事务性的，比如出行、聚会、观展、诵读、散步、交谈，你必须承认隐约其间的差别。哦，这还是想多了。着实，我那会儿的怦然心动，是我发现她尤其精致地化了妆：乌黑光洁的头发，一丝不苟，配以脸形的一抹刘海儿，俏皮，有中年的孩子气；淡色的粉底和胭脂；略显古典韵味的橘红色亚光唇膏；淡蓝色水滴翡翠耳坠；项链让人意外，非金银钻石的富婆贵气，而是绿松石等杂拌儿搭配的长款波希米亚复古民族风。无疑，她是用了心的。我相信这绝不是她的生活常态。女为悦己者容，小微为谁而容，为我吗？我按下了快门。

她不断变换姿势，白色炫目的纱巾协和着，或扬起，或飘飞，或斜披，或包裹，她完全调动和激发了我的灵感、激情、想象和欲望，空气里弥漫着荷尔蒙的气息。我在她的各种造型中，捕捉时机和灵机，光影和表情，短暂和永恒，流逝和存在；近景、远景，整体、局部，长焦、微距；光影之美，人体之美，肤色之美，相貌之美，情色之美，情绪之美；甚或是感性的，甚或是感人的，甚或是真实的，甚或是梦幻的。我自信我拍出了好片子，大片，风华绝代。

戛然而止。小微说,不拍了。不拍了。要耽误早餐了。给俺老母亲拍几张。

我拿着相机,张口结舌,木然凝固在那里,若一个雕塑。她中断了我的艺术、情感和身体的激情叙事。接下来给她老母亲拍照,便是一系列的机械动作了。对不起。不好意思。其实老母亲除了老年的瘦弱,形象蛮好的,小微像她。残酷一点儿说,她是老了的小微。——瞬间地,我惊奇于我的这种想法,我如何要这样来做出比喻,险恶,歹毒,包藏祸心。那么接下来,如何自责和平复,我都再也无法面对镜头里的老母亲了。不断按下快门,镜头没有选取,心思已在别处。事情并没有结束。小微让我暂且停一下,她取下肩上的纱巾,过去递给老母亲,并在一旁指挥着,让老母亲也和她那样,或扬起,或飘飞,或斜披,或包裹。老母亲做得笨拙、勉强、艰难,小微便不断过去帮她,兴致不减。她根本没看到老母亲的无辜和无奈,已是痛苦至极,还有我,仿佛她的帮凶,连带自己,也已是遍体鳞伤。我无法阻止她,就像无法阻止一场绝无恶意的美好杀戮。

终于放下屠刀,我们。小微搀着老母亲的胳膊去吃早餐,还原了她的温柔和美丽,向我道谢,一再道谢。走了几步,又回过头来跟我说,我发现了一个照相的好地方,晚上我带你去。短信你。七点。不叫了。我极快地向她点头,仿佛要把她赶紧送走。

五

　　她说的那个地方，没猜错的话，就是设在八楼的钢琴酒吧，中间是一个小舞台，昨儿午后，我还在那里一时兴起，伴着音乐和一个孩子跳了一段伦巴，不意赢得一阵掌声。只是老气横秋，我已累得气喘吁吁，朝孩子抱拳，败下阵来。酒吧的两旁便是照耀了全世界的施华洛世奇水晶装饰的楼梯，璀璨夺目，如梦如幻，绚丽、华贵、大气而辉煌，即使在白天，那里也拥满了照相的人。一到晚上，陡起大潮，海水倒灌，波浪滔天，那情景你可以想象。这几天水晶楼梯一直被一个千人少女微商团队占有着，她们分为几个队组，在剧院、泳池、歌厅、酒吧，授课、培训、拍照、录制节目；她们服装统一，为团队专门定制，纯色、另类、中式、西式、古典、现代，不断变换着，有如表演、走秀。当她们一起出现时，场面惊艳震撼，一派青春气息，咄咄逼人，让人想起海洋风暴和斑斓的鱼群。我在描述这一切的时候，我也在进行有关场合的思摸和考量：我可以去吗，有何不能？小微可以去吗，有何不能？小微的老母亲可以去吗，有何不能？问题的终结是晚上七点，我是否要再次去赴小微的私约。

　　折磨了一天。折磨的本身表明，我无可选择。晚饭后我只对夫人说去拍摄夜景，和所有撒谎者一样，装着平淡无奇，还是心中有事，慌忙逃离开了。到了钢琴酒吧时，我并没有急着寻小微,而是在暗处观察,心怀叵测。年轻的外国钢琴师,优雅,风度翩翩,正弹奏着《水边的阿狄丽娜》,略带忧伤;与他联合演奏的是一位外国女小提琴手,身材修美、颀长;低胸V形开领,微露削肩;长发,扎一马尾,有动感节奏时,有力而好看地摇摆,带动听者,跟着打起拍节,高潮迭起。仔细听,这会儿她拉的是《夏日泛舟海上》,这是由威尔第歌剧《弄臣》中的咏叹调《女人善变》改编而成,轻松、活泼,并富有动感。我不知道他们如何能将这两首曲子协调在一起演奏,别具风格,又匪夷所思。左顾右盼,心事重重,我没寻找到小微,倒是霍然看见了她的老母亲,坐在北面水晶楼梯的下面。由于苍老瘦弱,她深陷在深棕色的沙发里,一头白发,格外刺目,闪电般,令人惊心动魄。她背后的水晶楼梯,灿烂、奇幻、华丽,还是被微商团队占据着,今天是一拉溜红衣少女,包括领队、导演、摄像。她们不断变换着队形和姿势,拉近、推远、平拍、仰拍、吊臂俯拍,而楼梯下面,挤满了其他要拍照的人,都在等候着她们停歇的间隙和空当。有人怨声载道,忍无可忍,斥责她们不能这样长期霸占公共空间;人群纷攘,人影幢幢,大厅里充斥着激愤之气、躁动之气、暴戾之气,令人不安;有人开始喧嚷,冲动,骂骂咧咧,头发上指,面部扭曲,目眦尽裂;吊灯、壁灯、舞台灯、施华洛世奇水晶,明灭、斑驳、恍惚、混乱,如幻灯图示的世相;小提琴变调,不再轻松和愉悦,在极远处,似有还无,游若如丝,如泣诉之声,有沙哑之声,钢琴则如钢铁敲击。老母亲还在水晶楼梯的下面,在众多少女的下面,在纷扰人群的下面，在浑浊的音乐下面，越发显得空旷和苍老，白发如闪电，伴有雷声，从海上传来。

那是时间的闪电。我闭上了眼睛。突然间，一切都安静下来，那种安静近乎死亡和肃穆，人们不再喧嚷、吵闹、咒骂和拼抢。偷眼看去，有人在后撤，有人在逃离，有人在犹疑，更多的人坐下来，仰望和倾听。闪电里，他们望见了什么。其中有小微吗？为什么我看不到她，她也看不到我？我们是谁把谁弄丢了？我们谁在寻找谁？是谁让我和老太太置于此一境地？场合意义空间的逼近里，是直面的残酷，是直面自己的残酷，场合即现场，现场即现实，闪电照见了别人，也照见了自己。我知道我虽然还没老到老太太的年岁，但没有翅膀，肉身沉重，自然的轮回里，生命在变轻，言辞在变软，空间在变窄，世界在变小，许多地方已经不再属于我了。那么我是否也安静地离开？离开，亦是逃开，亦是敞开。倏然我又转回身来，我想带着老太太，就像带着我的老母亲，一起。把地儿腾开，让给孩子们。世界过于安静，同样令人不安。

哦，孩子们，小微是吗？是。

忽见舷窗玻璃似有一抹晚霞反射，停下脚步，弓身朝外看，再看，哦，天阴多日，这就晃开了。我有点儿不信。

歧路

　　毛云志真不胖，一米八几的大个，按俺老家蓼国方言说"块"差不多。"块"读三声，意为"雄壮""威武""块头大"，不知何年何月何日何人何故就叫了他毛胖子，然后就约定俗成了。他出现在我办公室门口的时候，屋子里晃眼间暗了，接着我就看见了他。他的右手扶着门框，单腿站立，另一只腿弯曲着，脚尖儿点地，呈三角形，那个样子，就像是一只突然落地的英雄大雕，对我虎视眈眈。我被惊住了，好半天才失声大叫，你个胖子！

　　他并不进来，身体黑魆魆的，挡住门。我慌忙起身去迎接。近前看他，又倒退回来，怪异地打量他，这是什么情况，死胖子，咋弄了这一身吓人的行头：一身肥大的黑色运动衫，外套一件紧身的军用马甲，上面钉满了口袋，鼓鼓囊囊的，不知里面都塞了些什么；胸前、背后、两臂，捆绑了大大小小各式各样的"枪支""弹药""部件""器材"，已武装到了牙齿。尤其是肩膀上横扛着的三脚架，重机枪似的，以为他是刚从战场上凯旋，或者就是要奔赴战火纷飞的前线。他让我看着都不堪重负,慌忙上前去要帮他接下那些轻重"武器",他用一只大手挡开了我。涛子没跟你说？啥时？前个。说什么？春天在召唤。我就笑了,说你是哪路来的天兵天将,刚降临我们人间吧,放眼江淮大地,马上就将迈进五月的门槛,是召唤夏天吧。

胖子放下那条腿,就像结束了我们之间的对峙和谈判,收起大雕的翅膀,身子七拧八扭进到屋里来,并不卸去身上的武装,因此也没法就座,只在我办公室的中间站着。黑子说的,他那里的映山红才开呢。黑子？信他的,他的话跟你们报纸新闻差不多。讣告都保不定是真的。嘿嘿,随你糟践,我辞了。啥？工作。多久？加今儿个一星期。你是吃舒坦了。他点点头,然后张开两臂,将全副武装展示给我看。我说你在报社不就是摄影记者吗？胖子咧嘴,那不专业。咋专业？胖子坚定地答,专门、专心、专一。说完努努嘴,朝着马甲的左上口袋示意,让我掏里面的东西——他自己被武装绑架,显然无能为力——我把手伸进去,掏出一大把零碎,还有一张折叠的纸,他就叫我把那张纸打开。16开,看样子,是一张军事"联络图",并不复杂,最上面是"胖子"和"朱子","胖子"下画三根竖线,一根连接"平子",就是我,括号里是"车子";一根连接"瘦子",党史办的,地方著名才子,括号里是"历史";一根连接"涛子",括号里是"食宿";"朱子"下画一根竖线,连接"黑子",括号里是"向导";黑子下面是三根竖线,一根是"西路军",一根是"云子",一根是"映山红"。我问,朱子是谁？报社的啊。男的女的？——问过,我就知道我问的有多么多余……

　　按图索骥,最终搞明白,黑子的三根下划线是他此次行动的全部目的:找到云子,完成人物采访和拍摄工作,附带了解西路军的历史,以及鄂豫皖苏区目前所掌握的红军失散人员名单和状况,再就是和朱子进山采映山红。之前我所知道的,他用了三四年的业余时间和工作之便,艰苦卓绝,跑遍全国,拍摄了"为什么我的眼里常含泪水"——中国诗人系列,不仅为将来留下了珍贵的历史文化影像资料,也在人像拍摄艺术上,获得了业界的高度赞誉。我看过一些,还真是服。都是人物特写,未置任何背景和物品来对拍摄环境进行说明,严谨到几乎毫厘不差的构图和黑白光影的技术运用,让本来的新片,布满时间的沧桑和纵深。诗人在近前的一抹光里,也在他背后的阴影里,悠远、广阔、博大、深不可测,就像他们曾有的命运和思考,充满犀利和柔情的力量。胖子感染了我,并不是因为我也是诗人,而是他提供了某种意义和价值的观念思辨,以为人只要专心致志,就所向无敌。猜想大约是受此鼓舞,他便毅然决然,一退六二五,把好端端的报社的工作给辞了,不要了,让我听后为之要捶胸顿足。想想,这种超凡脱俗的事情,也就他能做得出来。分析除了膨胀的艺术梦想和专业热忱,再就是胖子一般可能都是快乐无忧的吧。

　　黑子是鄂豫皖革命老区一个县的县委宣传部干部,负责新闻报道,省地市大小报纸经常能见到他写的稿子,有些还上过报眼,荣登过头版头条,反正是够勤奋的,只是没有惊世的作品,殊为憾事。其实他不明白,这正是报纸的特性,为啥叫日报、晚报呢,强调的就是即时性,当日或者一晚的效应,过期作废,拿它擦屁股了。他与我熟,是因为他经常还写一些小散文,矫情致死,常常文章才开个头,故事还没讲呢,他自己已经感动得不行了,接着文章就会不断出现各式各样的惊叹词和感叹号,呼天抢地。我最早时极其善良中肯地给他提出修改意见,然后就向他大谈写作技巧、文章之道,发现毫无效果,知道他已无可挽救,直截了当对他说,你勤奋有余,天赋不足。黑子不解,瞪着小圆眼睛问,啥天赋?我长叹一声,惊天地泣鬼神的,就是说啊,老天造你就不是吃这碗饭的。黑子笑了,说不对。我从参加工作到现在都是吃这碗饭的。你养活的我啊?我说你那是新闻,棒槌安俩眼都会糊弄;这是散文,文学,安八只眼也不见得写得好。他非常不服,扬着脖子,没吃饭就走了,有点绝情,无愧是革命老区的人,大义凛然,宁死不屈的样子。

常言说得好,早起的鸟儿有虫吃。勤奋就有机会。瞎猫不贪睡,也能碰上死老鼠。两年前,黑子终于出名了,很多人都知道的,就是他写了一篇报道,反映当年留守、失散、流亡、逃回老家的红军人员生活现状,千把字,写得一般,但唤起了人们对历史的遥远想象和内心的巨大悲情,引来关注,朱子是最早赶来采访的记者,回去跟胖子说采访见闻,说着哭着,历历在目,凄惨无比,胖子就激动了,决定拍摄一个流亡红军人物系列。他觉得这已经与史料无关,与影像无关,与艺术无关,而是信念。当即行动,又用了一年多的业余时间,艰苦卓绝,跑了很多革命根据地,拍摄"红色记忆·歧路"——红军流亡人员系列。

据说,这是个不得了的东西,由于珍贵,所以压着,积蓄着一朝迸发的能量,连我也不给看。

你想,跟胖子有关系的,新闻圈,摄影圈,及至文艺圈,我都多多少少认识。啥朱子,以为谁呢,见面后一看,就是朱斯玲,跟胖子同在报社理论摄影部,是胖子的属下,才女,文字与摄影齐飞,情采与美貌一色。那次采访,胖子遥控指挥,黑子全程陪同,东跑西跑的,煞有介事,回去后不见动静;之后又去过几回,还是黑子陪同,东跑西跑的,煞有介事,回去后仍不见动静。黑子正琢磨呢,一整版的文章,一整版的照片,横空出世,黑子一字一句读,再一字一句地读,怔了一会儿,就趴在报纸上哭得不省人事。黑子哭不是感动于故事,令他不解的是还是那些人,还是那些事,到了人家手里,咋就变得如此大气磅礴光华灿烂了。

这是黑子第一次对一个人佩服,有一天见了我,说你说得对,天赋!其实那篇文章的署名,也有黑子。我知道,黑子并没有参与写作,徒有虚名,这是行业的某种"惯例",既然黑子已经有了写作上的幡然醒悟,我就没必要借此把他彻底打翻在地,再踏上一只脚。朱子已让他失去了自信,我不能再让他失去自尊。

之后,黑子就和朱子建立起了深厚的友谊,黑子对朱子言必称老师,有了好的新闻素材,他就给朱子打电话,让她来一起写作。只年把时间,黑子有了惊人的进步。

这次胖子要去拍摄的云子,就是黑子发现的。他打电话给朱子,朱子就给胖子说,胖子就亲自来了。胖子亲自出马,黑子就感到事体重大。我也感到事体重大,而且这个云子,可能也非一般的人物,从"联络图"判断,胖子可能要下一番功夫,且三两日怕是解决不了问题。这才要我安排车子,而要涛子解决食宿。其实这些,黑子就解决了,宣传部接待记者,名正言顺,咋搞得这么复杂。胖子说,我不是记者了,干的是私人的活,公家如何接待。我说朱子是啊。胖子说让我跟着她?咋介绍我?自由职业者?著名摄影艺术家?无产者?人家转过脸就会说我是来蹭饭的。我说全省宣传部门哪个不认识你啊?胖子说就因为他们都认识我。我说我安排车,涛子安排食宿,都没问题,但我们也是公家的。胖子说车子和食宿,就像战争中的人马粮草和装备,在不同人的手里,就有了不同的物质属性和作用。有时候这甚或不是战略和战术问题……连这都不懂,你还堂堂市委部门的办公室主任呢……我、我、我……我不再和他理论,但几十年过去了,我仍然没闹明白他振振有词说的作何道理。就像一支部队奉命被调往前线,一会儿让前进,一会儿让撤退,一会儿让原地待命,就这几下耽误,被敌人包围了,全军覆没,很多人死得不明不白。能逃出来的,再也回不到原来的部队,因为他们不明不白,无法说清自己,最后只有一条回家的路,回家了就能说清自己了吗?因此他们很多人流落民间,隐姓埋名,或者沉默寡言,屈辱一生。因为一切都改变了。到了后来,他们并不需要那些虚名和荣耀,他们只想知道我是谁。而我是谁,在有些时候,不是自己说了就是了的。这也是胖子说的,胖子说是朱子说的,朱子说是黑子说的,黑子说是云子说的。历史究竟发生了什么?胖子究竟在说什么?想说什么?还是有关那篇报道的话题延伸吗?黑子和朱子的报道我看过,侧重反映了红军流散人员的现实生活境况,文字间透着哀伤、愤懑和凄凉,但他们明显有着共知的新闻"忌讳"和"禁区",没有揭示历史的由来、成因和秘密,我确信朱子、胖子,还有党史专家瘦子,以及黑子,都会有各自掩藏在内心的独立思考,甚或不乏还原历史真相的野心和企图。并且相信胖子在决定此次行动之前,必是做足了案头工作。

我觉得这回胖子给了我一个机会。去时清肠寡肚,回头我可能就满腹经纶了。

算了算,加黑子7个人,我就安排了一辆面包车。面包车有点儿掉价,不上档次,这可能不是问题,实在是质量太差了。我不说出它的牌子——转而又想,这都是将近三十年前的事了,这种车子和它的牌子以及生产厂家,可能早就荡然无存,扫进历史的垃圾堆了。赶紧上网查,果然,在十几年前就死掉了。当时买它的时候,说发动机是日本原装进口的,只外壳是国产的。就像一个人,心脏功能强大,衣服好坏能影响什么呢?又能差到什么程度呢?不会是纸板拼装的吧?车子接回来,看样子不错,就让司机载了我们去兜一圈风,先坐为快。我们坐上后,推拉门很顺滑地关上了,我们美滋滋的,司机发动,挂挡,起步,刚开出一截,就听嘭一声巨响,车门掉了。自此,我们就开始了漫长的修车过程,跑跑修修,修修跑跑,修车的过程比行驶的里程还要长。我问胖子,中不?中。累不累,想想老前辈;苦不苦,想想长征两万五。不掉价?我无价。好机智,是双关语,既隐含他乃"无冕之王"意,也说他现在退职哪儿还有身价之说。我扑哧笑出来,说我就喜欢你这革命的乐观主义精神。又问,啥时走?一万年太久。我看看手表,乖乖,你就这样改变我的物质属性啊?胖子也笑了,说历史都是猝不及防的。况且两天前我就让涛子给你说,他没说,那是他的事。朱子呢?她去叫瘦子了,估计已在楼下等着了。

涛子好叫,他和我都在地委机关大院上班,我在五楼,他在三楼。电话拨通,涛子说我知道了,早已整装待发。哎,跟你商量个事呗,车子我来开。我知道他刚学会开车,正上瘾。我说一百多公里呢,路不好,还要进山,开车不是开玩笑,你技术练得咋样啊?涛子说,昨天爽子的那辆吉普你知道不?破成那样,车门一关,能反弹回去;喇叭就一根电线,需要边座上的人拿着,见人了就往铁上打。就这样,我还给开到李家寨了。要不这样,你要真不放心,把司机也带上,坐我边上。我说好吧好吧,你赶快下楼。

人聚齐了。可是坐不下,胖子把他女儿也带来了,站在朱子身边,个头不小,有向他爸爸体形发展的趋势。咋办?瘦子自觉,说我搭公共汽车去。但到了县里如何约在一起又成了问题,那时通信不方便。胖子和涛子有手机,眼气人,但山里没信号,就是废物。瘦子说你们说的那个地方我去过。我们就在乡政府会合,不见不散。大家又说了些具体的细节,就分头行动了。

车子开出时,我侧脸看了看站在路边向我们挥手告别的瘦子,就想一个人咋能瘦成这个样子,像一棵"老小树",连一片叶子都没有,怪可怜的。看来学富五车不如家有余粮,知识对身体一点儿营养都没有。

时至今日,西路军仍然是令人不安的历史纠结和谜团。路上我就向胖子请教,不等胖子说话,朱子接了过去。说,基本事实、过程、脉络清晰,没有问题。这是红军历史上,甚至是中国革命史上最惨痛也是最惨烈的完败,以红四方面军为主力的西路军两万一千八百人,全军覆没。有一个统计,长征到达陕北保留下来的红军主力部队满打满算五万余人,其中中央红军主力七千余人;红二方面军一万余人;红二十五军三四千人;红四方面军三万余人。红二十五军和红四方面军都诞生于鄂豫皖苏区。简单说,西路军的覆灭让红军折损近半!其中战死者七千余人,被俘一万二千余人;被俘后惨遭杀害六千余人;回到家乡的三千余人,营救回到延安的四千五百余人,流落西北各地近两千人,仅存四百多人最后溃败至新疆。朱子说自从中央对西路军的问题有了澄清和结论后,近些年出现了各种调查、访谈、口述、回忆录、研讨、探究,以及各式各样五花八门的著述，好多都是亲历者，显示了时代的开放、宽容、和解和仁慈。朱子说我的问题是两个。一个是西路军西渡黄河执行所谓的"宁夏战役计划"，打通苏联国际援助路线，然后就开始了西进，暂停西进，就地建立永（昌）凉（州）革命根据地；二次西进，再次暂停西进，准备东返；三次西进，三次暂停西进，就地建立甘（州）肃（州）革命根据地，终于把西路军拖入死亡之地。那么是谁，哪些人出于怎样的考虑和目的做出的决定，我们不能就那么说是"某某某的某某路线主义错误造成的结果"这么一句话，就把血淋淋的历史了结了，就把上万人的生命白白葬送了。死者死不瞑目，活者活得苟且。现在有很多文章大胆把问题提了出来，但问题并没有解决。从鄂豫皖苏区走出的这两支部队，经过长征，兵力不减，说明组织严明；在河西走廊孤军奋战，既无增援，也无补给，直至弹尽粮绝，战死七千，也歼敌五万五，说明训练有素；几进几退，最后陷入绝境时，相信这么一支组织严明、训练有素的队伍，会有多种办法和能力做出生的选择，但他们无条件服从了上级的命令，最后宁死不屈，惨遭屠戮，说明他们是绝对的忠诚。那么西路军最终覆灭的结果是一种决策失误，还是之后瞬间变化了的"时局"已不能左右？再一个问题，就是我一直痛苦的，即便所有的这些质疑、设问、屈曲都澄清了，说明了，解决了，还历史以公正了，但它对于一个具体的人，比如云子，有什么意义呢？

朱子，我是通过胖子认识的，接触不多，读过她的一些文章,算不上了解,仅仅从外貌语言显露的气质,觉得她是柔弱的、文气的、优雅的,谁知进入思考和表达,她竟是如此激情万丈,豪气冲天,又充满知识女性的执拗和情怀,就像是那曾有的惨痛和惨烈,在她身上留下了无数的刀口、枪眼、创伤、疤痕,不能触碰,这是我后来写的一首诗里的句子,给朱子看,朱子说那是中国革命史不能愈合的刀口、枪眼、创伤、疤痕。车子里的气氛有些凝重,一时间我也找不到话题把她引开,而车窗外的江淮五月初夏是那么亮堂明媚。涛子说话了,黑子给找到的这个云子就是西路军的?胖子说是。她是西路军千余长征女战士组成的妇女先锋团中的一个,或者说是西路军两万壮士中的一个。朱子说,不!她不是一个人,是全部。西路军每一个活下来的人,无论后来又遭受了怎样非人的磨难、误解、凌辱、冤屈,都是全部、整体。他们要是忍不住哭了,是两万人一起哭,憋屈了叫喊,是两万人一起叫喊;突然不说话了,是两万人在共同沉默,终于绝望,是两万人的心一起死去……他们就是这样,生死一体,休戚与共,悲欣交集,血浓于水,组成命运共同体,任何一个云子都是一支西路军……

云子究竟是怎么活下来的?我不知怎么唐突冒出这句问话。

没人回答,也没人再说话。

到黑子的县城准确说也就一百二十来公里,一路晕头转向颠颠簸簸竟开了四个多小时才到,时间已是下午两点半了。

涛子怨声载道,不是我的车子问题,也不是他有点儿潮的技术问题,是路真的太赖,让我几次诗意感叹,这真是一条充满艰辛的路。一直没说话的胖子的女儿说话了,平子叔叔,你们讲的当年的革命就是这样的吗?我们笑起来,她比我更诗人。

通往县城拐弯的路口停着一辆吉普车,是黑子在那里候着,来接我们。一侧有座桥,横跨在小潢河上,河水清澈,两岸风景如画,沿着河岸走,三四公里到县城;另一侧,群山逶迤,连接到远处的一座高峰,就是金兰山,山顶上,仿佛常年云雾缭绕。拐弯处是个心理界标,就是说自此我们将开始进入大别山腹地。这是个常见的表述。对于我,它不是地理的概念,而是感觉。我每次来经过这个拐弯处,都是这种感觉。刚才是一个世界,一拐弯,是另一重天地,是世外,是圣地,当然,不仅仅是我们说的革命圣地。

来接我们的还有一个人,西装革履,戴着墨镜,但难掩基层干部一身乡土气息。涛子把车停在路边,开门下去,先和黑子握手,然后就去和那个人说话。大概是说妥了,涛子四圈看了一下,想必是找方便的地方,没有,就上车来,我的司机已经坐在驾驶室,替换下他,发动了车子,跟在黑子的车子屁股后面往县城走。走了一截,车子停在另一座桥头,我们都下去,被西装革履者领着,进到了路边的一家饭店。饭店叫"首府饭店",里面没有食客,大厅中间有一张桌子,摆满了餐具,西装革履者招呼我们洗手、排解、入座、喝茶,接着就有服务人员接二连三端上饭菜。西装革履者说,欢迎光临革命老区检查指导工作,诸位都是大城市来的,吃惯了美味佳肴各系大菜,秘书长特意交代我给大家换换口味,因此上我就特意安排了当地的土菜,不成敬意,还望海涵。我来跟你们卖弄一下,家常小吃就不说了,没什么特色,有名的是这四样:腊肉炖黄鳝,老鳖下卤罐,香椿炒鸡蛋,老母鸡汤下挂面。除了香椿错过了季节,是干香椿,其他都是活的。还有一个菜,也要讲一下,就是这个,叫将军菜,是说当年红军生活艰苦,采它充饥,现在是绿色食品了。朱子说我吃过,它的学名白色的叫白鹃梅,绿色的叫绿鹃梅,也叫花儿菜。是花不是菜。多好听的名字。诗人,你可以写一首诗。我说诗是精神食粮,管不饱肚皮的。这半天,大家都饿毁了,开吃!胖子拿起筷子,还没夹菜,就叫嚷着,好吃!好吃!女儿说爸看你馋的,还没吃呢,咋就大叫好吃?胖子说,美食非只有味觉感受,单为口腹之欲,也有视觉、听觉、嗅觉的快感和满足,这是形而上,你小丫头片子懂什么。朱子笑了说,固然你爸保持了他艺术家一贯故弄玄虚的作风,但小丫头,饥饿是最好的美食。西装革履者在一旁鼓起掌来,说对对对,饿了,饿了,啥都好吃。

大家没有附和,都在埋头苦干。涛子突然停下了筷子,说余主任,酒呢?西装革履者马上慌了,忘了,忘了。胖子举起一只手,表示拒绝,说下午有事,晚上,晚上。我说也行。看大家吃得差不多了,涛子就叫了黑子和余主任,就是那个西装革履者过来,商量行程和有关事宜:

吃过饭,安排住下;四点大厅集合,参观鄂豫皖革命纪念馆。

明日六点叫早,六点半早餐,七点进山。中午赶到乡政府吃午饭,和瘦子会合;下午精兵简政,我、黑子陪胖子去云子的村子,视采访拍摄工作进展,决定当晚去留,其他人就地由人带去周围山里采映山红;上下午及回程沿途红色景点参观:鄂豫皖苏区首府,中共中央鄂豫皖分局、省委旧址,白沙关万人暴动旧址,鄂豫皖省苏维埃石印科旧址,鄂豫皖军委航空局旧址,鄂豫皖军委及红四方面军总部旧址,鄂豫皖省工农民主政府旧址,红田,列宁小学,列宁号飞机场,吴焕先旧居等。

三日上午会合后,无论早晚,即刻赶路,就近取便,去湖北红安,或麻城。

四日返程,去县城光荣院访问老红军,无论早晚,结束即走,顺路拐罗山铁铺红二十五军长征出发地参观,之后赶夜班火车回省城。

余主任靠近涛子,小声问晚上要领导陪吗?涛子想了想说,免了。回头走时再说。要我全程陪同吗?不用了,车子坐不下。你留一个二十四小时保持畅通的值班电话就行了。另外你今天下午就按行程需要一次安排好,联系人和联系方式写在一张纸上,晚上交给我。转过脸对着黑子,明天进山的路啥样?余主任接茬,前天你打过电话后,当即就派人跑了一趟,有部分路段不好,面包车,不碍事的。

二日大家时间拿捏得都很准时,有些出乎我的预料。不到七点钟,所有人都坐在车子里了,显得很兴奋。涛子还是坚持车子由他来开，我不愿与他费嘴，知道不让他开，他会痛不欲生。又怕他拿翘，编个工作接待会议出差什么的理由，就回了。涛子这货，绝对能做得出来。涛子和我，是小时候一块长大的玩伴，按我们老家的话说，就是"蛋子拉膛灰"的那种。他新近从县里调来地委办公室，任副秘书长，管后勤，这个职位，你想，管水管电管房管车管吃喝拉撒，只有人求他，没有他求人，上下通吃，人一下就有了性格，有时连我也不放在眼里。他果然拿翘走人，你拿他咋办，西装革履者就再不会那么恭顺地听我们指使了。我们就会陷入尴尬境地。再由黑子接手，就夹生了，也耽误事。不过这山路，可不是国道，国道再差，也是国道，因此我还是十分担心。车子可不是西装革履者，认人，它才不管你啥子秘书长的。于是小心和他商量，说你开可以，咱提前讲好，关键的时候还是由我的师傅开，别硬直眼。涛子就笑了，把车子发动着，回过头说，烦请诸位再次认真检查一下自己的行李，尤其是俺们艺术家的武器装备长枪短炮，我技术可不行，只会走直路，不会转弯，不会倒车，也不会掉头哦。

按黑子指挥，车子出县城，往南开去，五六公里后，就转向一条沙土路，车子的速度就减下来。路两边是浅山丘陵，早春的模样，草木萌发，生嫩，青翠欲滴，时不时有一些树头上，长出泛红的叶子，在苍茫远山的映衬下，小火炬一样燃烧，格外招惹人眼。大家打开车窗，朝外望着，青草和花朵的香味清新扑鼻，好闻极了；泥土里埋着故乡，茅草牙尖拱我们的心，柔软而疼；有黑色小巧的鸟，翩翩起舞，是好久都没见过的燕子；一只小动物从田埂上不及看清，迅疾穿过；狗在岗坡上追逐；一只艳丽的白冠长尾雉突然惊起，扑棱棱落在杂木林里；田埂曲折，如水墨的线条，勾勒出山地一块块不规则的稻田，已灌满了水，明镜一样倒映着天光云影……山里的季节晚，胖子说对了，春天在召唤。我心里也开始寻找诗句，想来抒情一下：池塘生春草，园柳变鸣禽；阳春二三月，草与水同色；喧鸟覆春洲，杂英满芳甸；芳春平仲绿，清夜子规啼；春山多秀水，碧涧尽清流；东风动百物，草木尽欲言……发现美是美，没有一句合适的，我想和才女朱子探讨一下，又觉时间、空间、人物、环境都不妥，按捺住，怏怏然，作罢，就闭上了眼睛，微醉的样子。就在这时，朱子突然惊叫起来，停车停车！涛子不知发生了什么事，手脚忙乱，踩了刹车，我们一下都从座位上弹了起来，有惊无险。问咋回事，朱子还在叫，用手往车窗外指着，你们看，你们看，映山红，映山红！一脸紧张的涛子松下气来，有点儿无奈，身子一软，靠在了座椅的背上。朱子就拉开车门，一车人都下去了，朱子拉着丫头片子跑，去采映山红。我们就等着。黑子蹲在地上，胖子掏出烟来，给了我一根；给黑子，黑子不会；然后就叫涛子，涛子也不会。胖子把自己的烟点着，摊开两手说，她们哪儿见过这！他说这话，有请大家原谅的意思。黑子听出来，说没事，出来就是玩的。不过时间还是要抓紧，估计这路，下午一点左右能到就不错了。乡里书记和乡长还等我们吃饭呢。

挺好，她们俩每人采了一把，就跑回来了，我和胖子一根烟还没抽完，掐灭，大家上车，继续走。黑子说，你们俩傻丫头，这叫山边杜鹃，有什么好采的，小棵，枝干细，颜色淡，花瓣薄，没光泽，等到了深山，叫你们看看什么才是真正的大别山杜鹃。扔了吧！朱子把嘴巴一噘，不！宝贝一样搂在怀里。黑子就笑了起来。

山势由浅入深，渐次升高，我们明显能感觉出来，映山红也多起来，在远处，一大簇一大簇的，火一样。朱子就问黑子，那就是你说的真正的大别山杜鹃吗？黑子说，还不是。朱子说，啥样呢？跟树一样。四月上旬山脊上的先开，从山顶红绸一样披挂下来，这个时候，快开过了；不要紧，山洼背阴的地方现在正开呢。哦，朱子若有所思，把目光抬起来，朝极远处看去。

黑子说，你采映山红干啥呢？朱子说带回去养啊。丫头片子说我也要带回去养。我说我也要，涛子说他也要。你们城里人啊，黑子感叹一下，又笑起来。

糟糕，路被人挖断了。车子停下来。我们下车去看。有人在路上临时挖出一个水槽，有两米多宽，不深，正在过水；两侧打有半米的护埂，防止漫溢。路左侧有一条干渠，一台抽水机正在往上抽水，经过路上的这个水槽，流到右边的稻田里。抽水机旁有个看水的农民看见我们，就上来了。黑子和他说话，俩人呜呜啦啦说了一通，我们都听不懂。过了一会儿，涛子急了，问咋说，黑子说咋说，你跟山里人能咋说。不过他说的也是实情。这水是从上游的一个水库经干渠流下来,农民用钱买,没有流量计算,按天数,流多少是多少,一到时间就关闸。田里的秧急等着插。涛子说这归哪个村子管?黑子说我看看啊,像是归刘家河村管。涛子说找组织啊。黑子马上明白了,没说话就只身一人,朝路下面的一个庄子找去。涛子在后面大喊,就说是省委领导啊——,黑子摇手回应,我知道——

　　涛子就拉着我到水槽边看,研究有什么办法过去。涛子总是对解决具体问题保有不衰的兴趣,你不要和他说宏观、规划、过去和未来,以及假设和可能,你就和他说这是咋了,他就立即给你说办法,反应极快;行不通,再跟他说,他会给你说另一个办法。常常佩服,他就是个解决具体问题的高手,地委选他管后勤行政,算是选对了人。就像遇到这路叫人挖断了,车子过不去,他就显得特别兴奋,他只需看一下,办法就有了。找组织解决是一种,组织怎么解决呢?他说一会儿村干部来了,就让他想办法找几块结实的木板和砖头,把护埂挖开,垫在上面,不影响水流通过,车也能开过去。我觉得这方法可以。就是不知道黑子能不能找到村干部,就转过脸来朝黑子去的村庄看。不一会儿,黑子出现了,身后跟着一个人和一条狗,朝另一个村庄去,估计去找村干部了,这令我们喜出望外,就像是弹尽粮绝,敌军围困万千重,突然有消息说组织上正在营救,援军将到,我们立即就有了死里逃生的希望。

　　黑子再一次从我们的瞭望中出现了,和他一起出现的,又多了两个人，正在朝我们走来。他带来的人中，那个年龄最大的，后来我们知道是村里的老支书，好多年前不干了，他并没有来和我们照面，就直接到水槽那里，威风凛凛，把那人叫上来，用手点着他，连吼带骂一通，听不懂，只见他怒火万丈，撸了袖子像是要揍他，把那人吓坏了。我们在一旁都不敢出声。结果是啥子木板、砖头，都不要，那人啥话没说，就去把抽水机关了，掂了一把铁锹上来，瞄一眼车子，估摸了一下，就去挖开护埂，把土填进水槽，用锹拍实，再上去用脚踩，路就填平了，差不多够一个车子的宽度。老支书检查了一下，觉得没问题了，这才拐过来接见我们，一一握手，一个劲地道歉，说领导领导，俺们这农民没觉悟，对不住啊，对不住啊。领导领导，请上车，我给你们看着。

我们就上车，一个个急溜打滚的，动作极快，不知都咋了，有点儿慌不及的样子，仿佛此处乃凶险之地，危机四伏，要尽快逃离。涛子把车发动着，我的师傅说，二挡，二挡；车子启动，缓缓的，老支书和黑子在车外指挥，左左左，右右右，慢慢慢，好好好，车子过去了，我把头伸出窗外，向他们招手，感激涕零，大喊着，谢了谢了谢了……他们也向我招手，回见回见回见……

路上涛子说，看见没，看见没，人家，就这样，几十年就这样，专横霸道，说一不二，这就是基层政权，稳固统治着广大中国乡村。再看我们，乖乖，屁大一点事儿，开会，研究，批示，发文，通告，宣传，发动，布置，贯彻，落实，检查，督办，奖惩，总结，推广,普及;广播电视报纸一起上,锣鼓喧天的,就是解决不了实际问题。

丫头说,爸,我长大了,也当老支书。胖子说,你现在在俺们家里,就是老支书!丫头说,不威风,总共管俩人。涛子说,闺女啊,两个人就很不错了,现在谁管谁啊。咋了呢?改革开放了,分田到户了,你管不住他的钱了,也管不住他的粮了,掐不住他的喉管系子了,你就管不住他的人了。你还小,你不懂。我管懂不懂,就当老支书。涛子说,没志气。我给你派派啊,一帆风顺的话,你十七八岁当队长,二十七八当村主任,三十七八当乡长,四十七八当县长,五十七八当市长,六十七八你能不能当省长,还两说,恐怕到中央是绝对不可能的了。丫头说,不是说有个四十多岁的省长吗?涛子说,傻丫头,人家是从上面下来的,可不是从下面上去的。丫头说,不是有个娃娃司令吗?13岁当县委书记,17岁当政委,22岁当司令。涛子说,那是战争年代。这儿的红二十五军知道不?政委吴焕先,牺牲时才28岁。朱子说,是啊,那时的革命者都充满理想,而且年轻有为,宣传发动,组织暴动,攻城略地,领兵打仗,打大仗,有战略,有战术,有眼光,有情怀,有思想,那真称得威风凛凛。我们现在咋都这么笨,长不大,别说带领千军万马了,就是交给几个人,都管不住。涛子说,生活好了呗……想当年,牙如铁,生吃牛肉不用切;看如今,不行喽,只吃豆腐和猪血。想当年,腿如铁,两万五千里长征不用歇;看如今,不行喽,上班下班小车接……东扯葫芦西扯瓢的,车子里的气氛活跃起来,大家的心情,就像刚才在路上意外受阻一筹莫展,而现在突然前途一片光明了,轮胎在沙石路上沙沙沙的,发出匀称的声音,仿佛对这山路,原有的怨言,因为一次历险通过,身心变得舒展,全是诗意的抒情了。

就在这时,丫头片子一声尖叫,语惊四座:黑子叔叔!

跑了这么久,这才被丫头片子发现,黑子没上车。涛子一脚踩了刹车,趴在方向盘上,笑得直不起身来。

找人,说事,协调,指挥,还有焦虑,愁急,担心,无着落,黑子那一会儿处于高度紧张状态。问题解决了,他也忘记了他是谁了,也在车下和老支书向我们挥手告别。我们一车人竟也没有发现。这趟大别山腹地文化之旅,就变得谐谑而趣味无穷了,黑子必将成为之后许多年里流传的佳话。

没有比这更快乐的事情了。不是涛子一个人笑得打不住,我们也笑疯了。

咋办?还能咋办,掉回头呗。涛子就下来了,终于让给了我的师傅开。

几下折腾,又是一个多小时过去了,我们老远就看见了路边的黑子。老支书也没走,陪着他。水槽让那人又挖开了,我们车子停在对面,黑子下到左边的干渠上,绕过来后,又从干渠的岸上爬到路上来。师傅已把车子掉头,黑子上来了,双手抱拳,抱歉,抱歉,我也是迷了。说着在座位上坐下,万千感慨,欸,诸位知道,俺这是著名老区,常年都有一拨一拨的记者来,接待任务重,有一天我陪他们参观纪念馆,去了十七次。

真的，好多时候，接、送、接谁、送谁、谁接谁、谁送谁，都搞不清楚了。大家又笑得前仰后合。黑子看看手表，说坏菜了，咋弄都不能赶到乡政府吃饭了。

意外带来的快乐，让我们忽略了所有，及至赶到赶不到乡政府吃饭也就无所谓了。丫头说，黑叔叔，老支书真厉害。黑子说，他当然厉害。他爹是当年的赤卫队队员。他从解放初就当支书。刘家河村几乎都刘姓，他的辈分高。说骂就骂，说打就打。都怕他。丫头说典型的家长制，跟俺爸样。朱子说，我一直没问，过去也一直没问，你和他们说话，是当地的方言吗？黑子说是啊。你每次来，我都给你翻译。我不翻译你一句都听不懂。朱子说，是隶属哪儿的方言，咋恁难懂。黑子说，理论上，归属中原官话信埠片，也有人认为属北方方言江淮次方言区。我认为，他们还忽略了另一个语言事实，那就是我们有很大一部分人的祖上是从江西九江迁徙过来，说的是九江方言，包括小土语。西晋之乱，安史之乱，宋室南渡，陈元光、王审知开发闽南，湖广填四川，历史上中原人大规模南迁、返迁，语言随着融合，更新，变异，说来复杂。不仅是语言，还有物品，习俗，观念，方式，以及艺文说唱，等等，涉及物质生活和精神生活的方方面面。胖子说，黑子会唱大别山民歌哩。朱子说，我咋没听你唱过。黑子说，有伤风化，少儿不宜。朱子说给大家唱一个呗。黑子有点儿不好意思，说当然，也不都是少儿不宜。那仅仅是很少一部分。大别山民歌的最大特点，就是无论荤素，都字面干净。这也是其他种类的中国传统民歌都几乎没有的。包括少儿不宜。叫"素面荤底"。大家真要听,我就献丑了——

　　小小鲤鱼小小鲤鱼压红鳃,

　　上江游到下江来(呀嘛)下江来。

　　头摇尾巴摆呀,

　　头摇尾巴摆呀,

　　打一把小金钩钩(呀嘛)钓上来。

　　小(呀嘛)小郎哥(呀啊),

　　小(呀嘛)小郎哥(呀啊),

　　不为冤家不到此处来……

　　黑子唱完,掌声四起。朱子说,这调儿听着咋这么熟悉呢。黑子说当然熟悉喽,这就是诞生于鄂豫皖苏区的中国民歌音乐经典《八月桂花遍地开》的调儿呀。叫《八段锦》。朱子吟哦了一声,明白过来,说你再唱一遍,再唱一遍……

　　黑子还没唱,司机说话了,别慌唱了,领导,你看看,路咋走。我们就扬起脖子朝前面看,是个两岔路口,黑子说,哦,右!

　　山路越来越高,车子显得笨重起来,油门轰轰响,像一头吃力爬坡的老牛。在一个陡坎子上,再也爬不上去了。看看表,已是下午四点半。一侧的大山投下黑色的阴影,我们心上陡增了莫名的不安和恐惧。不知这路还有多远,什么时候才能到达,有点儿绝望,也不便问,害怕问了黑子着急。反正晚了,着急有什么用呢。心想,整个县不就这么大吗,又不是跨省隔海出洋,我就不信了,它能有多远。

涛子第一个下车,研究了一下,说革命的战友们,历史到了关键的时候,都下车,都下车,推!师傅说,也只有麻烦各位领导了。

我们正准备推,莫名其妙地,师傅去了路边四处寻摸,左看看,右看看,弯下身子去掰石块,掰不动,就过来打开后备箱,把千斤顶拿出来,又拿了一把起子,把路边的石块撬起来,用另一块石块敲打棱角,交给我拿着,把千斤顶交给黑子拿着,说一会儿一旦上不去,你俩就把石头和千斤顶垫后车轮子上,防止滑坡,出现意外。说过就上到车上,踩着刹车,把头伸出窗外,说都准备好,谁招呼一下,把力量分配均匀,我说推的时候你们再推。接着他就开始轰油门,挂挡,喊了一声:好了吗?推!我们随着他的一声令下一起用力往前推。涛子推着喊着:一二!一二!一二⋯⋯快到坡顶的时候,推不动了,师傅立即刹车,把头伸出来,垫!垫!垫!

就这推个车子,把一帮人累毁了,一个个喘着粗气,尤其是胖子,说不行了,不行了,丫头说爸,谁说你都不听,得减肥了吧。我凑上去,说你爸昨天上午在我办公室还说了,累不累,想想革命老前辈,苦不苦,想想红军长征两万五。胖子摆手说,那那那⋯⋯都是理论上的。师傅说,各位领导,玩笑是玩笑,歇一会儿,咱再鼓把劲,就差不多了。

结果是我们鼓足勇气再一次推的时候，没用多大劲，车子就推上去了。我们就感到有些神奇。但我们确实也累毁了，突然就感到了空前的饥饿。我问黑子，这一带你熟悉吗，上哪儿能找点吃的？黑子四下望了望，没有说话。是啊，这前不着村，后不着店，上哪儿找吃的？黑子说我也认不清这是什么地方了。这样吧，咱再开一截，看前面有没有农户，让老乡给烧点儿饭吃，给钱就是了。我说人家愿意吗？黑子说，老区人民都很厚道，这个传统没有丢。

　　大家继续上车，无精打采，黑子也六神无主，明显看出来，他有些慌乱了。这山里，可是说黑就黑。

　　天无绝人之路，车子没开出多远，就看到山下有一户人家，门口一汪小小池塘，垂柳泛青，当间一个院落，三间小屋和一间厨房掩于翠绿的竹林间，四围有银杏、乌柏、青槐和枫杨，高大无比，伸向天空的枝丫上悬着蜂坛，少不了几家喜鹊的新居老屋，也高高地建在上面，好美的一幅山地风俗画，使人联想岁月的古老和天地的悠远。车子停下，黑子让我们等，他去找老乡交涉。不一会儿，我们听见了狗叫，然后，我们又听见了狗叫，黑子就回来了，眼睛里有光，说跟老乡说好了，可以。我已叫他先把饭煮上了。黑子这么一说，我们立马抖起了精神，一拉溜就向山下那户人家发起了冲锋，就像是去昨天中午县城的首府饭店，想着我们一到，就会接二连三上来一大桌子菜：腊肉炖黄鳝，老鳖下卤罐，香椿炒鸡蛋，老母鸡汤下挂面。还有将军菜。我们一番饕餮，心满意足。

那户人家,只老两口,五十多岁的样子,矮小,清瘦,男人站在门边,看着不停叫嚷的狗。黑子说看大家吃什么,他们好做。我说有什么啊?黑子说,你们看看,塘里有鱼,圈里有鸡,窝里有蛋,墙头上晒有熏肉和香肠,园子里有青菜,只要不急,点啥做啥。涛子说别了,我的爷哎,都啥时候了,速战速决,有啥吃啥!说完,朱子领着丫头去池塘边上看水;胖子去了西边的一个高坡上,用两只手的拇指和食指合成方框,放在眼睛前,左看右看,模拟着摄影取景;涛子和我转到了猪圈、鸡圈、牛棚和菜园,探头探脑的,这里看看,那里瞧瞧。我们到处看时,这家的男人也一直盯着我们看,充满警惕。然后转身进屋,拿出一支铳子,坐在门口擦拭。又站起身来,显得焦躁不安,狗跟在他后面。他把黑子叫过去,呜呜啦啦说了好一通,声音很大,吵架一样。我们就赶紧过来,问咋了,黑子说叫我们走,他们不给做饭了。为啥?不知道。给钱也不行吗?不行。说不通?说不通。不是事先讲好了吗?讲好了也不行。

我们不知道发生了什么,但我们知道是被人家给赶了。

到了车上,黑子说知道咋回事不?咋回事?黑子说,你看看你们几个,膀大腰圆,五大三粗,那么大的身板、块头,把人家吓住了。丫头说,就是,爸你看看你,就像土匪、坏人。黑子说,是是,你没看你们四处转悠时,人家去屋里掂了一支铳子出来!朱子说啥,黑子说铳子,猎枪。朱子惊叫了一声,天啊,这都和平年代了,老区人民还有这么高的警觉。黑子说,这也是革命传统。

车子要发动的时候，黑子说，别慌别慌，我咋觉得不对。我们好像是走错路了。说完下到车下，观察了一会儿，上来说，走错路了。妈呀，才想起来，两岔路口时，应该往左拐的。他话一落音，天迅速黑了。

车子有气无力地开始往回走，大家都不再说话。道路选择上的错误，让轰轰烈烈的革命失败了。一切归零，我们将回到原点，而且路途险恶，人困马乏，前景凄凉。我们不知道接下来还会遇到什么，发生什么，譬如那个陡坎，那个挖断了的路，还有这么个质量不能保证侥幸还在转圈的喘着粗气的老牛破车，我们无助，内心迷茫，就像这山里愈加深浓的黑夜，就像革命进入了低潮和生死关口。我们想到了北斗，想到了火把，想到了八角帽、红五星、红袖章、红领带、红旗、热血、泪水，想到了长枪、子弹、大刀和梭镖，想到了母亲的灯盏、外婆的歌声，想到了黎明、日出、春天的召唤、子规啼血，想到了满山遍野怒放的映山红……

胖子说话了，问黑子这离红安多远。黑子想了一下说，这里离红安倒很近。胖子说，去红安！朱子问咋了老师？胖子说我想得很多，一切都错了。我的错。黑子马上接话，说老师你可别，宰杀我也，要错都是我的错。胖子说，你误解了，我说的是另外一回事。错了。一切都错了。不是道路，也不是方向，是我，是我从一开始的选择就错了。好在我及时觉醒，尚可挽回。所以县城不用回了，云子也不找了，也不去了，也不拍了。计划中的整个红军流亡人员拍摄系列，我决定放弃。

永远放弃!

我说你们艺术家就是疯子。胖子说,不是疯子。这一路我反复在想,我来干啥哩,要干啥哩,想干啥哩,是云子他们需要写作、表达、拍摄、呈示吗? 不是,是我们自己需要。我们假艺术之名,满足着个人的私利和虚荣;假情怀、道义、人类悲悯和同情心,通过出卖死者的亡灵和弱者的苦难,获取功名和赞美! 突然的觉醒,让我不寒而栗。朱子说老师,你说的也让我有了明白。胖子说,这样说或这样想,对于一个历史真相的探究者,可能就对了。真理、信仰、忠诚、背叛、热血、大义、苦难、生死、岁时变化,人事更迭,苍山如海,残阳如血,于昨天和今天,都是留在云子一个人身上的刀口、枪眼、创伤、疤痕,我们怎忍心碰它。甚或有阳光的一丝温存,春风的轻拂,花朵的微弱颤动,歌声的慰藉,都会疼痛。数千人的疼痛,数万人的疼痛。我们所有企图的探求、还原、重述和再现,哪怕是公义的、道德的、善良的、艺术的,都是虚构,也是虚妄,只有云子在自己历史的现场。不要碰她,让她拥有尊严……

胖子的建议,最后被大家默认,我们就去了红安,又去了麻城。这是个正确的选择,路走对了。刚跨进五月的鄂豫皖,春风浩荡,景色迷人,山势崔巍,正赶着深山杜鹃的盛花期,天地红潮涌动,有如红旗漫卷,我们被包围,被鼓舞,被渲染;朱子、丫头,还有我们,都变得孩子一样的,每天爬山、拍照、唱歌,采映山红;采了好多,也扔了好多,采着扔着,总觉今天的比昨天的好看,眼前的比过去的鲜艳,采到最后,就不知道如何是好了,也不再那么珍惜。数天后,我们返回黑子的县城。

临行时,黑子送别,小声跟我说,瘦子我联系了,乡里没见他去,他单位说他到现在也没回,是不是他也摸错路了。然后把头伸进车窗里,乐呵呵的,问,丫头,你们采的映山红呢……

(注:文中人物皆为化名,部分故事是借用,是我一个朋友的经历。呜呼,他已去世多年了!)

时代，或时间中的

私人理发史

多久理一次发,是一个定数,就像是把人生分成了许多个段落,或者等分,一截一截交理发师剪去、剪碎。这等分并不匀称和等量,就像头发,长短不齐;加之年龄、身份、职业、性格和修养亦大不同,每个人理发的时间间隔是不一样的。而那间隔,一定意义上,就是人生的等分。

我这样说,你也别在意,你也别笑话,人老了,才这样想。而年轻时,雄狮一般,张牙舞爪,在苍茫大野,昂着不屈的头颅,抖动炽热杂乱的鬃毛,旗帜般在血腥的风中猎猎作响。不定什么时候,停下来,才想着该去理一次发了,就像奔跑中的狮子,找寻一片树荫,卧下热浪滚滚的身子,梳理、舔舐自己的伤口和皮毛。这个时候,有些人即使有所考虑与头发相关的时尚选择和个性审美,但决然不会过多思考理发的意义,更不会将其与漫漫人生联系在一起。

青春少年样样红,你是主人翁,要雨得雨,要风得风,因此年轻,怎么剪,剪不剪,多久剪一回,剪成哪种样儿,它都好看,都有型,都潮,都敢;一如年轻的生命本身,狂野、自由而张扬,不受约束，咄咄逼人，不在乎，无所畏惧。

老了，就想得多了，想得复杂了，瞥一眼镜子里的自己，面目可憎，精神猥琐，头发日渐稀少；资源不足，捉襟见肘，掩耳盗铃，欲盖弥彰，重要的是人生没招呼住，就叫理发师一截一截都给剪去了，碎成一地头毛，估摸一下，也剩下没多少等分了，你还不让他想多一点吗？

就事实而言，说到理发，也没那么真的等分清晰，残酷到生来就宿命般划定了生死刻度，不过日常生活着。就像这个深秋的午后，阳光浓郁而慵懒，几片红叶招摇着，周遭安静，人们刚刚结束了午餐，锅碗瓢勺、杯盘碗盏，以及手指、嘴巴、牙齿、喉咙，都一点点停下来，连同时间，也静止在那里懒得动了；困顿袭来，睡眼蒙眬，我却突然想着，趁这个暖和的午后，去理发。

不知咋了，人老了，妖怪，作精，头发本来稀少，已将山穷水尽，稍显参差，有些起色，萌发复兴的希望，它又焐燥、难受、不舒坦。

妻子说，去吧去吧，别搁这儿叨叨了，要是舒坦，就剃个葫芦瓢。"葫芦瓢"就是光头的意思。我说那不行，我就是老到不能见人了，我都不剃葫芦瓢。妻子嗤之以鼻，说知道你，人长得死丑，还死要面子。我说我巍然立于此世，高山仰止，从没妄图以颜值担当，主要是以气质感人。而头发是我气质感人的重要部分。妻子说，只是可惜喽，你那头发给了我们女人，这辈子要省多少钱啊！

这是调侃,未必全是。我的头发,是油脂性头发,密实、茂盛、乌黑发亮,自来卷儿,波浪起伏。直到现在。不同的是,这些年,发根都白了,似乎着意将老去的岁月,埋于尚且发黑的头发下,只有撩起来,你才能看到,就像藏在密密林子间的雪。

叔,您又去南京了?

嗯。

这回可不短。

连头挂脚,六个月零三天。

叔真幸福,退休在家,读书,写写文章;急了吧,去南京孩子那儿,享受天伦之乐。

倒是。

看您微信了,您小孙子可帅气了。

捣蛋。

那说明他聪明。

还聪明,笨死了,每天放学回来做家庭作业都哭。

啊?您小孙子上学了?

一年级。

好快哦!

是啊,人生如梦,转眼就是百年!

叔,您不老啊,我从见着您,您就这样。

小帅哥嘴甜,多吃二两盐。

我说真的,您看您的这一头头发!

··········

　　好的理发师,应该是一位善谈者。当然,最好是要理发者也是一位善谈者。

　　于此发现,公共空间,有的能给人营造心情的宏大、高贵、诗意和敞亮,像大剧院、音乐厅、图书馆、博物馆、美术馆、读书会等,而有些则让人无端生出尴尬和紧张来,且与功能无关,如理发店。理发者进门后,便被挟持,有如绑架,系上围裙,扎紧脖子,固定在座椅上,不能动弹,然后把自己的头交出,任由理发师摆弄,生杀予夺,显示他的"顶上功夫";至于理发者,难受或者舒坦,预期或者意外,那整个事件只能你自己亲身经历,包括洗、剪、推、刮、吹、烫、染、拉诸多程序和细节,以及持续的时间。可以简化,不能替代。理论上,理发者和理发师应该是天然相互认同、依存、契约、和合的关系,但事实上这种关系常常是紧张的、剑拔弩张的,我们不知道去理发的那天会碰上哪位理发师,这是一个未知的遇见,一次陌生的邂逅,也是一回尴尬的际会和交锋,因此双方也都是怀疑的、试探性的、防范的、揣摩的、不确定的。当然作为理发师,他首先想要知道理发者的要求,更是想要了解理发者的脾性;而理发者,面对陌生的理发师,弄不好就抱了"重生"或"毁灭"的极端心理悖论,尝试和体验,甚或大义凛然,视死如归,拿"头"来赌上一把,然后再决定未来的理发人生走向,是重新再来、期许终身,还是忍无可忍、永不回头。

即使如此,理发者总还是希望能是一次美好的邂逅,获得"人生第一次"初恋样的享受和体验,像理发店门口的楹联自诩:烫就乌云追月,吹出满面春风;旧貌一剃了之,新颜从头开始;洗心革面,重新做人,凤凰涅槃,浴火重生。再则,顾客永远是上帝,我付了钱,就应该享有对等的权利。

舒缓以至于解除这种尴尬和紧张关系,谈话无疑是一种方式,而且在理发店这种空间,包括理发师与理发者二者的位置,局限,角度,关系,相互间的能指,目的,以及询问,交代,隐喻,暗示,感触,反应,语感,情绪,心态,映照在镜子里的表情,等等,让谈话成为可能,成为破解尴尬的方式,如果二者都是善谈者,那么双方都已准备好,呼之欲出,既做好了语言的出发,也做好了语言的迎接。

交谈开始了。

没有诗情画意,更无须咬文嚼字,一次次的,最后发现,久而久之,亲切的谈话,是最家常的谈话。倘有一些虚饰之词,不过是理发师略略多了些恭维和奉迎,那是职业的,有功利在,但必是善意的。不必信以为真,高兴就好。高兴了,理发,那一人生时段的紧张和孤独就没有了,尴尬就没有了。然大千世界,各色人等,恰恰就有人不爱说话,不愿说话,不想说话,只喜欢沉静和遐思,正好趁理发躲避喧嚣,那就不说话,也挺好的。这让原本澄明的公共空间,由于理发师和理发者的不同,有了独立对话的相隔,座椅与座椅之间,成为各自遮蔽的隐秘性存在。

相对具体的理发师和理发者,相互构成认同、依存、契约、和合的关系,我觉得,首先还是取决于理发者的选择。

我的选择简单,有二:距离和交谈。

距离的原则,就我而言,就是就近,方便,快捷,三下五除二,快刀斩乱麻,解了围裙,立即走人。年轻时这样,现在还这样。并非性格急,更非天降大任于是人废寝忘食忙于国家大事,我是觉得无论理发之于许多人是如何的一次美好享受和再生,甚至被视为生活中最重要的事件,而我恰恰认为这世界上时间之宝贵,它可以浪费在任何事情上,唯理发不能。因此理发店的距离成为我之首选。而当我认真回想我选择的理发店时,我发现,一个人一生理发无数,而给你理发的理发店却屈指可数。你回想回想,就知道了。譬如我,二十来岁前东西南北地到处流浪闯荡不算,就我相对稳定居住在这座淮上小城来说,近四十年,我先后选择的只有三家理发店。这个极少的选择似乎需要说明一下,因为我对理发私人化的认识偏见,让我从来都不进那些稍大规模的店面,看见那豪华、明亮、新潮的气势,我就怕了,以至终于成为心理的拒绝和排斥。这似乎仍需要说明一下,我的排斥,不完全是距离,或者时间,而是自己"脑袋"的问题。首先我不能想象每次去那些豪华的理发店,不能知道会赶上哪一个新的理发师,把头交给他,来给你一番摆弄和造化;其次是我的"头"特别难"理",脸大、肉多,一头波浪起伏的自来卷,不知情的理发师,你反复交代和提醒,让他慎之又慎,手下留情,结果还是剪刀飞舞,给你砍伐殆尽,就剩下"脸"和"肉"了,让你伤心欲绝,许多天都抬不起头来,躲在家里,没脸见人,等待春风一度,新叶茂发;另外我的后脑勺突出,剪短了,头皮就裸露出来,就像一头青山绿水,突然山后大片森林被人偷伐,裸露出斑癣一样的黄土;留长了,从后面看去,又像是一个女人。如何交代和提醒,他们都不能恰到好处。因此我选择的三家理发店,都是小店,就一个理发师,最多两个。他知道我之所需,知晓我每一寸头皮,熟稔我每一根头发,就像有经验的农人,侍弄着他的土地和庄稼;双方有一种关系,不出意外,不言而喻。久而久之,我甚至认为,他就是我所属的私人理发师。

更美好的,是无须铺垫和过渡、交代和提醒,熟人熟事,随遇而安,我们可以谈话,也可以不谈话。

我是20世纪80年代初来到这座淮上小城居住的,开始的时候住在老城解放路,不远处就有一家理发店,叫"晓红理发店",理发师是一位青年女子,叫晓红,有十七八岁吧,微胖,爱笑,性格挺好的,爽快,麻利,还有一点儿豪气。我去理了一次发,就熟悉了,就认定了,从此把"头"交给她,是无条件的信任。那时我不到三十岁,理发显然不是我人生最值得重视的事情,脸还没那么大,肉也没那么多,也没那么多讲究和要求,因此一早一晚,想起来了,就去她那里理发,说说话,有新话,有老话,还有好多都是过去已经说过好多回的话;有的话题宏大,有的所及渺小,有的有意思,有的没意思,多半都是她在说,我支应——今儿立春,花都开了;明日冬至,吃饺子哦;昨天一个妈妈抱着她的孩儿来理"满月头",那婴儿的皮肤发亮,胎毛细密柔软,好是疼人,我都不忍着手;文化街的那棵老银杏树结果了哎;农村的田地又分到户了;啥叫特区;过去男女结婚咋叫结发夫妻;你认得人能开后门给买个彩电唢;昨天枪毙人了布告你看没,有两个强奸犯;"文革"时批斗人咋先把人家的头给剃了;街上的喇叭裤、飞机头好看吗;《射雕英雄传》放26集了吧;今年茶叶节要请宋祖英来哩;电影里打仗时为啥要剃光头,还大喊着,剃过头的跟我上;啥是国库券,你买不买;《春天的故事》你会唱吗;樱桃园扒了,鲍氏街也扒了,东方红大道要拓宽哩;现在的冬天咋不下雪啊;清朝男人留那么长的辫子,男不男女不女的,还难洗,还碍事,咋拼死不让剪哩;艺术家是不是都是极端的人,要么长发披肩,要么整个光头;浉河里的水好臭,鱼都漂上来了;《泰坦尼克号》票好贵;张伯,就那个乐呵呵的一头白发的胖老头儿,前个夜里死了,他还说再来时就染一头黑发年轻年轻哩……就这样,不经意地,说着说着,就理完了,理完了事,平淡无奇。而每一次我好像都很满意,也很享受和愉快,因为那之后的许多年里,我一直都在她那个理发店理发,从没换过,以至于眼见着她长大,成熟,恋爱,结婚,生子,当然她也眼见着我变胖,变老,臃肿,迟缓,长出皱纹和白发。这是时间的递进和变换,也是时代的递进和变换,构成一个人的私人理发史;我们理发时即时、即兴的谈话,也随之递进和变换,只是没人记录下来,就连我也不屑于记住都说了些什么，怎样回应，展开了怎样的探讨。想来，不是谈话没有意义和价值，而是估摸着这个貌不惊人的男人和这个委实简陋的小店，基本没可能名留青史。事实证明，他们估摸得没错。

谈话最早时她叫我哥，谈着谈着就叫我叔了，再后来，某一天，她抱着孩子，见我来，说，宝宝，看谁来了，快，叫爷爷！叫爷爷！之后的许多天里，我内心都持续着不绝如缕的幸福和忧伤。

忘了是哪一年哪一天，我去她那里理发，似乎还哼着一首抒情歌曲，以配合理发的心情，不是邓丽君的《甜蜜蜜》，就是电视剧《渴望》的主题曲：悠悠岁月，欲说当年好困惑，亦真，亦幻，难取舍……没唱完呢，我卡在了那里，我发现，"晓红理发店"消失不见了，店门紧闭，门上贴着广告：房屋出租。后面是一个电话号码。我站在门外，顿觉有被人抛弃之感，内心惶惑而失落，并非单纯为着理发，而是我已失去未来。于是开始寻找，打听，终于，在胜利街找到了，还是叫"晓红理发店"，只是店面更大了，灯火通明，设有吧台，一拉溜崭新的理发座椅，以及各式各样的妆台、镜子、工具、器械、瓶瓶罐罐，还有一拉溜我不认识的理发师，新鲜的面孔和形体，年轻而新潮；晓红做了老板，有了第二个孩子，一般不再亲自给人理发了。

晓红见了我，让出一个座位，给我理发。她一直在说话，我在听，一直在听，我则一句话也没有说。

自此，我再没去过。

后来,解放路的那个门面重新开张了,还是一家理发店,换了招牌,我就继续在那里理发,不是怀旧,大约是距离就近的选择。但这个时候我知道,那其实已经不再是一个选择了。

与那个嘴甜的理发师小伙子谈话,是在我搬到羊山新区之后了,那家理发店,算是我说的一生中的第三家理发店。如果之前的那个理发店算不得是一个选择的话,那它该是我的第二家理发店,是我的半部人生。

新区尚新,地大物博,人烟稀少,服务设施不配套,理发是一个问题。距离已不能选择,谈话兴许就是奢望。研究了一下,离我最近的是新十六大街,也有好几公里。所谓新十六大街,并不新,它是延续楚王城老街改造的新街,有众多的原住民,过京广铁路桥涵洞,便是老城。我骑着电动车,沿街打望、探寻,令我惊讶的是这里并不缺少理发店,单面街上,就有大的、小的,豪华的、简朴的,铺张的、殷实的,好多家呢,甚至在闹市口,还有当街给人理发的,用的还是旧时的推子,剃刀明晃晃,临时的盆架上是脏兮兮的洗脸盆。继续寻找,到头了,拐回来,在街的另一面寻找,这时店面招牌上的一个字诱惑、感染了我,一家临街不大的理发店,转动炫目色彩的店名上面有一个"漾"字。全名叫"花漾",猜想取了"花样"的谐音。我脑子里立即就联翩浮现出几个颇为感性的词语:花样年华,摇漾,澹漾,荡漾,洋溢……

我决定,就这家了。

小店很小，就一间门面，合我心意，经营者是两个年轻人，一位是秀气白净小伙子，显然是首席理发师；还有一位是高挑个儿的少妇，是他的小爱人，姣好，淑静，做他的助手。第一次理发，我自然还是顽固地给予交代和提醒，小伙子心领神会，剪刀在他手上，娴熟而轻盈，开始如翻飞的小鸟，在我头顶上飞舞，轻盈得我几乎感觉不到，甚至看不到被剪掉的头发。我觉得我的头上已经不是焦躁不堪的头发，而是迷人的树冠、花园、草地和绿洲。我开始主动和他谈话，就像是我要向他急于表示我因为店名荡漾着的愉悦心情。结果，我发现我不仅喜欢这个店名，也找对了地方。我觉得我的余生最后的生命等份，大可托付给他了。自此，我是20天左右去那里理一次发，形成了规律，这是小伙子发现的。这是他在谈话时无意说出来的，我没回应，内心惊异，我知道，并非刻意而形成及至日常理发的时间和规律，包括不变的发型审美，固执的选择、坚持，我可能，真的老了。

　　而就在那一天，灵光一现，就想到了一句话：好的理发师应该是一位好的园艺师。如此比喻，那么人便可能就是一棵会行走的树了，男人的头发是树冠，女人的头发是花园，再经园艺师的手，展现出这个美丽新世界的繁华和风貌。但头发毕竟不是树冠和花园，随意生长，是自然之美，人工修剪，是园艺之美。即使是真的树冠和花园，成为景观，也需园艺师的打理，当然，我说的是好的优秀的园艺师。继续比喻，头发，一定程度上，是否就是人的精神景观，除特殊人群外，没人容忍自己常年满头杂草丛生，面目皆非，即使老了，我们也不能就那样让它荒芜。头发荒芜了，人就颓废了。就像生活的信心，哪怕包含了虚荣和妄想，以及现代的隆鼻、隆胸、瘦脸、瘦身、漂洗、磨皮、美白，以及一切肢体的、皮肤的、面容的修整，手术，替换、装饰、假借、更新、造型，以及古典主义，浪漫主义，嬉皮士、野兽派、印象派、荒诞派、立体主义，表现主义，抽象主义，存在主义，达达，波普，意识流，黑色幽默，超现实主义，魔幻现实主义，现代主义，后现代，朦胧诗，非非，撒娇派，下半身，神性，莽汉，新乡土，以及开启，创世，解构，命名，都有着非凡的意义；如果你是传统一派，又是环保主义者，喜欢原生态，从根本上排斥改天换地，重整河山，再简单，也要理发，来保持体面和尊容。

这是一个人的生活态度，也代表了生存的质量。

只要你还没有对这个并不完美的世界彻底绝望。

理发让人精神焕发，让世界光彩夺目，我们为什么不称它为一门艺术呢？当然，传统还是时尚，继承还是创新，最后"艺术"地呈现在我们头上惊世或糟糕的"作品"，都是理发者与理发师共同完成，理发者不仅给予选择上的信任，也以自己的头颅提供创作实践的载体和素材，理发者是理发师的艺术同盟，也是理发店的商业同谋，理发者不仅为之付出时间和金钱，还是它们的模特儿。

珍惜我们的头发吧，包括理发师，尽管它无尽地生长，成为区别人与动物在进化上的显著标志,而最好的珍惜,就是不断地去修剪、清洁和整理,就像作家整理他的手稿,雕塑家打磨他的石头,园艺师删削枝叶的芜杂,老者轻拭抚摸他一生挚爱的时光中的旧物,只有经过整理的物质,才能注入生命,绽放光芒。至于我,一个男人,一个老人,可没这么复杂,不过是在这个深秋慵懒的午后,趁空闲和暖和去理发,一个简单的日常生活行为,构不成事件和意义。

剪刀在我头顶上,娴熟而轻盈地飞舞,一如鸟雀的尖喙,依照细密的心思、经验和技艺,取舍,想象,模拟,出脱,成型,无微不至。突然停止了,停在了那里,我感觉到了,屋子里静寂无声,我微微侧脸,等待着——

叔,斑秃。

啥子?斑秃?

你没发现吗?

是我头上?

好几处呢,不大。

不大,好几处呢?

鬓角也有。

上次,我去南京前,我来理发,那时没有吗?

没有。

…………

我无法看到他说的我头顶上的斑秃,不知有多么严重,但我有了深深的恐惧。以至在我悻悻然回家的路上,我下意识地躲避着路人，生怕碰见熟人，让他们看到，对我显示出刹那间的惊恐和惊愕。你听听"斑秃"这两个字，以及类似的"皮癣""疤癞""溃疡""糜烂""脓疮""疱疹"，便觉丑陋，恶心，触目惊心！

这再次证明，我外表强大，有莽汉的剽悍，而内心敏感，是书生的软弱。

回家后，我没和妻子说，鬼鬼祟祟地，我钻进书房，极快地打开电脑，在网上搜寻"斑秃"词条：斑秃，俗称"鬼剃头"，是一种骤然发生的局限性斑片状的脱发性毛发病。病因不明。或遗传因素，或自身免疫疾病因素，或精神因素。而精神因素是斑秃的关键性诱因。常见的斑秃大部分是因为精神原因引起的。长期处于孤独、焦虑、紧张状态下的人，很容易出现斑秃现象……

我舒了一口气，手松开紧握着的鼠标，来拖着下颌，身体朝后，靠在椅背上，盯着电脑屏幕上"斑秃"两个字，做沉思状，倏然笑了：孤独，焦虑，紧张……

我笑得谐谑。

是的，孤独，焦虑，紧张，这些皆被我称为人寄生的精神病原体，我们每个人自出生就是它的携带者，此消彼长，恃强凌弱，之于青壮年者，喧嚣而强大，所向披靡，这些病原体自知不是对手，纷纷溃散和逃离，不知踪影，而待那身体停顿下来，如我日渐变得衰老、滞缓而羸弱，它们就都出来了，惹是生非，如影随形。

而它们是看不见的,深藏在精神深处,仿佛温柔的杀手;或潜伏在身体的周围,伺机暴动,而一有机会,它们就乘虚而入,内外夹击,倏然向你袭来。轻者,你会感觉身体的不适,譬如胸闷,气短,眩晕,焦躁,茫然,莫名其妙,坐卧不安,并留下病灶和症状,就像斑秃,不知什么时候贴给我的告示;重者,无端的,人一下就被击倒了。

是的,孤独,焦虑,紧张,这精神的病原体,不速之客,它们现在朝向我,一起来了。

细想一下,抑或说客观地想一下,我不得不承认,其实它们早就来了。

我一直以为我这向来欢乐的粗放型的性格,且纵横天下曾经沧海的人,挫败,失落,升迁,退位,贫富,贵贱,得失,荣辱,欢苦,悲欣,我都能拿得起,放得下,睡得稳,沉得住。事实证明,我太自信了,也太轻率了。就像此时,我甚至不能合理解释我头上突然出现的斑秃的诱因。而除了孤独,焦虑,紧张,它还会是什么呢?问题是斑秃在我的头顶,知道它在,我却无法看到它,就像我无法看到我周遭的那些被称为孤独,焦虑,紧张的不明物。

而它们是存在的,无处不在的,是应该可以看到的。

是因为我退休了吗?是因为变化了的生活规律带来了生物钟和内分泌失调吗?是我几年前怀着老来的梦想和冲动把家搬到了新区尚未安稳吗?是去南京暂居水土不服吗?是世界上那么多好书顿感这一生都读不完吗?是体力智力精力的

衰减总也完不成我计划中的写作吗？是对现实中不断发生的骇人听闻的谋杀、伤害、罪恶、诈骗、龌龊、交易、勾当、谎言、欺骗、腐败、不公依然不可抑制地愤怒和忧虑吗？是对尚且不知的衰老、病魔和死亡预期的哀伤和恐惧吗？

我不知道，而我只能说是了。

想起四年前，我退休，冬天接踵而至，彻骨的寒冷里，我蜷缩在那把时间的老椅子上，像一个没有骨头的人；醒来时，已是立春，我看见了窗口的亮光，强烈而刺眼；惑于光，惑于美色，以及自然，惑于欲念之间，比如诗意、浪漫、摇曳、恣肆、想象、意淫、青睐、柔软、坚硬，以及季节深处，草莽之间，青蘋之末，不老的春心，我把老椅子只往前挪了一小步，一小步，就像把时钟向前拨了一个秒针，春天就呈现为一种可观的事实，一拉溜，从我脚下铺排到天边。而我不会感动，也不会去到那里，无论怎样的纷扰、灿烂、言辞、矫饰、威逼、利诱、煽动、勾引，就像兑现、承诺、指认、活生生，我都无动于衷；不是因为衰老，以及抑郁、焦躁、恐惧、迟钝，抑或厌世；我冷静如常，内心警醒，富有一生的智慧，我睁着两眼，洞穿世界；因此我说了，我不会去到那里，不要以任何春天的理由和企图，让我去到那里，及至含苞的贞洁，盛放的淫荡。固然我知道在春天的深处，有小虫乐队，好声音画眉和百灵，有伴舞的燕子，朗诵的布谷，演讲的秧鸡，辩手青蛙，甜言蜜语的蜜蜂，四处煽情的蝴蝶，求偶的斑鸠、鸳鸯、黄鹂、银雀、金雁、白鹭、灰鹤、长尾雉、金龟子、蜗牛、瓢虫、天牛、青蚕、蚯蚓，但我要超越的正是这斑驳、喧闹、繁华和嘈杂，如我所知，春天的深处，蛇也在苏醒……

想起三年前，我一时冲动把家从我居住了数十年的老城搬到了新区，以为老了，人老了，房子也老了，家具也老了，岁月也老了，换一个新的地方，就换了一种新的生活，掀开一页新的历史。着实，我看到新居的簇新，也看到了妻子的不安。我知道了，人就是一棵会行走的树，在一个地方生存久了，扎下了深深的根须，与周边的环境和人群，盘根错节，血脉攀连，是不能轻易动它的，况且是一棵老树，动了，一时半会儿不能成活，不见返青，不知何年何月才能修复生态，形成环境和人际的植被……

想起两年前，有人指导一棵巨大桂花树的移栽，在吊车把巨大的桂花树轻轻落向树坑的时候，他大声嚷着，让人转动树身，左转、右转、调度、校正，终于落下来。我这才看到在桂花树蓬勃的树冠上有一个红绸做的标记，在桂花树左左右右最后落下来时，那个标记朝向南方。事后我问他何以如此，他就笑了，说很简单，红绸标记的树冠朝向南方，是因为它原来就朝南，向阳；反之，树冠的另一面则朝北，喜阴，这本来生存的习性，已是它一生不变的生命信仰……

想起之前我在南京居住写的一首诗：那个人坐在对面阳台上/苍老/昏庸//天气阴沉/雾霾深重/那个人坐在阳台上/一动不动//我朝对面阳台上看着/一动不动/整整/一个上午//巨大的城市/空无一人……诗中的阳台是虚构的，坐在阳台上的那个苍老昏庸的人是虚构的,我也是虚构的,而现在都变得真实。就像那些看不见的孤独,焦虑,紧张,刀光和剑影,现在都看得见了。

不用看诗歌结尾我标注的写作日期,确定无疑,就是在南京期间,一个优秀的青年学子刚刚死于光天化日之下的黑心陷阱,另一个优秀的青年学者接着死于黑夜的暗杀;一个蓓蕾样的少女,开花的梦想还没开始,猝然凋零;另一个历经艰辛成长起来的大学青年教师,灾难突降,最终死于冷漠和绝望;有朋友说他的父亲被骗参与传销,已失踪半年,渺无音讯;大妹打电话来,说大哥家在外打工的孩子讨薪仍然未果;妻子说她的表弟癌症恶化,已无力负担巨额医药费,亲戚们都在为他传(捐)钱……而我现在才知晓,那期间,我生了斑秃。这是一个恐吓吗?是那个潜伏的杀手,在月黑风高夜,从暗处用飞镖向我劲疾射来的最后通牒和警告吗?或者就是这一切物事的郁结和纠缠,和我身体里本就有的人性之恶,包括自私、势利、软弱、畏惧、虚伪、冷酷、麻木,丑陋如斑秃一样,再无遮掩和躲藏,终于暴露了出来。原以为我一个老者,已是远离职场和是非,手无寸铁,羸弱无助,无论孤独、焦虑、紧张、不安,还是向来怀有深重的忧思;在吾乡还是他乡,日常里,仅仅是需要有人碰面了,随口问上一句"吃了吗",或在深秋慵懒的午后,趁暖和去我熟悉的理发店理发,唠唠嗑,说说话,也发发议论,发发牢骚,而巨大的城市,空无一人……

我一直好奇,我们的头发都是理发师给理的,理发师的头发是谁给理的呢？简单的事实是，理发师也总要理发，也总要如我把人生分成很多个段落，交与他的理发师剪去、剪碎，就像理发师也会变老。

因为我们都是自然人，更是普通人，不是英雄，也非伟人、名人、大师和精英，高山仰止，风华绝代，吐哺握发，一发千钧，以至怒发冲冠，仰天长啸，壮怀激烈，他们不仅创造了人类杰出的思想和言说，震古烁今；也留下不朽的丰功伟绩和形象，光耀千秋。这毕竟是少数，而更多的普通众生，他们也都有着自己的欢乐、忧伤、悲悯、情怀、爱和梦想，以及更加艰辛的奋争，也许渺小，也许卑微，也许低贱，但一代代，一茬茬，头发一样长了理，理了长，秋去万物萧索，春来草木争荣，如此轮回往复、蜿蜒不息，仿如日子的流水，记下一部属于自己的私人生活史；老来寂寞，一定要找人抖落抖落，细数人生，不过一地头毛，一地鸡毛，毫发丝粟，一地碎屑，那或者就是时间的锋刃下，我们生命的点点滴滴。你看这世界上再大的人物，他也要在理发师的面前低下头颅；再卑贱的小民，除了理发师，他也绝不让人在他头上随意摆弄。理发让我们知道了生命原本不分尊卑，共有尊严。

至于理发师理发的疑惑，我好几次说去问问，每次都忘了，于是琢磨，这是个美学问题，还是个哲学问题，或本身就不是个问题，奇迹发生了——

最近一次我去"花漾"理发，小伙子如鸟雀翻飞的剪刀再一次突然停止了，停在了那里，我感觉到了，屋子里静寂无声，我微微侧脸,等待着——

　　小伙子带着巨大惊喜和慌张,失声叫嚷,叔、叔、叔,一把把我的手拉到头顶上去,继续叫嚷着,这、这、这,摸到了吗?转过脸对着他的小爱人,欢呼雀跃,说你看你看,叔的头发,都长出来了哎!

　　那天理过发,我就回去了,一路上昂首阔步,满面春风,器宇轩昂,心里美滋滋的,好像是时光倒流,返老还童,我开始倒着往回长了。我想给母亲打个电话,问问我出生后第一次理发是多大点儿,只记得她说过我小时候头比较难理,尤其理到后面,哇哇大叫,乱踢乱蹬,打死不低头,久了,母亲生了疑惑,就去摸我的后脑勺,惊叫起来,天哪,这孩子长有反骨哩⋯⋯

私人居住史

下午三点一刻，阴影升上来，没一会儿，就遮盖了我的房子。无须打望，就知道西边那几栋令人胆寒心惊的在建商住楼，又升高了。那阴影如黑色的帷幕，刚刚还散落在地上呢，转瞬之间，就沿着我家的墙脚、露台、窗户、晾衣架、遮阳棚、雨搭、排烟筒、廊檐向上，席天幕地，张挂起来；屋里屋外的景物迅速暗下来，我也暗下来，慢慢地，什么也看不清了。无厘头，就觉得那个奸诈的开发商，必是躲在一个我们看不见他而他能看到我们的地方，手里拿着遥控器，满脸坏笑，用他向来的随心所欲一摁，小区即刻进入黑夜，然后他把遥控器一扔，戴上宽大的墨镜，遮了嘴脸，极快地钻进一辆车子里，一溜烟跑了。那车子挡了牌照。

这是我恶意创作的情景剧，不过是基于某种世俗的价值观念判断，因为我们从来都认为这天下攘攘，皆为利往，天下熙熙，皆为利来，所有开发商都利欲熏心，什么事都干得出来。

一个月或者两个月以前吧，那阴影还在远处，在一条马路的那边，但楼层以现代化惊人的速度，迅速升高，在天空下高昂着怪物一样庞大的头颅,对马路这边我所在的小区已是心怀叵测,虎视眈眈。我开始在心理上全面备战,欲做顽强抵抗,而全部的也是唯一能有的希望,就是两个小区之间的那条马路,那是我最后可依赖的精神的"隔离墙"或"边境线"。你知道,这是一个虚妄。这不,刚进腊月,干冷的腊月,那阴影的群兽很快就越过马路,没放一枪一炮,占领了我的小区;我的房子如一座孤堡,而我作为它的保卫者,手无寸铁,节节败退,只能坐以待毙。

在我的房子最后被阴影遮盖了的那一刻,我的感觉里,整个小区被它一口吞掉了。

阴影笼罩,是我内心巨大的愤懑!而我有充足的理由愤懑,如果道德和法律的阳光能普照天下,我阴影里的房子即是我权利实体的主张和物证。我当初决定购买这座房子的时候,没有这些大楼,也就是说,当初我购买的不仅是小区的房子、土地、环境、道路、容积率、公共服务设施等,还有视野,包括采光和寥廓的天空。这很简单,如果没有这些,我可能就不会决定买这里的房子了。换言之,我与开发商的购房契约里,或者说房子的价格里,是包含了视野、采光和寥廓天空的。但现在没有了,是否可以说,开发商把属于我的太阳和天空,再卖了一次。

需要说明的是,我所在的小区是 A 区,西边那些在建的高层商住楼是 D 区,整体规划上它们同属一个楼盘。我说的那条马路,就在这两个小区之间。继续要说明的是,它不是仅供

190

小区内部出行的便道,而是与整个城市交通相连接的公共道路。我不明白的是,那一条马路,即使如我所说是两个各自拥有主权国家的隔离墙或边境线,神圣不可侵犯,那么边境线上两国的建筑和树木,向上争夺领空,向下抢占领土,各自把根扎向对方的国土,把阴影投射到边境线以外,我不知有怎样的国际惯例来解决这个自然的争端。

我能有的,只能是愤懑。这是居住的愤懑。就像这个干冷的冬日,大楼耸立着,内心耸立着,在一种对峙的险峻和危机中,每天等待着下午三点一刻,黑暗降临,阴影覆盖。

人类在大地上诗意栖居,衣、食、住、行是其生存的四要件,也是基本所需,而当这些基本所需不再是生物性的,居住就显得尤为重要和突出,所谓安居乐业,有恒产者有恒心,住成了生活的前提,人类的衣、食、行似乎皆由此而诗意展开。不可想象,着华服,享美食,气宇轩昂,风行天下,而居无定所,露宿街头,会是什么样子。事实是,房子早已是人类生活的首要问题,包括长期在苦难和贫困中挨过来的中国人,在刚刚解决了温饱之后,急需的不是"思淫欲",而是买房子。

房子是居住的物质实体,也是居住的意识形态。因此,房子不仅是体现经济价值的资产物权,或者安居乐业之类的传统理念,它更充满了居住的想象。这种想象常常是超越了实体房子,及至合理的结构、豪华装饰、现代化设施等,最后发现,那是我们的一座巨大的精神空间和家园。这确乎矫情了,但这也可能正是所谓充满劳绩的人类企望"诗意"栖居的所在。

而物质是坚硬的,生活是残酷的,忽而飘来哪圪垯子的诗意,情何以堪。房子对于有些人是家园,对于有些人,则是面积和价钱。如在当下,你没有足够的经济实力,买房子,无异于痴人说梦,也就仅存于一份矫情的诗意或想象了。

我是 20 世纪 80 年代初从部队转业到了我现在的淮上小城工作,转业之前,我完全没有"居住""房子"的概念,转业之后才发现,首要的问题是要有一个地儿落脚、容身、住下来。才知道人们常说的"衣食住行"就像"衣食住行"本身,不可或缺。前一个说的是概念,后一个指的是实体。但那时的人,是公家的人,"住"也住公家的房,于是去单位报到后,单位就领我去了政府招待所,给了我一把钥匙,安排在那里暂时住下来。那是招待所的客房,按现在说是一个标间,两张单人床,除了我占用一个,还有一个"转干",与我同住。一直在部队住集体营房住惯了,这样住,没觉得有什么,一天天的,他上他的班,我上我的班。下班了,我们回到房间,促膝谈心,回忆军旅生涯,叙述转业安置,也各自介绍自己的家庭情况。有一天,他说他要搬走了,说单位给他分了一套住房,我怔了一下,心里突然就有了着慌。

我们是同一批"转干",同甘苦,共命运,知道这种暂时安排不是长久之计,单位终会给分房,我们天天等待着,盼望着,他不搬走,是两个人的希望,他突然搬走,成了我一个人的绝望。是的,绝望,因为这之后又搬来一个人和我同住,这个人

个人史

于我之前也搬走了，分到了房子。我的眼前升起一片阴影，看不见未来，摸黑里竟发现尚存一丝亮光，寻去，是我的单位。

我是公家的人，理所当然，住公家的房。而"单位"，就是"公家"。

单位就是"公家"，这个定义看似没错，但仅仅是理论上的，就像我的单位，不过是"公家"的一个部门，没有住房。房子都在"公家"的另一个专门部门掌管着。这个掌管房子的部门我们权且叫它办公室，或者后勤科。这并不是说你就可以直接去问后勤科要房子，就像集体狩猎，并不是你发现了猎物，猎物就归属你了，狩猎是一回事，分配是另一回事。那么要房子，你就得先问"单位"要，"单位"再向"办公室"要，最后"后勤科"说给你房子，你才能有房子。而这所有的艰难、曲折、繁复的问题所在，是任何时候，都是人多房少。这样说，也是不对的，房少，并不是没房，就像与我同住的那两个家伙，就先后分到了房子。原来这房子先分给谁，后分给谁，分多大面积的房子，内里还有许多曲隐和名堂，即现今说的潜规则，譬如你的职务、身份、关系，你所在单位权力的大小，等等。这不言而喻。猜想，即使他们手里有现成空余的住房，不是万不得已，也不会轻易便宜了你，他会留着，分给他认为重要或有用的人，那么我所在的单位无职无权，与人无利益之用，怎么办呢？

社会没有规则，群氓应时而生；没有道理而言，好人也会变成无赖。在我多次要房无果几近绝望时，一不做二不休，毅然决然，把妻子和儿子接过来住，私自占用了招待所那个标间，既没打招呼，索性也不再厚着脸皮四处求人了。我作为一个多少算得知书达礼的人，曾经部队纪律严格训练过的人，一个公家的人，也只能无赖成这样了。那时代，人的脸皮很薄。

山重水复，柳暗花明，这无赖也是无奈的做法，其效果，我想用一个成语表达：立竿见影。我人生转折历史性的那一天，是个晴天还是阴天，我实在记不得了，只记得我和往常一样去单位，刚打开办公室的门，单位领导跟着就进来了，一串钥匙放在了我面前，我立即心跳加速，从他给我钥匙一瞬间的表情判断，我知道，单位为我要到了房子。

事后我才知道，我被安排暂时居住的招待所，房租是由我所在单位负担的，过去两个人住的时候，单位负担一半的钱，现在被我一个人霸占了，单位要支付全部的租金。你大概也看明白了，确实，我的单位很小、很穷，经费仅供日常开支，单位领导琢磨着，无论怎样精打细算，也无力支撑我长时间租用招待所的费用。因此他们要房比我还积极。于是在我不知情的情况下，他们紧逼不放紧追不舍左右求情死缠烂打据理力争几近头破血流，终于为我要了一套房子，万端感慨中，单位和我长舒了一口气。

拿到房子钥匙，整个世界，喜气洋洋，哪还等到下班，瞅个空儿，我就溜了。回到招待所，妻子正在公共水池洗菜，看见我行为怪异，怔在了那里，不得其解，我就变戏法一样，给她亮出了那一串钥匙，然后骄傲地在手中颠了颠，金属的响声悦耳动听,妻子的眼睛明亮闪烁,许多年之后,我还记得。那可能是泪光。

好了,去看房子吧,去看已经属于我的房子——××家属院5号楼2单元5号。

房子在二楼。这座所谓的楼,总共两层,建于20世纪70年代,专为当时进驻机关的军代表建造的。那时到处都在闹地震,地震闹得全国风声鹤唳,闻风丧胆,于是考虑军代表的安全,把5号楼建造得非常坚实牢固,据说,可防7级地震。

之于我,委实不需要一个抗震的建筑物体,而是要一个能够满足三口之家过生活的房子。即便按照那个年代小城市的标准衡量,这套房子也算不得大,尤其设计很不合理,外面一间权且叫它客厅,有18平方米,里面半间是卧室,有八九平方米,厨房和厕所在外面,单独一间;厕所大概从房子建起时就不能用,作储藏室,堆放蜂窝煤和杂物。门窗变形,水管锈蚀,到处显示出一个远去年代的艰辛和破败。

但它不再是公用的招待所,而是公家分给我私家的住房,极爱干净的妻子开始努力打扫我们的房子,然后请人将墙壁屋顶边边角角粉刷一遍,修理或更换电灯开关、插座、灯头、灯泡、水龙头、窗纱、窗帘、锅台、炉灶;购买桌椅板凳箱柜床、油盐酱醋锅瓢盆。家搬了,我们也累趴下了,深刻体会"家"原是这么具体,繁杂,不容易。借用俗语说,麻雀虽小,也五脏俱全哩。

最棘手的是我的书不知如何处理,十几纸箱,没办法,一部分铺在床肚下面，一部分码在床的一侧。令我感动的是，妻子在做这类事情上非常认真，根据开本大小，一本本把书砌得很整齐，码得很功夫，我立即想到了有关书的"砖头"和"纸房子"的比喻，笑了笑；只是那些砌得整整齐齐的像墙垛的书是再也无法让人阅读了，你要抽动其中一本，便会墙倒屋塌，那么你再来看吧，好兵帅克砸在堂吉诃德身上，安娜·卡列尼娜掉进了静静的顿河，贾宝玉和林妹妹突然闯进了理想国，伏羲和女娲一头栽进巴黎圣母院，高老头在大观园奇遇刘姥姥……好在妻子细心，将那些书平放着堆砌，并且所有的书脊都朝外，让我能看到每一本书的名字，通过那些名字，书中好看的故事和精彩的语言会在记忆里唤起，包括逝去的韶光，彼时的情境，不同的际遇，也算是一种慰藉和阅读。

妻子看我看书墙的表情，无奈，滑稽，酸涩，便开始假设一个未来的轩敞宽大的居所给我，假设一个未来的轩敞宽大的书房给我，用手比画着并真切具象地生动描述怎样临窗摆放一张向阳的书案，怎样将文房四宝及精致的笔筒镇纸信札削刀摆放其上，怎样搭配绿色的植物营造环境和心情，怎样靠墙安置巨大的暗红色或者纯白色上等实木打造的书架……

满架满架的书啊，一层层分门别类井然有序地摆放着，像无际的沃野和田垄，春光明媚，秋色斑斓，散发着文字和思想的芳香，你随便抽出一本，就像摘一朵花或丰盈的谷穗；随便翻开书页，便流光溢彩……

人有永不满足的欲望，无论其是生物性本能，或者原罪，多是以"现有"为坐标和参照,就像之前,我觉得哪怕分给我巴掌大的一块地方就满足了,而当真的有了,就又想要屁股大的一块地方了。

有一首诗写道——

> 神啊,感谢您今天让我们捕获了一只小的麂子
> 请您明天让我们捕获一只大的麂子
>
> 神啊,感谢您今天让我们捕获了一只麂子
> 请您明天让我们捕获两只麂子……

因此那会儿,无论妻子为我——一个喜欢弄文字的人怎样虚拟了一个未来宏大的书房,也不能舒展我仍觉压抑逼仄的内心,而真正让我快乐起来的,你可能不信,是5号楼是个破旧的楼。这有点儿荒诞,按今天的说法,简直奇葩,但这是人在特殊境遇下的生存哲学。简单说,破旧的楼是平民住的楼,这让我一个新来乍到者,从一开始就感觉和陌生的邻居们有种天然的亲和与平等。果然,大家对新入住的我们不仅没有多疑鄙视的眼神,倒有很多同情关切的目光,我们一家大人小孩很快融入其间,熟悉起来,家常起来,楼上楼下,左邻右舍,构成命运共同体,在之后无尽岁月里,生发出许多美好的故事、感情和记忆。

那是一种再不会有的生存体验,也是一种再不会有的日

常的甚或卑微的幸福感。在说到世俗的人与人的关系时,常常会说到亲人、老乡、同学、战友,于我还有那个时代的邻居。

比如5号楼防7级地震,其坚固厚实让小屋密不透风,到了夏天,这一楼人最为难熬。入夜,大家从滚烫闷热的蒸笼里纷纷逃出来,携了蒲扇和小凳儿到下面纳凉,像事先约定好了似的,一下就聚合在一起。所以每天晚上都像开会。大家讨论热烈,发言积极,天上地下那个唠啊。高兴时,一起哄笑,前仰后合肆无忌惮,蒲扇拍得啪啪响;悲戚了,一起沉默,好久缓不过情绪。也有悄声私语的,不知相互间说了些什么,突然就乐得打不住,滚到了地上。我们把城市变成了乡村。而不知哪一天,就有了空调那种玩意儿,先后都安上了。空调真好,凉爽宜人,但5号楼的集体聚会从此解散,各自躲在了屋里,大眼瞪小眼,左手摸右手,没有话说。

空调?哦,可不是现在的壁挂机、柜机什么的,就那种窗式空调,声音很大,像拖拉机。安装时需要一个铁焊的架子,钉在窗外的墙上。给我家安装时,工人们连续打断了三根钻头,遂大惑,才发现这楼果然结实,水泥整浇圈梁,里面织满钢筋。我跟他们说这楼防7级地震哩!听者两眼茫然。意外的是,5号楼自建起到拆除,也没发生过哪怕一次轻量级的地震。神啊,我多么想能发生一次地震啊。

比如那时用煤做饭,几个月要买一车蜂窝煤。谁家送煤车一到,楼上楼下大人小孩一起上,帮助搬煤,一会儿就搬完了。不用谢,更不用请吃饭,但还是觉着欠了人家的人情,因

　　　　　　　　　　　　　个人史

此就内心紧张地天天瞄着,看谁家又拉蜂窝煤了,好去帮助,还了那份人情。恰巧错过了,就会自觉害羞,后悔不迭,垫硌在心里。也是不知哪一天,发现只要付钱,拉煤的工人就能给你搬煤,这么简单,过去竟没想到。如此一来,家家搬煤再也不用楼上楼下男女老少齐上阵了,弄得满脸满手黑乎乎的像一群劳苦大众,也再不会有谁对谁的感恩或亏欠之情了。

再比如,正炒菜没盐了,不用怕的,到隔壁要一勺;不小心煤火瞎了,不用急的,去邻家夹一块;钥匙丢屋里了,不用慌的,会有人很经验地自告奋勇替你架梯子,翻窗户;小孩放学大人加班,不用愁的,谁家都可以去睡觉吃饭,比自己爸妈照顾得还周到……

5号楼实在太老了,太旧了,太小了。晃眼间,一群孩子眼见着都一天天地少男少女了,我们便感到了日子的紧蹙和居住的尴尬。孩子没有学习的地方;夫妻做爱像是做贼,潦草从事;电视不能开,音响不能听,成了摆设和道具;来朋友三五,便觉得满屋子是人,窄紧的心上折磨出虚拟的追问,宽敞该是怎样的幸福?而我们作为公家的人,不管大小,在外也冠冕堂皇、人五人六的,而回到家里,就被剥了画皮,立现原形,毫无做人的尊严。

妻子首先忍不住了,因为总有握了权力的人,近水楼台的人,非常关系的人,有用的人,一次又一次地换房搬家,我们总是轮不到。妻子就激励我去要,要一间小小的房子,能让已经上了高中的孩子做作业。

这愿望委实低廉到了人心的底线，连我都不好再向她说出一点点拒绝，就鼓足了勇气，调整出做男人的气概，直接去找管房子的主任。

我真是走运，那时正全国上下查处领导干部超面积住房，并查出了一些领导的独家小楼多出标准面积十多平方。主任说，等把那房子分割后就给我一间，我喜出望外。更想不到的是，有关方面在这次落实上级精神时居然行动很快，兴师动众，煞有介事，砌通道，架楼梯，安屋门，换房锁，那天我一点儿精神准备都没有，主任就把房子钥匙给了我。匆忙去看，天哪，这就是主任慷慨分给我的房子！

不足 5 平方米的一间小屋，在一位领导住房的二楼上，大概是这位领导过去堆放杂物的储藏室，没有窗户，像个囚笼。我顿时气得大骂主任混蛋，遂用力把门关上，发出很大的声响，下楼时把梯子踏出旷世的愤怒。不晓惊动了楼内领导的贵夫人，她原本对房子分割就气不过，这时便鄙夷地向我投来不满和敌视的目光，让我不寒而栗，仓皇而逃。这竟大大鼓舞了我要房的斗志，顿时热血沸腾，气冲斗牛，气急败坏，像一头怀着野蛮欲望却又走投无路的困兽！

进退维谷，冰炭在怀，然尊严不再，脸皮就是一张破抹布。之后，我就毫无顾忌地去找那位主任了。按时和主任一起上班，准点和主任一起下班，每天早晨主任上班时一眼看见我，就会十分惊奇，问我：你怎么又来了？我便快乐地回答：房子解决之前，我主要在你们单位上班。我估计我那时说这话的时候,一定一脸无赖相。

只这么说,其实我内心也在做着自我的坚持和博弈,我知道我无论怎样鲁莽,毕竟是一介书生,不定哪一天,我就坚持不住了。况且人不可能总在激情与血性的沸点上,时间能消耗一切坚硬与柔软、爱恨和情仇、信心和欲望。大约五六天之后,我将要败走的时候,主任首先坚持不住了,一脸无奈与痛苦,极具风度地拉开了他办公桌的抽屉,拿出了一串钥匙,递给我,然后长叹一声。仿佛他和我一样,处境艰难,水深火热,且苦不堪言。——鬼才信。问人要房和给人分房,求人和被人求,那感受是根本不一样的。我一只手紧紧攥着钥匙如同攥着房子,提防他突然反悔,一只手和主任紧紧相握,深切表达我对他的理解、同情和略带虚伪的感激与致敬。

这一回,主任分给我的不是一间而是一套房子,大或小,新或旧,实用与否都不重要了,乃至房子本身,也不再是原来意义上的房子,它是一个象征。

轰然到来的城市化进程,摧枯拉朽,所向披靡,5号楼终于被历史性地扒掉了,片瓦不存,仿佛与旧时代的决绝割裂,不给人留下一点儿念想;钢铁的巨铲推平了岁月,天空敞开,陆地升起,我也熬出了头,在新5号楼明亮宽敞地居住和生活。我没变,还是公家的人,而新的5号楼已不是公家的房,我需要用钱购买,享有完全产权,受法律保护。那些合同、文书、发票、收据、土地证、房产证,上面堂堂署着我的名字,有国家的通红大印,有我的庄严签名,好是神奇,也好是神圣。我还是公家的人吗？但我已经不再是无产者了。同时，我第一次知道了房子是一种产业，房子也是商品，就像小卖部里的柴米油盐。那时我还不知道，中国的房地产正经历一场伟大的变革！

这是一场悄然的革命，也是一场巨变，它令我们措手不及，没有哪怕一点点准备，包括观念、认知、肉体、精神，还有钱包。不要紧的，接着你就会看到人们在其中，肝胆俱裂地那般不解和惊恐，号啕和哭泣，呐喊和咒骂，阵痛和绝望，感慨和预言，抵抗和接受，至于我，如果不加诸我对时代变革向来的关注和热情，我其实是一个旁观者、局外人，因为我在变革之初就最先拥有了一套房子，让我的内心由此而安居，不再紧迫和狂躁。但我怎么能够成为旁观者、局外人，及至所有现时代的中国人，上自政府要员，下至平民百姓，还有基于一种想象的中产阶级，以及建房的、卖房的、买房的、炒房的，有房的、没房的，中介、媒体，无不深刻感受到房地产的夺人气势，自始至终它都是最热门的社会话题，是我们时代的前沿和焦点，关乎国家的经济运行，更关乎我们的切身利益，因此涨也好，跌也好，喜也好，悲也好，爱也好，恨也罢，我都在其中，脱不了干系。固然我在变革之初就最先拥有了一套房子，但我依然和中国广大的民众一起，经历着内心的激荡和不安。也因此，对中国房地产，不管谁个——权威人士、业内人士，官员、专家、学者、大腕、大亨、名流，巫婆、神汉、卖狗皮膏药的，起哄、围观、凑热闹的，还有像我这样完全外行瞎操心的——好大喜功地看涨，居心叵测地唱衰，闹哄哄，你方唱罢我登场，我有我的判断。

　　　　　　　　　　　　　　　　　个人史

一个基本的判断,那就是人口,让我从一开始就固执地认为,十多亿人口大国的房地产如何能衰呢?房价怎么能降呢?事实证明,房地产在中国广袤的大地上如火如荼,如日中天,地王频现,高潮迭起;房价也洪水猛兽般一再冲决房贷、限购令、宏观调控,顺着市场的江河一路上涨、飞涨、暴涨,已经不是我的那点固执了,而是任性!谐谑的是那些个专家、唱衰者、泡沫论者,自己倒是先如泡沫破灭,消散得无影无踪,他们不仅被市场一再抽嘴巴,也害怕听信了他们蛊惑的买房者找他们算账。那账怎么算,又如何算得起!

　　无须去北上广深,那些被称作房地产的一线城市,就来我所在的小城,你到学校去看看,那些即将踏入社会的青年学子;你到幼儿园去看看,那些成群结队正在成长的孩子;你到昼夜喧嚣尘土飞扬的街道两边去看看,那些不堪其扰的居民;你到色彩炫目的巨大广告牌后面去看看,那些污水横流、蛛网攀爬,贴满了办证、矫正口吃、祖传秘方、医治癫痫脚臭牛皮癣白癜风性病小广告的狭窄巷道和破旧的老房子;你到倒闭的国企去看看,那些蜗居在职工宿舍、危楼的下岗老工人;你到郊区的城中村去看看,那些寒酸的民工,传销者,流浪汉,游侠,无家可归者,诈骗团伙,小偷,弃儿,拾荒者,无业游民,人贩子,制假者,地沟油收集者,诗人,艺术家,失意者,精神病患者……他们不仅没有房子,居无定所,需要房子,巴掌大或屁股大的,我甚至觉得,他们面对排山倒海如动物凶猛的房子,连想象都没有。

山河壮丽，阳光普照，煌煌盛世，歌舞升平，我说的这些大为不合时宜了，它是阴影的部分，在阳光的背面，说出来，它在那儿，不说出来，它也在那儿，我不过是把它说出来了。不好听，不中听，因为它是真话。没有多少真话是好听的。但"一句真话，比整个世界的分量还重"（索尔仁尼琴语）。大国崛起，综合国力，不仅只是高楼大厦、别墅洋房构成的国家图式和景象，还应该体现在这个国家伟大的意志和开放的胸怀，更重要的是人民的精神生活，并成为这个国家的自信，因此它应该从不避讳谈论贫穷或者罪恶，也从不禁锢思想，封杀言论；无论居庙堂之高，还是处江湖之远，都能让大美、忧患、真诚、凛冽的表达和自由精神涌绽，房子的问题是暂时的，它不代表国家的未来。

这样说，并不是我们不再面对房子以及与房子相关的现实疼痛与犀利，万千广厦立于眼前，庇护了天下寒士和百姓，固然它充满血泪和哀愁，并掏光了我们的口袋。即使如我所说的那些人都拥有了房子，抑或如即将实现的小康社会描述的那样，病有所医，老有所养，住有所居，我依然固执地认为，房价不会降；不是固执，是我们需要。这是房子的固执，价格规律的固执，市场的固执，欲望的固执，人的固执。简单的事实是，没有房子的必是要有房子，一家同住的房子想要分开居住的房子，有旧房子的想要新的房子，有小房子的想要大房子，有高层房子的想要低层的房子，有普通房子的想要高级的房子……

神啊,感谢您今天让我们捕获了一只小的麂子
　　请您明天让我们捕获一只大的麂子

　　神啊,感谢您今天让我们捕获了一只麂子
　　请您明天让我们捕获两只麂子……

　　这或许让我们明白了,房地产为何方兴未艾,又如此嚣张。

　　我在说别人,也在说自己。我在新5号楼居住了满满十二年,那年我60岁,退休,蓄谋已久,也思摸已久,我决定换房子。极其私人化的想法是,我到70岁,10年,不出意外,我会身体健康,起码不会衰老不堪。我想要这10年的生命好光景。这时代物质丰富,四海通达,因此衣、食、行都不是问题,况且老了,能穿什么样呢,能吃多少呢,还能走多远呢,自然就考虑到"住"了。开始也就考虑考虑,还没有形成决心和决议,那天一个艺术家朋友打电话给我,让我去看他正在装修的房子。他把我领进一个小区,是我从没进过的一个小区,我惊呆了:一栋栋中西合璧式退台露台多层建筑,相互间隔近百米;每栋建筑的四周是垒起来的坡形土堆,好看的石头、花罐谐和地点缀其中,上面植满树木和花草,房子如坐落在密集的林子间;那时是四月初,刚刚下过一场春雨,所有的植物都湿漉漉的,大团大团的迎春花开得正旺;樱花漫天;红玉兰的花瓣纷落一地

水红,如细瓷的碎片;杜鹃的蓓蕾,露着点点的红,等待春天花事的间歇,它来绽放;青草泛着翠色,雨珠亮晶晶,有肥硕的蚯蚓拱动,一只彩色的鸟以它的敏锐和迅疾,眨眼间捉了去,然后一飞冲天,无数的鸟不知从哪里惊起,天空布满它们的欢悦鸣叫;道路湿润,干净清洁;指示牌艺术明晰;垃圾桶、路灯杆、单元门都经人擦拭过;尤其进单元门,金属门拉手套了金丝绒的布套;瓷砖墁地,一尘不染;枣红色的扶梯光洁无痕;楼道无堆放的杂物;墙壁没有水管网线攀绕;水电通信集成盒安装讲究……我从没想过在我们这么一个淮上小城,竟藏有这样的世外桃源;那个被我视为奸诈的开发商会极具审美地做出这样的人居环境和一流的物业管理,超出了我的想象。

决定买房,不在别处,就是这里。

我是醉了,之后的许多天里,深陷其中,不能自拔。我甚至怀疑我的艺术家朋友可能是开发商的线人。他了解我,相互间交往几十年,言行举止,彻头彻尾,知道我的爱好和脾性,知道我一旦被他领进这里,不用劝说和鼓动,定是让我身不由己,出不去了。我是出不去了。这个让我如此感情用事、别无选择的地方,就是我现在居住的小区。我已搬来三年余。而在我刚搬来的头一年,我就发现,我错了。原以为老了,换一个地方生活,尤其换一个好的地方,晚年就水草丰美,生命返青;而乔迁之喜也是人生之喜,总是会带来新鲜的感受和希望。然而,乔迁之喜、新居之喜有了,妻子也生了焦躁和不安。这里的邻居她不认识,天空她不认识,云彩她不认识,空气她

　　　　　　　　　　　　　个人史

不认识,迎春花她不认识,樱花她不认识,红玉兰她不认识,杜鹃她不认识,青草她不认识,蚯蚓她不认识,鸟她不认识,道路她不认识,指示牌她不认识,垃圾桶、路灯杆、单元门她不认识,她甚至几近顽固地每天早起坐公交,也要回原来居住的地方锻炼……我知道了,人在一个地方待久了,就像一棵老树,不仅扎下了深深的根,也与天地六合光影声息形成了精神向度、生命场,这或者就是我们所说的文化根脉或精神地理;而春阳点金,秋月镂银,时光雕刻,岁月涵养,便有了一棵树的风貌,也有了一棵树的习性,它朝向四方的枝丫,正反两面的叶子,向阳或背阴处,都是不能动的,更不要说把它连根拔起,迁移别处了。

树挪死,人挪活,那显然是说年轻人的。

慢慢地,我们有了适应,即使是一棵老树,三四年了,也勉力生出了新的根须。我终于看见了妻子有了平和和舒展,就像是春天里发出的嫩头和叶芽。她又回到了岁月里来。想开去,人在大地上诗意栖居,让我们对居住充满渴望,以至于常常不能分辨我们是居住在房子里,还是在想象里,是形而上还是形而下,是实在还是感受,而房子就是房子,无论基于怎样理念的设计和装饰,布局和陈设,抑或风格上的西式中式,古典现代,传统时尚,简约奢华,内敛铺张,首先要满足的是功能性需求,你在里面唱歌跳舞谈情说爱,你也要在里面吃喝拉撒睡。那天我在我的那位让我误入歧途的艺术家朋友家里喝茶聊天,我把这话说给他听了,他不假思索,说,你恰恰说反了,这句话应该这样说,你在里面吃喝拉撒睡,也在里面唱歌跳舞谈情说爱。他这反过来一说,让原本已落脚于大地的我,又飞升回到了云端。

我甚至由此开始原谅那遮盖了我房子的阴影,原谅那个被我称为奸诈的开发商。那横空出世直插云霄的高层商住楼,我知道有他的财富梦想和巨大利益驱动,但他在客观上是努力满足着人们对居住的需求;简单的事实是,把楼层一再加高,加高一点,就会多出一些,就会让更多一些的人拥有梦想的房子、阳光和天空。而我多么自私,即便它原本归属于我,同在蓝天下,我就不能捐赠出一部分与人共享吗?

同时我也在慢慢理解着商人之奸,那可能就是真正称得起商人的经营智慧和谋略,甚或是大智慧、大谋略。唯有谨小慎微,精打细算,细水长流,才能未雨绸缪,完成人生宏愿和积累;成败往往在一念之间,也在旦夕盈亏之间;财富是炙热的,也是冰冷的,笑靥如花,也喜怒无常,商人不奸,可能就是一个败家子,万贯家资毁于一旦,从此失魂落魄,一蹶不振,这不乏其例。而东山再起者,能有几个?他们或者是英雄,或者是独夫,或者是天才。那么也就是说,只有奸,才能创业、守业、成大业,才能可持续发展。

最终,我也开始原谅和理解人的永不满足的欲望,它何尝不是源于本能又远远超出本能的最伟大的生命激励,它是野心,也是梦想;它是毁灭,也是创造;它是锋刃,也是剑柄;它是螳螂,也是黄雀;它是陡崖,也是坦途;它是大地,也是云端;它

个人史

让人们充满冒险,赴汤蹈火,义无反顾,也让人类展现了不竭的原始力、原动力和原创力;它让世界变得迷人,也让生命变得厚重;它让我们食有鱼,出有车,家有所养,甚或富可敌国,一匡天下,也让我们拥有智慧、灵魂、诗歌、信仰、哲思、审美、建筑、宗教、悲悯、执念、痛苦、爱和欢乐。

至于人性、财富、欲望也有的罪与罚,有神管控,有天惩戒,有法律制裁。

是的,我原谅了,包括生活中曾有的磨难和不公,自然也包括那遮盖了我房子的阴影,我的内心变得敞亮。好像我终于拥有了大地上诗意的栖居,也拥有了诗意栖居的宽广大地。

哦,我终究老了,正如波兰诗人米沃什所言,这世上没有一样东西我想占有,我知道,没有一个人值得我羡慕;任何我曾遭受的不幸,我都已忘记;想到故我今我同为一人并不使我难为情,在我身上没有痛苦,直起腰来,我望见蓝色的大海和帆影……而在一些特别的时候,在不经意中,常常还会想起我最早来到这座淮上小城居住的 5 号楼 2 单元 5 号,我在那里度过了我的青春,我的孩子也在那里长大成人,令一个父亲殊为遗憾和难过的是,直到孩子高中毕业,上了大学,离开家,我也没有给他一个独立的空间和居室,那是此生永远留存在我心上的阴影,挥之不去。

私人饮酒史

一

为此文的题目纠结了好长时间,究竟叫饮酒,还是叫喝酒,这是一个问题。

汉字,形、音、义统一,诉诸视觉和听觉,既奥妙,又曼妙,也奇妙,不仅有其原初本真的所指,也富有情状与情境的想象。远古仓颉受黄帝命,穷天地之变,仰观奎星圆曲之势,俯察龟文、鸟迹、山川、指掌而创文字,先是象形,然后音,然后义,后来这顺序竟是颠倒过来了,及至近代带有革命性的诸如白话文、简化字,已无象形之美,也无音韵之妙,许多词语被"义"遮蔽,甚或意识形态化了,人类在其上不断加诸政治和功利的私货,已是不堪重负,恐怕再也回不到它自然澄明的源头。

顺手拈来几枚:"稷",谷神,甲骨文里为一人跪在田里,亲切抚摸一棵禾苗。"示",下为灵台,上陈祭品,加宝盖,即放置家中祭祀，就是祖宗的"宗"；右加"且"，即男子阳物，生殖崇拜也，就是祖宗的"祖"；右加"土"，是"社"，即社神、土地神后土，与"稷"联袂，就是我们说的国计民生、江山社稷了。再如，"黑"，本是粘在先民脸上的乌烟灰，现在则直接指代罪恶；与它对应的"白"，原为双舌绕口，以自证清白，后来就无须自证，清清白白了；即使同为颜色，黑也贬义，白则褒义，以至非黑即白，非白即黑，黑白分明，成了两个阶级的对立。这"黑"字为人所创而蒙受人为的不白之冤，再也洗刷不清。由此想到我们上学时期的 20 世纪 70 年代，更是糟糕，许多词语完全革命化了，甚或不再把它们当作文字或词语看，也没把它们当作自然之物赏识和热爱。

四时代谢，万物迁化，我们还能想到最早创造词语的那个人吗？他可能是仓颉，也可能是无名者，一个普通的人，无数个普通的人，"他们是想象力的孩子"（费尔巴哈语）；于一天花开有声的早晨，或者倦鸟归来的傍晚，在山川，或幽谷，面对苍茫大地、灿烂星空，生死轮回和自然之物，内心瞬间有了莫名的感应，激荡和涌动，焦灼和徘徊，无以自制，不吐不快，一张嘴冲越出来，发出了声音，他自己也震惊了，那是一个字，或者一个词。世界被命名，被创造，被开启。一个赤子，呱呱坠地，人们惊喜万分，嗟叹之，咏歌之，舞之蹈之，洗礼仪式结束后，便开始用"意义"的襁褓来包裹它，不断添加，每个时代都在添加，到了我们这里，词语还在，已看不到它的真身、肉身，找不见了。就像我们看到了一堆衣物、玩具，一堆童话和课本，而那个孩子,不知藏身在哪儿了。

来说我的问题。比如"饮酒"。"饮",在甲骨文里,右边是人形,左边,上是人伸着舌头,下乃"酉",即酒坛,释义为手捧酒器,品味美酒。那么"饮"在最初,可能就是单指饮酒。这说明先祖饮酒不仅开始得很早,也可能是日常生活的部分,甚或是重要的部分。在我们信阳,出土过两件惊世的青铜器,一件是信阳长台关的战国编钟,为中国最早出土的编钟,一代人当记得,1970年中国第一颗人造卫星发射成功,从太空传来了激动人心的《东方红》乐曲,就是这套编钟演奏的。另一件是酒器,即商代鸮鹦提梁卣,不仅形制与纹饰精美绝伦,里面的酒也完好保存至今,为中国最早的以实物见证的酒,堪称世界最"陈"之酒,被录入吉尼斯世界纪录。生前酒是饮品,死后酒是祭品,可见酒起码在三四千年前就与我们的生活息息相关,也与我们的生命息息相关。那么关于酒的起源之上天造酒说、猿猴造酒说、仪狄造酒说和杜康造酒说,及至商纣王"以酒为池,悬肉为林""为长夜之饮",相信也都是真的了。

回到"饮"字,今日之所见,为后来小篆、隶书的演变,其偏旁由"酉"改为"食",大概是说饮酒与进餐有关,同时在我们实际的生活中,日常所"饮"不可能全是酒,还有别的液体,比如水、茶、汤、汁、饮料等,大多为食品类或与食品有关,与酒相比,不仅是质量之变,也有数量的不同,就连容器也大不一样,因此常常就不是"饮",而是"喝"了。饮与喝,作为动词,二者的大致情状、姿势、目的差不多,也经常混用,但在意义"包裹"

上就有很大区别了。饮者——我们说饮酒,显然是优雅的,有品位的;遵循一种序列和礼仪;文明、规则、上流、华贵、庄重,有一种氛围营造;器皿精美,菜品精致,细声慢语,细酌慢饮,文质彬彬,阳春白雪,有一点作。而喝,尤其喝酒,单从感觉上,就那般恢宏、粗放、旷达,有气吞山河的架势和动作,也有英雄单刀赴会的惊心动魄;主位自然让与老大,众喝家列于两旁,无须细看,已形成对垒之势;酒过三巡,互为礼让;接着便用尊敬为诱饵,用友情做挡箭牌,用身体拼杀,用肠胃迎敌,及至不宣而战,迅速进入战争的白热化;言语放浪,举止不羁,一人倒下了,另一人站起来,只杀得天昏地暗,横尸遍野。酒哪里还是社交与友情的媒介、身份与品格的象征,而是燃点、引子、借口、武器、人体炸弹,一帮匪徒、酒狂,生生把个供人饮用品享并佐以审美愉悦的荟萃了人类智慧和自然精华的珍奇佳酿世间美物,完全给糟蹋了;没成色的,忍不住,就现场"直播"了;那些呕吐物,是他们留下羞惭的遗言,因为之后,他们就将无地自容,当场倒下。看着他们倒下,有战胜的快乐。

不战胜几个,那还叫喝家?不倒下一批,那还叫喝酒?

我这里讲的,你一看,就知道是纯粹民间的聚会,有江湖气,而非个人独酌、家人自饮、公务应酬,或者怀有心事或目的的私人饭局。如果我们也怀有目的,那就是喝!在这个意义上,以我的身份、能力、风格、表现以及我一生酒局平均摄入的酒量来看,抱歉,未能免俗,和我的那些一起出生入死的革命战友们一样,我就是一个喝人。我的纠结就在于此,我要说

"饮"酒,沾一点儿文化,他们就会笑话我,说我装,端上一大杯酒,要与我对拼,好看看我是如何来"饮"。但这并不是说那帮喝人没有文化,其实"喝"与"饮",没有截然区分,某些情状与情境下,可能是这两个奥妙、曼妙、奇妙的汉字给人的感受不同罢了,再就一个是书面语,一个是口语。即使优雅的"饮"者,也会酩酊大醉。

因此我还是要把此文的题目叫《饮酒史》,终是斯文一些。我想好了,喝酒是喝酒,作文是作文,况且我作文也不光是给那帮坏蛋看的,也不单单给喝酒的人看的。就是他们看了,对我大加嘲讽,要与我喝酒、拼命,也吓不住我。

喝就喝,谁怕谁!

二

1972年底,我高中毕业,18岁,是一个纯真的年龄,那时,似乎也是一个纯真的年代。从没想过故乡和土地、贫穷和命运、人生和未来,赶上部队招兵,就报名参军。政审、体检、复核,一关一关过,居然被录取了,全家人还有全村人都欢天喜地的。原因是我初中毕业那年报名参军,政审没过,我大哭一场;而两年之后我过了,母亲大哭一场。后来我才知道外祖父有历史问题,我也知道了外祖父依然还是个问题,但部队接兵首长看中了我的"才华"。所谓才华,就是说我"能写会画",还会"吹拉弹唱",前者是跟知识分子的大姨舅剽学了一点,涂鸦的水平;后者是受教于我们学校的吴老师,不夸张地说,有一些专业水平了。很小的时候,我就上过舞台,崭露头角;高一的时候,就在学校的毛泽东思想文艺宣传队担任队长,证明我还是有两把刷子的。不信哪天有兴趣,我可以给你露两手看看。可惜部队接兵首长忽略了,我还有喝酒的特长,这不是跟谁学的,是天赋。

在那个朴素、纯真的年代,家里的孩子能当上兵,是一桩大事、喜事,亲戚自家的庆贺不用说,老师们也要表示的。吴老师赠送了一本他临摹的书法"十七帖"和一支红竹笛,A调;李老师跟我是一个村的,就把我和其他几位当上兵的一起请到家里吃饭。师娘做菜,他的儿子燎酒。"燎酒"就是在屋角临时支几块砖头,酒壶——我们当地叫"酒煨子",即瓦窑烧制的土陶盛酒的容器——放在砖头上,下面用麻秸烧火,把酒"煨"热。很显然,这酒不是现在经过科学酿制的白酒,而是农村土法上马的传统米酒,甲醇浓度高,对身体有危害,因此一定要把它加热,挥发一部分,然后再喝。这是民间的经验,来自生活实践。

菜堆了满桌子,酒也煨热了,李老师拿了一个搪瓷茶缸,反扣在桌子中间,上面放上一只小瓷盅,大声对儿子嚷着,叫把煨好的酒拿来,然后倒满。我们都不会喝,也不知怎么喝。李老师说我先喝,底下顺时针,轮流,赶谁谁喝。我们就一起嚷嚷不行不行,李老师把眼睛瞪上了,不笑,他从来不笑,就像是在课堂上,凶凶的,挺吓人的。说啥?不行?瞧瞧你们,一个个半截桩子似的,啥不行,喝!我这一关不过,你们谁也甭想走。酒都不会喝,还当兵,上前线!说着他把那杯酒一下抽到肚子里了,再给泻满,说元龙,该你了,接下是峻峰、建华、金田、万龙……

这种喝法,为我们乡下独创。人类的聪明智慧,有很大一部分贡献给了喝酒,在规则上花样翻新,手法无穷,在中国古代就有射礼,投壶,或据岁时、年景、风物、造化、人际、环境、爱好、趣味,"当筵赋诗"或"即席唱和",达官贵人、文人雅士、名媛歌姬雅集,而天朗气清、惠风和畅,又有丝竹管弦、曲水流觞,玩得优雅和极致,也文化得很。至大唐盛世,达至巅峰,伴着社会的自由、富庶与奢靡,歌舞升平,诗酒成风,酒令也盛行。1982 年在镇江丹徒丁卯村一座唐代银器窖中,发现了"论语玉烛酒筹筒"和 50 根酒令筹,有趣得很,这每根酒令筹上铭有令辞,为孔子《论语》的语句,不同的语句有不同的喝法,比如有一筹铭"有朋自远方来,不亦乐乎",此筹为"上客五分",即上席的贵客需饮半杯酒;铭有"君子欲讷于言而敏于行","恭默处七分",即话最少的那位喝七分杯,好是让人郁闷;若要抽到了"择其善而从之",那可不得了了,"大器四十分",就是你要用大杯子自罚四杯!除此,在唐代还有什么历日令、瞻相令、巢云令、罨头令、旗幡令、手势令、鞍马令、拆字令、不语令、急口令、四字令、言小字令、雅令、招手令、骰子令、抛打令等,很多已经失传,不失传,谁个去玩?就像远去的历史风华、时代风尚、民间风俗,自许为文化怀旧者,也只能在酒后去稍稍猜想与附会一下了。今人喝酒就不同了，没有那么多的讲究、弯弯绕，现代化的节奏，目的直接，一锤定音，能分出胜负就行。早年一般常见有猜枚，猜单双、有无、正反、颜色、数目，大压小，敲杠子，掷骰子，布包锤，翻纸牌，偶尔也玩一下词语顶针、成语接龙，发现有人接的就不是成语，不过顺嘴说出的白话，也算过。今人既无耐心，也没文化，更无闲情逸致，你说咋办？严格了，就没法玩了。而喝酒没有方法或者规则，随心所欲，各取自便，能喝多少是多少，那就一点儿乐趣都没有了，人生还有什么意义。我一酒友说，不如自己在家里喝了。

　　李老师的这个喝法，为历史上所未有，而在我们当时的乡下广为流行。所谓独创，新也，好也，进步也，绝也；能够广为流行，为众人欣然接受，便足以证明，它超越了过去的一切。如果把其视为酒令的话，这个喝法，更能体现"令"字的肃杀和严格，令行禁止，军令如山，比在乡间那些常见的行酒方式，都更具"命令"的意义。酒桌上就这一只酒杯，旷世独立于倒扣的茶缸端顶，高高在上，众目睽睽，不容人苟且、耍赖、装假、作弊，轮到谁，谁知道，一圈人围观、监督和逼视，看着你大义凛然，走向刑场，然后赴死。有人畏缩，有人豪气；有人胆怯，有人威武；有人磨叽，有人爽利；有真的，有装的，有装病的、装死的、装孬的、装鬼的，众生相，再现世间百态，而酒场就是战场，酒量就是胆量，酒品就是人品，酒风就是作风，酒就是这样考验着我们每一个人。就像李老师今晚倒扣茶缸上的这一杯酒，进退维谷，取舍之间，你说你给出怎样的人生态度，换言之，轮到你了，你喝不喝？你不喝，下面就没法进行，你喝了，你可能会狗熊一样趴下，翻江倒海，吐尽你的黄疸，之后几日若大病一场，弄不好会一蹶不振，何苦来。当然还有其他选择，譬如你从一开始就不上桌，做旁观者、局外人；或者你中间投降退出，像一个失败的孬种，一世名声毁于一旦。

就这样，在李老师的严令下，那晚上我喝了很多酒，多少，我记不得了，那是我有生以来第一次喝酒，十分豪迈，回家时路过那个令我一直害怕、寒毛参起的滥葬岗子，我用我专业的男高音，激情昂扬，唱了一曲革命样板戏《红灯记》中李玉和的《临行喝妈一碗酒》，声震云天，整个村庄都应该听到了。

三

我真正称得为喝酒，是十年之后了，即20世纪80年代初，我从部队转业回到地方工作。那是一个热烈的迎接和开端：全国上下，单位个人，喝酒蔚然成"疯"。我迅速加入其中，开始了我喝酒的历史。每到节日，像春节，整个正月间，每日都喝得头重脚轻，两眼蒙眬，半明半昏，似醉非醒，恍惚中，树是一片，太阳是两个，大楼倾斜，房顶头朝下，满大街的人都是"飘"的；无法判断他们来自何方，去向哪里；有些人走着走着，就躺倒在路边上了，行人视而不见，毫无惊奇，也没表情，就像在一个奇妙的童话里，在木偶的国度。现在想来，还是晕头转向、浑浑噩噩的。

可能的原因，是那时代一方面国家发生了天翻地覆的变化，我们还没有反应过来；另一方面，民众依然过着旧时的慢生活，还没醒。"长街黑暗无行人""车，马，邮件都慢，一生只够爱一个人……"（木心诗），你说，急啥子急，你说，不喝酒弄啥哩。说是说，但面对新时代的到来，还是有莫名的躁动和不安，固然还看不出这时代将向哪儿走，但已感觉这慢，慢得有些太久了，慢得人有些压抑了。信息尚且闭塞，没有娱乐；年轻力壮，也无须健康运动，一帮男人，单身汉、两地分居者，狐朋狗友、志同道合者，就找到了酒。酒是好东西，让人热血沸腾，让人忘却现实，让人慷慨以歌，让人放纵无形，让人聚众狂欢，让人尽兴宣泄，哥儿们，咱放开量，别闷骚，别憋屈，想怎么着就怎么着，嬉笑怒骂，可着你的葫芦甩。开放中国，百废待兴，思想解放，精神自由，人们再不会像过去谨言慎行，生怕犯错，也再不会像过去吃不饱肚子了。虽不宽裕，档次很低，要求也不高，不论公家还是私家，总是有钱买得起酒喝了。还有像我们这些"单位的人"，基本没有后顾之忧，不需要刻意辛苦攒钱，住房，医疗，孩子入托、上学，及至退休养老，你都不用操心，所有这些国家都给包了。因此我们喝酒，心安理得。

在这样的历史条件下，开始了我的喝酒生涯，同时诞生了我的第一批酒友。我刚转业回来，人生地不熟，能与之熟识并一起喝酒的，开始可能是一两个，接着就是三五个，他们是火种，而星星之火，可以燎原，有了这三五个，一批人马就来了，及至后来就武装起来一支喝酒的队伍。酒从来都具有强大的感召力、号召力、向心力、凝聚力，一声召唤，众喝家揭竿而起，闻香而至。他们多半跟我是一个机关，他们每一个人又联系着一个社会，老乡、远亲、战友、同学、朋友，什么人都有，天下酒友是一家，碰上了，问都不问，也不管上午下午有事没事，办公室门一关，喝酒去。喝酒是快乐的事情，人少了不行，分头叫。有电话的打电话，没电话的骑着自行车去喊，从没觉得辛苦。有时沿途去叫的不是一个人，要叫好几个人，每到了一个地方，并不下车，用一只脚点地，扬着脖子朝楼上喊那个人的名字。那时街上人车稀少，近乎空旷，无今天这样的汪洋恣肆、喧嚣和澎湃，站在楼下喊，那人就能听到，不一会儿窗户开了，伸出一个脑袋，问干啥，答喝酒；问在哪儿，答在家。那人就关了窗户，我骑上自行车，去叫下一个人。

就这样，经常就这样，记忆中好多年都这样。疑惑的是我们都吃了什么菜，菜是怎么做出来的，喝了什么酒，酒是从哪里来的，哪来那么多餐具和板凳，战后又是谁来收拾残局打扫战场，今日想来，仍是糊里糊涂，以为奇迹。那时每天都喝，每一顿酒都喝得很长，也喝得很多，个个都如痴如醉，如癫如狂，喝着喝着，突然会发现座位空出一个，有人躺桌肚下了，且不管他；有人忍不住，当众大吐，一泻千里，吐了就没事了，接着再喝；有人在洗菜池边硬是呕不出来，身体一拱一拱的，欲生欲死；还有的管你天打五雷轰，一头栽在床上，鞋都不脱，长眠不醒。没醉的就在一起抽烟，喝茶，说酒话，闹腾，亢奋不已。一般中午喝过了，不用说，晚上肯定继续。一个不少，谁也不准走,走了是孬种!

那时喝酒的程序一般是这样的,前三杯共饮,接着划拳打通关,每个人都要打。打通关就是轮流坐庄,庄家要与在场的每一位都划拳较量,一般为三个酒,这是基数,有人会视对象不同临时提议再加三个酒,分出胜负则过,平局则再加三个;关打完了,就分帮,人数大致对等,每一帮选出一个猜拳高手与对方战,直到一方战败,或者一方有人倒下;最后是尾声,"运动后期",打"小自由",这时还能"活着"的幸存者所剩不多,而且尚能战斗者就更少了,他们是最后的英雄,历史关头,巅峰对决,他们可以选取任何一个"顽敌"来战,未必猜拳,也可以用其他方法;也未必是三个酒,也可以不计其数。仍不服,好,一切将变得简单:一瓶酒,两只大碗,均分,一人一半。这个时候,你完全可以让沸腾的情绪和热血稍稍冷却一下,考虑一下自己的承受能力及可能有的后果。果然不行,就向对手求饶,甘拜下风。本来朋友之间喝酒,哪有那么认真,更不会绝情,也不失面子,对手也不会不依不饶。可常常是情势逼迫到了那个份上,如在刀尖,如在危崖,如临深渊,哪还顾及后果,眼一闭,跳下去了。我就不信,我泥胎肉身,你铁打铜铸,金刚,神仙;于是两人凌绝顶而众山小,飘飘乎遗世而独立,羽化而登仙,不愧于人,不畏于天;不以物喜,不以己悲,把那一大碗酒端将起来,扬起脖子,一饮而尽。这一场酒就达到了高潮,让人荡气回肠。客人歪歪倒倒,尽欢而散;请客者也达到了预期目的,心满意足,开始对下一次酒事充满期待。

尽兴是尽兴了，后果也是严重的。次日半晌午，朋友打来电话，说最后对决的那个家伙，某某某，知道吧，昨夜在人民商场的楼下台阶上睡了一晚上，吐了一地，不远处有一只狗也睡在那里。早晨商场开门，才把他叫醒，雇了三轮车送回家了。我说不是让你送他回去吗，朋友说送了。我问送哪儿了，朋友说送他家了。我问没送进屋，朋友说楼梯口。我问那只狗是咋回事，朋友说可能是吃了他的呕吐之物，也醉过去了。说早晨他醒了，狗还没醒，估计是那只狗的酒量不行。

过了些日子，见了某某某问怎么回事，他说他也不知道，怎么就从自家门口，走到了人民商场。老天爷，从他家到人民商场，有十几里路。乖乖，他是怎么实现的啊。况且那是正月间，天寒地冻，露天睡在冰凉的水泥台阶上，没有冻死，也没有冻坏，乖乖，他究竟是怎么实现的啊。我说你旁边还有一条醉了的狗你知道吗？某某某惊着说，哪儿有狗？突然大叫，这狗日的，他又在编派我！

据说后来他又喝醉一回，还是去人民商场台阶上睡了一晚上，像是一个灵异事件，让人至今不得其解。

不管怎样，终归没有出事。那时人们喝酒还没有健康概念，也没有安全意识，现在想来，就有些害怕了。

四

从 20 世纪 80 年代直至 90 年代，没人能阻挡这喝酒的迅猛趋势。上级三令五申，单位严格要求，似乎都无济于事。改革开放，给中国人打开了国门，带来了全新的视界和生活，有点儿突如其来、异彩纷呈、乱花迷眼，我们都毫无准备，手足无措，有人赶潮，有人下海，有人炒股，有人写诗，有人奔走呼号……天空、大地、物质、财富、民主、自由、真理、解放、集会、结社、思潮、西化，到处充满了欲望和诱惑，既无法对应过去，也不能预期未来，而我们这些已步入中年、困于传统体制中的人，也跟着激动，跟着冲动，终是背负着自己的户口、粮本、履历、档案，舍不得放下和丢弃。丢弃了，我还是我吗？今天才知，那叫存在感，而非价值观。那就喝酒，喝酒，喝酒，喝到疯狂的程度。那已不是单单喝酒了，它包括了我们和时代不确定的精神迷茫和内心困扰。这是另外的话题，暂且按下不表。而生活是创作的源泉，那时许多关于喝酒的民谣、顺口溜和段子被创作出来，大多是讽刺官员的，有点儿尖锐和犀利，也有些污秽和龌龊，不登大雅之堂，但它来自民间，代表着民间的情绪和倾向，一定程度上，可能也是我们这一代人的另类生活史、精神史。对不起，我在这里选取一些，立此存照——

　　革命小酒天天醉，喝坏了党风喝坏了胃，喝得血压升几倍，喝得医院排长队，喝得上班呼呼睡，喝得单位没经费，喝得没人去开会，喝得钥匙重新配，喝得回家床前跪，喝得老婆背靠背……

星期天你喝得稀里哗啦,星期一上班疲疲沓沓,星期二三还解不了乏,星期四五啥也不想干啥,星期六又算计到谁家!

早晨像相公(出门装扮),上午像包公(对人黑着脸),中午像关公(脸喝红了),晚上像济公(喝得东倒西歪)。

酒是粮食精,越喝越年轻;感情深,一口闷;感情浅,舔一舔;感情厚,喝不够;感情薄,喝不着;宁可让胃喝个洞,不让感情留条缝……

说一村干部,自然是好酒量,每次喝酒无论喝到什么程度,他都能骑自行车回家,从无例外。那天喝得实在太多了,走时,众人皆好言相劝,让他就不要骑车回家了。村干部不屑,说我这辈子,别的不行,就一头,喝再多,我也能照样骑自行车回家!说着,一抬腿就骑上了,一边蹬还一边叨咕,说就喝了这一点点酒,就说我不能骑车回家了,开玩笑!谁知骑到半路,头一晕,一下连人带车摔倒了,于是大惊,今天咋了?把车扶起,骑上再走。回到家里,对老婆吹,都说我喝多了不能骑车回家,我这不是骑回来了么。老婆突然惊叫起来,说你屁股上怎么有血!村干部回头看,原来半路上把自行车车座摔掉了,自己是骑那根钢管子回来的……

说一乡干部,从乡下来,朋友见了问有何公干,答曰没有公干。在家天天喝酒应酬,把胃喝毁了,去武汉看病。问严重吗,答,严重。半月后,朋友街上再见之,以为他从武汉回来,便问他病看得怎么样了。答曰,没去。问故,答曰,不是喝酒给耽误住了嘛!

　　说一哥儿们,早晨上班,大家发现他的两只耳朵都被烫伤了,都关切地问他,那哥儿们说,昨晚喝了酒回去,我老婆不在家,她出门时把插着电源的电熨斗放在电话机旁;电话一响,我拿起电熨斗就放在了耳朵上了。人们不解,问那你另外一只耳朵呢?哥儿们说,还不是那个狗日的后来又来了一次电话!

　　说一醉汉,夜晚酒后回家,月光很好,路旁的杨树把影子投射到路上,醉汉看那一条条影子,以为是路被人挖断了。于是一路跳着回家,还为之困惑,说来时路还好好的,咋就喝了一顿酒,这路就叫人给挖成这样了。突然内急,站不稳,就扶着路边一棵杨树小解,完事后,把裤带和树系在一起了,走不了,还以为人家留他,说你真客气,喝醉了还不让走,直到第二日早晨,家人去寻,他还被系在树上。

说一酒人,从人家家里喝了酒骑自行车回家,骑到中山大街的十字路口时,突然蹬空了,向前滑行了一截,车子停下,一看,是自行车链条掉了,立即判断,链条一定是掉在了刚才喝酒的那人家里了,遂推着自行车回头去找,快到的时候,酒醒了,方才领悟,不对啊,如果自行车链条掉人家家里了,我是怎么骑到中山大街的十字路口的呢……

民谣、段子,皆源于生活,高于生活,来自民间,观照现实,由此也造就了一众创作和表演段子的高手,酒桌常常是最好的舞台,有兴致与氛围烘托,而段子高手为追求包袱奇崛、惊天、爆笑、爆炸的效果,胡编乱造,走样变形,加点儿内幕揭秘,添点"色"素刺激,甚至是刚刚发生的事,也添油加醋极尽夸张之能事,众人兴奋得大呼小叫,要把房子顶起来,就连高高在上的上席那位谨严的领导,再也绷不住,"哈哈哈……"笑得要断气了。至此,酒席渐入佳境,高潮迭起,有人想想,还是忍不住,不明白这些段子都是谁个编的,是咋个想出来的呢。其实好多也未必都是编的,是事实,生活比段子更幽默,我们常常被自己调侃。比如上面找自行车链条的段子,就是我的。当然是真事。我这算是好的,我的那帮酒友,不仅喝得经常出丑,还经常出事,如酒后失声,喝黑了舌头,呼叫110、120、掉冰窟窿,扎进泥塘,摔破脑袋,睡垃圾堆,坐过车站,找不到家,跪搓衣板,夫妻大打出手,与单位领导拍桌子弄板凳,丢自行车,丢手表,丢皮鞋,丢钱包,丢钥匙,丢孩子,等等。常言道,常在河边走,哪有不湿鞋;淹死的都是会水的。就像我,一个号称会喝、能喝、常喝,不乏天赋的喝人,也经常喝醉,洋相、段子、一堆糗事,在小城广为流传。果然是喝一辈子酒丢一辈子丑,抽一辈子烟烧一辈子手;英雄盖世,也有马失前蹄;久经沙场,难免不出意外;常胜将军,也有失落;盛名之下,其实难副。至于那些酒后无德、喝酒闹事、借酒撒疯的,我们不去说他。他们玷污了酒的质地和名声,不配做饮者,也算不得是喝家,应该彻底清除出我们的队伍。

哎,你瞧瞧,这说不尽道不明的酒啊,天授、地予、人为,先祖造酒初时,为何一开始就让酒成为两极之物,双刃剑,柔情藏着刚烈,绵软包含杀心,香醇渗透荼毒,滴水孕育风暴……偶有人,花半开,酒微醺,邀月餐菊,青云直上,自成人生的境界;也偶有人"于我,过去、现在和未来","心有猛虎,细嗅蔷薇;盛宴之后,泪流满面"(这是余光中翻译的英国诗人萨松的诗句)。而他自己呢,"酒入豪肠,七分酿成了月光;余下的三分,啸成剑气,绣口一吐,就是半个盛唐!"这是怎样的吟者,怎样的饮者,怎样的恢宏和狂放! 由此想起我喜欢的一副楹联:"清兴忽来,诗能下酒;豪情一往,剑可赠人!"还有郁达夫的诗句,联袂而来:"曾因酒醉鞭名马,生怕情多累美人"……

唉,这酒啊,这酒里酒外、桌上桌下、酒前酒后的人生境遇、情状、况味,千般万般的,不说了吧。

五

突然有一天,民谣不流行了,也不精彩了;酒段子,甚至黄段子,说了也没人笑了,好是尴尬。哦,我们就这样到了21世纪,一个加速度的时代。互联网让信息变得迅捷和畅达,你以为刚刚发生的事情,其实全世界都已经知道了。日新月异,人类变得紧迫而仓皇,用脚步的快节奏企图追上飞速的现实和无尽的欲望。所有故事都不再神秘,也不再新鲜。内幕,隐私,交易,勾当,给你暴露在光天化日之下。新事物层出不穷,刚买的手机功能还没搞清楚呢,另一新款已经上市,并开始优惠打折。头一天你还在家犹豫是否买房,次日开盘你就买不起了。邻家的小儿上个月新婚宴尔,这个月便已劳燕分飞。新人在笑,旧人尚在大哭。无数的焦点、热点、难点话题联翩而来,新闻、专栏、微信、微博、短信、博客、播客、音频、视频,都与你直通。每个人都是信息的初端,也都是终端。你一刻不停、昼夜刷屏,没有空儿翻手边的书籍,看身边的风景;你的耳朵有千万个声音,再难专注听人讲过往悲欢,听人说喝酒的故事。别说民谣、段子,就是专事调笑的传统相声和时兴小品,早都不能让人为之假笑一下了。

不是不可笑,而是我们人人都焦虑、浮躁,心神不宁。就像现在的喝酒,不喝醉,没意思,喝醉了,也没意思。至于早年那些分帮、猜拳、打通关,最后英雄对决,再也不会见了。物质极大丰富,甚或大于欲望;酒的档次高了,菜的档次也高了,生猛海鲜,飞禽走兽,四时果蔬,奇花异草,只要你能想到,就能给你弄来,我们却没有了兴趣,也没有了胃口。

但我要说的是,你以为这样迅猛变化了的生活和生活方式国人早已有之,那你就错了。细想想,没几年。记得21世纪初,我们喝酒才有"茅台偶尔露峥嵘",常常一回饭局也就一瓶,仿佛不是用来品尝,而是用来品赏。因此有段子说有人为多喝这一瓶好酒,就编造瞎话,说他晚上开会,自告奋勇,先打一通关。三下五除二,没招呼住,这仅有的一瓶好酒就叫他给打自己肚子里了。虽是段子,却也提示我们,几年前我们还捉襟见肘,同时还在兴致勃勃地"打通关",换言之,喝酒还是我们生活中重要的事情。大约基于此种人生感慨,我想到了我生活了近四十年的这座淮上小城,鄂豫皖三省交界,边缘,落后,小城人喜欢喝酒,是不是无所事事,无以排解,酒是出口?今朝有酒今朝醉,或者就是生活的颓废和失意,精神的消弭和放弃。如果有更深层次的分析,那就是文化了。地理上,小城地处南北交界,自然禀赋差,资源匮乏,灾害频繁,不涝则旱;先秦为楚国问鼎中原的前沿,后为历代战争南北进退的战略通道,一次次蹂躏和摧毁的不仅是物质形态的建筑,还有人的寄托和梦想。酒是双刃剑,有着多面性,盛世需要酒,乱世也需要酒;胜利者需要酒,战败者也需要酒;幸福的人需要酒,不幸的人也需要酒,得意时需要酒,失落时也需要酒,这就是酒的敦厚,这也是酒的锋利;这就是酒的绝妙,这也是酒的绝杀;

它能给人激励,也能让人颓废,一样的酒,滋味各异,而甘苦自知。

　　人活的是一种精神,发展才是硬道理,负重前行,穷则思变,变化悄然而来,小城改造,内河治理,渐日出脱,美如小家碧玉;新区建设,奋力拓展,已然大家闺秀。我们就看到了希望,酒就喝出了好滋味和正能量。正在这时,市里开始全面实行禁酒令,规定所有公务人员工作日中午一律禁止饮酒。没有任何理由和条件,包括外事活动、商务活动、节日活动、文艺活动等等。此类规定,过去多了,多半一纸空文,吃喝风仍旧刹不住,甚至愈演愈烈。但这一回,不一样了。除了声势浩大的宣传动员之外,还成立了专门的督查机构,发现一个,处分一个。你也不要在那里给我讲那么多条条道道,吃喝成风,由来已久,矫枉必将过正,不这样不行。再则,天天醉五醉六,哪儿还有心干事创业,喝得颠三倒四,哪儿还有公务人员形象!如强劲之风,如雷电之光,中央出台了更为严格和全面的《关于改进工作作风、密切联系群众的八项规定》。其中有一大批人经受不住考验和诱惑,倒在酒桌子上,有领导干部,有专业人士,还有一些先进工作者,说来令人惋惜。那么很显然,表现为酒,但绝不仅仅是酒的问题。

　　无论是公共事务,还是私人生活,人不能不讲规矩。

　　不让喝了,也不能喝了。年龄是一个问题,就像我已经退休,远离职场和酒场;健康更是一个问题。一些喝家,年轻轻的身体就出了毛病,血压、血糖、血脂、肝脏、肾、性功能等都不正常了，好多都是为酒所害。酒是粮食精，越喝越年轻，你信吗？宁愿让胃喝个洞，不让感情留条缝，你信吗？人生得意须尽欢，莫使金樽空对月；古来圣贤皆寂寞，惟有饮者留其名；钟鼓馔玉不足贵，但愿长醉不复醒，你信吗？信与不信，取决于对酒的认识，对酒的认识又取决于不同时代、不同的人。那么问题来了，对于不同时代、不同的人，酒究竟是物质的分子，还是精神的化学？是感官刺激，还是生命体验？是蔷薇，还是猛虎？是游戏，还是设局？是与生活有关，还是与生命有关？人类发明了酒，却无法找到酒的本质。但它千百年来，就一直高调地摆在你的面前，酒杯转动，乾坤转动，一生不过一杯酒的时间——与长者喝，可以审视过去；与智者喝，可以洞见未来；与友人喝，可以彰显性情；与对手喝，可以心容天下；与美人喝，可以温婉如诗；与诗人喝，可以与尔同销万古愁。那么所有关于酒的纠结和两难，信与不信，在一杯酒的时间里，都不重要了，你要选取的是与你的对饮者。

中国自古以来就是礼仪之邦，热情好客，无酒不成席，在最穷困的岁月里，钻窟窿打洞砸锅卖铁，也要买酒招待客人，这是传统。我们总是要让客人菜多吃一点儿，自己总是不吃；酒更是要让客人多喝一点儿，自己少喝，尊重和礼节是一个方面，恐怕还是那些年，真的买不起那么多酒。现在买得起酒了，甚或买得起好一点的上档次的酒了，却是不敢再胡喝了。年轻时，可以仗着身强力壮，胆大妄为，醉就醉了，出一点儿洋相，大家一笑而过，成为酒席上话题的作料和兴奋剂；老了，不说面子和尊严，人是再丢不起。你瞧瞧，我的第一批酒友，有人已不在了；就连我的第二批酒友，喝着喝着，也一个个老了，英雄豪气还在，也就嘴上的功夫；喝一点好酒，适可而止。我的第二批酒友里，就有当年给我们燎酒的李老师的儿子，他至今还为当年叫他燎酒而没让他陪酒耿耿于怀。然而这地球果然很小，许多年之后，我们狭路相逢，生活在了一个城市，并在同一个机关上班。我从来都认为，酒量多半来自天赋和遗传，他父亲能喝酒，轮到他也能喝，与我酒逢知己，也棋逢对手，只是他比我稍稍年轻些。在酒场上，我们有时是朋友，有时是敌手。

回望一生，风起云涌，波澜壮阔，我们参加过无数的酒局，见识了大千世界，社会百态，各色人等，自然，也喝了各式各样的酒。着实，这世界上没有无缘无故的请吃，酒席上的一块抹布、一根鱼刺都是有"意义"的，甚或让你吞不进也吐不出，当然也并不都是只为"缘故"的吃请。杯小乾坤大，壶中日月长，纯粹的酒，或者如我们说的纯粹感情的酒，有，不多，陪你喝的，陪你喝酒到天荒地老的，还有谁呢？细细数来，一桌子都坐不满吧。他们可能才是真正陪你的人，爱你的人，你爱的人，与他们喝，喝得坦荡，磊落，风生水起，痛快，舒服，无私心杂念，无牵绊顾忌，没有缘由，也从不计后果。而且在一些特别的时刻，我们静默着，让时间停下来，心有灵犀，并有所念，眼有微火，摇曳有声，将杯子举起，与之轻轻一碰；杯沿发出细瓷的声响，杯中漾出酒花的丝纹，想起杯底曾经陡起的风暴，以及醉眼里传说的英雄美人，春花秋月，会心一笑，什么话都不用说了。其实那时倒特别想说点什么，给予事物一些赞美，譬如世界，此生，思念，远方，诗，一朵花，或者果子，只是怕一说出来，就淡了。仿佛岁月的陈酿，不轻易打开它窖藏的封口。

想起当年，那个朴素、纯真的时代，李老师给我们启蒙，临别把酒送行，以壮行色，而一生的路，终归要自己走，就像那酒，你会不会喝，能不能喝，好不好喝；甘与苦，清与浊，欢与痛，醉与醒，你都得自己迎接和承受。是男人，就端起来，喝下去。别想着滑头，装赖，耍手腕，玩弄伎俩，作弊，或者狗熊一样在地上趴着向人求饶、投降；也别指望谁会给你同情，也没人给你代酒。祖先发现并酿造了这使人要死要活的饮品，上帝是同意了的，并窃喜，他发现他可以借助这么一种特别的物质媒介，也来参与人类的游戏，不仅能获得快乐，乐而忘忧，还能检验天下芸芸饮者、喝家的酒品和人品。

如常言道，人生如酒局。苦短，苦长；天意，时势，人为；成败输赢，大趋势，或者小格局，天下没有不散的筵席，就像人终会变老，及至喝酒，终有不能喝的时候。逐渐地，你从职场，然后从酒场退出、消隐，淡出人们的视线，终于被人遗忘。你酒桌上空出的位置，自然有新人端坐；杯盘狼藉、硝烟弥漫的战场，巍然站起来的是新一代的英雄，而你便从繁华走向沉寂，从喧闹走向安静，从中央走向角落，从台面走向幕后，从前线回到后方,从会饮走向独酌,就着记忆的色香和人生的厚味,兴许还有生命的落寞和孤独,在巨大城市的夕光里,一个人细品慢饮。

那个时刻,仿佛人生已删繁就简,所有的酒,也都洗尽铅华,沉淀并纯净了杯中功利的浑浊和意义的杂质;难免有那么一点不尽如人意的精神甲醇,也在时间的煨罐中挥发了去。那我便可真的来写一个我的《饮酒史》了,我想回到原初,找到文字的本真和优雅,找到词语自然澄明的源头,找到甲骨文里,那个手捧酒器自在品饮美酒的人……

时代，或时间中的

那一时刻我们不能把他看清

> 绵长又绵长的呻吟／来自地下的叹息／弹拨幽怨的心弦／时有流弹的弧光／蟋蟀一闪／委婉与痛苦随意识深入／生命倾成耳轮／捕捉生前身后事／蟋蟀鸣唱／声音若齿／梳理时光的纷乱／一跃在背／一跃在心／一跃在今晚那晚／一生只有一只／便有曙光里新生儿的啼哭／那一只蟋蟀是一盏灯在灵魂深处闪烁／是大地的战栗／是独白／是切入骨头的锯／是时光吹奏的一管永不休止的芦笛……
>
> ——录旧作《英雄·鸣唱在此夜彼夜的蟋蟀》

二爷(本文简称学)这样的人，在历史上一出场，就有几分神奇。

堂棍和礼帽是带有标志性的仿佛独属于他的两样东西。堂棍挟在腋下，礼帽偏戴于头顶，低矮的帽檐是不经意弄出的那种恰到好处的斜度,让人感觉有几分民间高手乡村游侠的范儿,抑或造型,抑或造势,仿佛武功盖世,心有仇杀,爱憎分明,红黑两道,兼带几分阴狠。

那会儿,天地空阔,四合静寂,连山野间一向撒泼无羁的风,也突然收住了。

一个孩子的尖叫声传来。

二爷几乎是轻功一类的迅疾,身手不凡,突如其来,就落在了农妇跟前,二话没说,不问缘由,举起堂棍就打那个正在打孩子的农妇。农妇大惊。学问:疼否? 不答。又打。再问:疼否? 农妇怒目而视,似有委屈,只好回答说疼。学便反问,打你你疼,你打孩子,孩子不疼?!

——我一直认为这句话是二爷准备好了的,单等这个时刻说出。一旦说出,二爷这精彩绝伦的一幕也就结束了。果然,待农妇镇定看时,人已杳然而逝。

那一时刻,我们都不能把他看清。

从乡间的传言和老一辈人向我断续的讲述中,我多少便知道了一些学的,虽不流水蜿蜒,清白晓畅,但有节点,及相关的物事,仿佛岁月的串珠,让人扯出许多联想的经纬,将久远时间中的明亮和幽暗、凸显和模糊、粗粝和细微、气息和声音串起来,虽有顺序、轻重、考量、分辨,及至正邪善恶、忠奸褒贬,已是今人的主观,不免错置或颠倒,甚或包含了公共和私人的功利而概念化、情绪化了。但这重要吗? 人除了记忆,唯有记忆,还能有什么,而任何记忆进入叙述,都是不可靠的,都不免有了虚构的性质。那么二爷,我们是否可以这样说,他该算是个手艺人,做过铁匠、木匠、屠夫、商贩、信使,还磨过豆腐。至于他的这些技艺是来自家传还是剽学,是否精湛,有否名头,及至他的经营之道、规模、盈亏、口碑等,老一辈人的叙述和我的询问似乎都给忽略去了。

这是不应该有的忽略。尤其是我。无论我是一个好奇者、记录者,还是日后的转述者、书写者,都不可原谅。

但可以确定,二爷学断然不是一个安守本分的人。

简单的推测是,行手艺让他走过许多地方,天南海北,四野八荒,自然也就见识过许多世态和世面,接触过各色人等;人在江湖,行走道上,潜伏的危机和危险如影随形,心上便多了警惕和防范,这便有了超出常人的机智和敏锐。鹰一样的眼睛,狗一样的鼻子,狼一样的耳朵,使他能从一丝气息细微的捕捉中,迅速对眼前的情势和未来的大势做出肯定的判断和决断,并立即行动起来,绝无迟疑。

因此,当革命带着最初的新奇和新鲜轰烈而来的时候,最先兴奋的是二爷这样的人。志之所在,气也随之;气之所在,天地鬼神亦随之。此时此刻,此情此景,二爷他哪肯袖手旁观,怎肯轻易错过。他不仅要与革命直面相逢,融入并渲染它一切可能的冒险、刺激、昂扬、波澜壮阔和悲壮,而且还要让自己有一次生命的宣泄、恣肆、酣畅和淋漓尽致。这完全是二爷这种人的秉性使然,气质性的。他对革命的理解是情绪化的,他不知道何为崇高并担当道义,也不知道阶级、政党、使命和天下,但他想成为一个顶天立地的英雄。

　　我老家河南省固始县张广庙这个地方,为豫皖交界。南边就是著名的鄂豫皖革命根据地大别山区,相距不足百里;北边偏西是古老的固始县城,县城再北,就是浩浩绵延的淮河了,通往运河和长江,到达广阔的中国南方。张广庙历史上一直被称为"东大岗"。"岗"是岗坡地,干旱、缺水、荒凉、贫瘠;"东"是方位,以固始县城为参照;"大"是程度。岗,且是大岗,这就无须文字更多的形容和解说了,可想而知,那里的生态环境和生存环境有多么恶劣。而就是这种地方,在旧中国,适宜生长革命者,生长土匪、恶霸、大财主、乞丐,三教九流,以及匠人、艺人、高人或者奇人。历史在这种地方,总被弄得一波三折、一唱三叹的,曲折、精彩,煞是热闹。

　　中国革命史,1927 年是个坎,之前是大革命时期,正规的表述是中国第一次国内革命战争。与其关联的词有国民革命、五卅运动、北伐战争、农民运动、国共合作、统一战线等。这些词在今天看来依然有着充满遥想的生动和灿烂。这些词厚重、独立、丰富,成为历史最关键的链接,是我们打开中国近代历史认识自己要最先叩响的门环,是对 20 世纪初无序世界的新的命名,是史诗的标题,具有华诞、原创和开启意义。1927 年之后,则让我们记住了蒋介石、汪精卫的名字和对他们永远的愤怒和仇恨。由于他们的背叛,革命由最初的兴致勃勃转而为茫然和沉寂。

1928 年,中共固始县委被迫由城关转移。

他们选择了张广庙。原因有二:其一就是它是"东大岗"。中国共产党成立 70 周年时,河南人民出版社出版了一本《固始县革命史》,著名诗人臧克家题写了书名。这本书里有一段话很能说明"东大岗"在当时的意义:"张广庙的交通闭塞,敌人统治势力比较薄弱,既可避开敌人的锋芒,保存革命实力,又可扎根农村,伺机举行暴动,建立苏维埃政权,实现割据局面。"其二,那里有一个进步组织叫"扁担会",主持人吴伯涵,是从开封读书回来的进步知识青年,县委搬去后可以成为在那里开展工作的基础。

接下来,张广庙这个地方便真的好看了。其南有大地主、固始县保安团团长、"剿匪"大队大队长蔡筱谷,"剿匪"自然剿的是"共匪";其北就是中共固始县委所在地,县委书记蔡仲美就是张广庙人,他也是中共固始县第一任县委书记;其东,有名震豫皖边境的大土匪岳岐山,外号"岳葫芦子",20 世纪 60 年代作家李晓明那本轰动一时的长篇小说《破晓记》中,有对岳岐山详细的描写;其西便是吴伯涵的扁担会。吴伯涵能到开封上学,说明了他的家庭出身和背景,而他是这个家庭的叛逆者。

这里需要说明的是,蔡仲美是蔡筱谷的亲侄子,蔡筱谷是他的三叔。还需要说明的是,除这种血缘关系外,蔡仲美为蔡筱谷一手带大,视为己出,寄予希望,不遗余力供养他上了大学。叔侄之间,感情笃厚。超乎我们想象的是,张广庙在这样一种关系和格局里,是平稳的、安静的,国共和平共处,敌我相安无事。仿佛奇迹,自然也很奇怪、奇妙。当然,如果我们真以这种充满假象的和平局面为根据,进而做出革命形势的估计和判断的话,那就大错而特错了。

成为地主并成为大地主的蔡筱谷何等人物,无论和平共处,还是生死对决,从客观上讲,蔡筱谷无疑更有力量和把握,掌控张广庙目前的局面,这一点在我下面的故事中很快就会得到证实。因此,蔡筱谷表面上的不动声色,是一种城府,是老于世故,老谋深算,你也可以说是老奸巨猾,是另外形式的警醒。常常在他用一种富贵的心态和体态慢慢抽完一袋上等烟丝之后,会把头优雅地仰在太师椅上,眯起的眼缝里闪着一点儿冷光,而他心里风云激荡,喧哗躁动,枪炮大作,倏然又死寂一片,噤若寒蝉,持续着,生出罪恶的策划、想象和盘算。

消灭蔡仲美和他所谓的啥子中共固始县委,除去扁担会,蔡筱谷自己都觉着那其实是一件简单的事情。他需要的不过是一个微不足道的机会或者理由而已。

蔡筱谷的这种把握,来自他对敌我双方悬殊实力的比较和分析。

县委搬到张广庙后不足一年时间,扁担会会员增加至2000余人,在会员中发展中共党员40余人,建立了13个支部。但2000余人、2000余扁担作"武装",能有什么作为?那些扁担原本就是那些农民的,在张广庙,何止2000条,而扁担还是扁担。蔡筱谷对此,微微撇了一下嘴,掠过嘲笑,那是带有明显侮辱性质的蔑视。

之后几个月，县委就开始将扁担会改建为农民游击队，吴伯涵任游击队大队长，蔡仲美任政委，下设3个分队——多年来受一些"高大全"文艺作品影响，一说到游击队，我们满脑子都是声东击西、神兵天降、出其不意、神出鬼没；说到游击队大队长，一定就是骁勇善战、双枪并发、百步穿杨、身手奇绝，让我们充满了对英雄的崇拜和对英雄时代的景仰。而真实的历史是极其朴素的，朴素到让我乃至不敢说出下面这些寒碜羞涩的数字：游击队总共2支手枪，不超过10支土枪，其余就是一条条扁担了，或者扁担里多出了一些斧头、梭镖、长矛、大刀，还有就是比扁担还不如的木棍。

就这些？就这些。因此，蔡筱谷连嘴都不屑于撇上一下了。

终于让这个"剿匪"大队长、保安团长真正有所正视的时候，是1929年11月底，中共固始县委在张广庙西北处的蚂蚱庙召开了全县党的代表会议。会议传达了上级的有关指示精神，分析了大别山和豫皖边革命斗争形势，在认真总结近年斗争的经验教训基础上，会议决定：第一，改编扁担会中的游击队为县独立团，蔡仲美任团长兼政委，吴伯涵任副团长。第二，利用1930年农历三月二十八日赵东岳庙会举行武装暴动之机，处死"三霸"，即大地主蔡筱谷、万子新、董秉成，建立固始的苏维埃政权。第三，筹集暴动所需的武器弹药。第四，继续利用各种关系打入民团或地主武装内部，策划哗变，分化瓦解敌人……

这样的背景下，二爷学觉得自己有了希望，该轮到他闪亮登场了，该让他从"地下"转为"地上"了。

之前，学就那么按照组织上的规定一直秘密潜藏着、潜伏着，是党的地下工作者，肩负特殊使命，演戏一样，做派很像还要很真，任何时候任何地点任何情况下都要做得完整完备。学知道，他的任何一点疏忽和不慎，都可能给县委带来难以挽回的灾难和后患。

县委以一种特殊的方式与他保持着联系。其间，让学以送衣物为遮掩，两次去了中国的南方；又以乡村手艺人的身份，多次去过南边大别山鄂豫皖革命根据地。学行使的是什么特殊任务，又为县委带回了什么消息，我们是永远无法知道的，即使在当时知道的人也不多。可怜的学，我几乎能够想见他当时的无奈与痛苦了。而且，连他的无奈和痛苦也无处说去，一切到他这里都终结了，凝止了，永远死去了。学不仅不能像那些扁担兄弟一样在阳光下高举生命的激情和洒脱，更不能保持一种严肃和风度参加县委的任何会议。而且直到现在，我们都不能知道他是不是中共党员，哪怕是地下的；是否还担任着一点党内的职务，等等。那个时候，他甚至对于许多的误解、指责乃至唾骂，都没有站出来解释一下的机会和权利，热辣滚烫的眼泪一次次在人性极度的忍耐中，悄无声息地涌出来，而后又自己咽回去。

独立团建立以后，第一项工作就是兵运和瓦解地方民团，这就要人秘密打入蔡筱谷的"小炮队"（民团）内部，去做策反工作。蔡仲美和吴伯涵反复斟酌，千思百虑。谁去？除了吴伯涵原本就是蔡筱谷民团的分队长，就决定由学去。他们觉得只有学这样特殊的人，才能在特殊时期特殊环境下，来做这份特殊的工作。学有点儿哭笑不得，无论他侠士的风格、勇士的内心和外向的秉性，他都不像是地下工作者；他不过是比一般村人、农人见多识广一些，机警一些，身手敏捷一些罢了，他咋就被组织上从一开始就认定了是首选的"卧底"？不管咋，有一点学是明确的，他必须无条件服从。

　　学去的时候，吴伯涵以分队长的身份给蔡筱谷写了一封推荐信。蔡筱谷看过后，又看了看学，二话没说，一口应承，学遂成蔡筱谷的警卫。换了行头，还配了枪支，学顿时感到他有了自己一直希望的那种英雄气概和威武。突然又觉得自己真是可笑，用来杀人的枪支对于他来说不过是一个道具，他绝不会使了性子，自我主张，推弹上膛，有任何一次的贸然行动。显然，学此时已经有了严格的组织观念。于是他把枪掂了掂，万千感慨地再轻轻放了回去。

　　事实上，蔡筱谷是认识学的，不仅认识，过去还与他有过多次直接或间接的交往和较量。

　　学做屠夫时，街头常跑来家狗野狗，对他的肉铺虎视眈眈。本能的贪婪和目的浅显的摇尾乞怜相，让学对狗充满厌恶，手起刀落，砍下一块肉来，慷慨扔去。狗们哄抢着，叼起肉来,狂喜类似狂欢撒疯般跑去。谁知这狗原是不知足的畜生,吃完又来,学见了,常常吼上一声,狗不肯去;再吼一声,狗仍不肯去。刹那间学愤怒了,挥刀朝狗们砍去,那狗猝不及防,连滚带爬哇哇惨叫着遁去,再不敢来。学和众人一起畅快大笑,迅速凝住,一脸的鄙夷。蔡筱谷开始对学的种种传说并不在意,直到有一天他的勤务兵也像狗一样被打了之后,他才知学的那些故事并非传说,就像勤务兵身上被堂棍抡出来的伤痕一样触目惊心,历历在目。

学被关押起来,问为何打人,学说我不赊账。只这一句话,蔡筱谷顿然对二爷有了了解。三天后,学被放出来。之后,让人大为吃惊的是,蔡筱谷的另外来买肉的勤务兵又被打了两次。问故,学说我不赊账!蔡筱谷第三次放了学之后,他和他的勤务兵就在学的肉铺前,一手现钱一手现货了。

学原想见到蔡筱谷时,他会说起这些,或者上来一句:我们不打不成交啊。这其实是嘴边上的一句话,而蔡筱谷没说。他在看完吴伯涵的推荐信后,只用鼻子给出一个"嗯"字,这是应允,没有说辞。如此简单,别人觉得宽宏大量,二爷觉得意味无穷,反让人生了一些不安。当然蔡筱谷欣然应允和接受学,一定程度上,还出于他与吴伯涵的父辈们在政治和经济上建立起来的关系和交情。

有人有钱有枪有势,却都说蔡筱谷是个温文尔雅、有善心善举之人,但当你——包括学,真要站在他面前,就像面对所有那些大人物那样,自会感到寒酸、卑怯,同时感到压迫和害怕。无须推断,蔡筱谷这样的,绝对鬼中枭雄,人中英杰,非常人也。因此你不可能有丝毫错觉,或者掉以轻心。

20 世纪 80 年代初,我以二爷为原型写过一篇小说,由于大家都遵循英雄主义、理想主义、浪漫主义和现实主义的创作原则,我把学写得高大而神勇,于是在他打入敌人内部后,里应外合,并经过一系列的考验、惊险和周折,终于活捉了蔡筱谷,二爷在那小说里,完全像所有的英雄一样大智大勇,顽强不屈,可歌可泣。

其实,学在蔡筱谷的保安卫队里,是受到暗中严格监视和控制的。不管蔡筱谷是否知道学来此的目的,他的警觉和戒备无时不在、无处不在。譬如住宿,让人把学的床铺安排在集体宿舍的最里边,靠着一面墙,并从不安排他夜间执勤;白天出行时,蔡筱谷一定要让学走在自己的前面,等等。蔡筱谷深知,像二爷学这样的人,不计较后果,也不权衡轻重,他不定会在什么时候匪夷所思,激动起来,失去控制,在背后给他放冷枪,或像杀狗一样杀了他。

二爷在蔡筱谷那里前后将近一年时间,我们的困难仍然是完全无从知道他在那里都做了些什么。譬如他为县委传递了哪些情报,用了什么特别绝妙和传奇的方式,是否有过曲折、惊险和意外。另外,他用什么手法和方法去做策反工作,做了谁的策反工作,是否成功。张广庙当年见过二爷的人后来就只会对我说:学呀? 咳! 他在蔡筱谷那儿,神气得很哪。

有人还用手比画着,仿佛要画出他的表情和形象。我就想,我是否有点儿犯傻,大家果然能把二爷说清,那还何谈秘密和地下?不知内情的是绝对不能让其知道,知道内情的绝对不能说出。看来,冤屈的二爷只能永远冤屈着了,而我总不忍看二爷们深陷在历史深处的那双大睁着的屈辱的眼睛。

同时我又想,能被组织选为潜伏者,肩负历史大任和秘密使命,二爷的这种特殊身份,已足以说明一切。无疑,这既需要智谋,也要有过人的胆识;既要机警,更要具备超常心理特质,非一般人能够担当。残酷的事实表明,这并不好玩,也非为满足历史猎奇的想象。譬如吴伯涵的堂兄吴伯洲,不仅百般阻挠吴伯涵参加革命,还扬言要向蔡大老爷蔡筱谷告发他们。命悬一线,危在旦夕,吴伯涵毅然决然,亲手将其秘密处死。而这仍然不是想象。因为即便如此,队伍里还是出了叛徒……

赵东岳庙会暴动的日期日益临近,蔡仲美、吴伯涵,包括二爷学们都在匆忙按计划秘密进行着各种准备工作,并热烈酝酿着胜利即将到来的情绪,想象那个伟大、晴朗的未来。其间,县独立团在1929年底参加了红三十二师智取商城的战斗,并受到红三十二师师部的表彰和嘉奖。这次战斗为县委提供了经验,更提升了他们更为广阔宏大的信心。在靠近大别山的固始南部地区,游击队和独立团四处出击,先后铲除了黎集董大牛民团、石佛滩湖坝李泽轩民团,摧毁了张老埠张玉蕃民团,等等。

不知怎的,我们的故事总像是安排好了的一样有点千篇一律,在这个生死攸关的时刻,叛徒出现了。

叛徒,这种比暴徒、比恶徒、比匪徒更可恨可恶的东西,总是出现在最关键的时候,历史真是无奈。叛徒在选择做叛徒时一定有其自己的原因,那也无非是仅仅关乎一个人的是非判断利益得失。但这一个人,或几个人的一次选择,却决定了无数人的生死存亡。故所有叛徒,我们都给他设计安排一个最惨痛的下场。这是人类共同的正义情感诉求和精神操守必须保证的胜利。

因此我必须把他们的名字写出来:张金山、洪朝章、王玉如。他们先前都是扁担会的会员,当然在此之后,他们就永世以叛徒的身份,被钉在历史的耻辱柱上,为世人所唾弃。

叛徒的出现,一切都迅速变得简单化了。蔡筱谷几乎没费什么周折,就得到了他要得到的机会和理由。1930 年 2 月 26 日,蔡筱谷与万子新、董秉成密谋,并亲率百余团丁,包围了蔡仲美的住宅并逮捕了他。只过了两天,即 1930 年 2 月 28 日,蔡仲美、吴伯涵、蔡仲芳、周杰兵、周维才、王庆吾等 7 人,被蔡筱谷杀害于张广庙的杨井岗。

杨井岗,就是我二爷、父亲和我祖祖辈辈居住生活的村子。

那一天天空像病了一样,很黄。

关于二爷学,后来有两种说法。一种说是在蔡仲美被捕时,他也在场,其时他身手非凡,反应极快,奋力一跃,拼命一挣,越窗而逃,从一条河里扑水而过,遂去了湖北。另一种说法是他这时已被县委派往大别山鄂豫皖革命根据地,去联系那里的红军,配合赵东岳庙会的暴动。两种说法,我更愿意相信是前者。

这时在我家里谁也不能想到,意外地发生了一件事情:天塌了。蔡仲美、吴伯涵等被捕的消息传来,我爷爷听后,当即猝死!

死表现着一个结果。据有关人士的分析和猜想,爷爷一直都在为他这个不安分的弟弟的革命提心吊胆、担惊受怕。最后的猝死,反映了他日积月累超负荷的心理压力和精神负担,他已经身心俱疲,再也承受不起革命之重、生命之轻。爷爷死时,父亲4岁。看来爷爷是多少知道一些内情的,但是,他死了;还有知道内情的蔡仲美、吴伯涵以及他们的革命也死了。他们带走了二爷一生中最精彩生动的部分,留给我们的只能是一些虚拟、假设、推理和想象。

被称为"东大岗"的张广庙之所以特别,就在于它有着对巨大灾难和痛苦的承载能力、消解能力。惊心动魄的一幕刚刚过去,一切就又恢复了往日的寂寥和平静。那些血与火,悲与痛,生与死,很快就被时光的尘土掩去,成为陈年旧事,成为忘却的纪念,成为偶有的清明坟前的纸钱灰烬;就像风消逝于风,水溶解于水;那鲜艳鲜活的人物仿佛是出了远门,去了远方;没人对此做出善恶的评价,也没人去做是非的结论,深刻打造出阶级和真理的文化光辉。他们也许还不能知道这历史究竟是蔡筱谷的历史还是蔡仲美的历史，因为他们经历的是现在进行时，是正在发生着的事情。

就像在此时，我们在这里讲述这些事件，想象和虚构；而彼时，蔡筱谷却是正在全乡范围内，对扁担会进行大规模的清剿和血洗。

……许多年后，二爷学回来了，风采依旧，只有更细致的一些人才发现他有了一些困窘和落魄。他回来时，还带回来一个湖北的蛮子奶奶。蛮子奶奶小模小样小巧玲珑小可人儿。也许是这女人如水的澄澈和温柔，磨钝了二爷秉性中的棱角；也许是他在外亲历了太多人世和战争的胜败、生死、欢苦和荣辱，性情中有了持重和忧伤。十多年的风雨沧桑、血火雷电，二爷该有多少体验、感受和心得，而他依然像从前一样三缄其口，不声不语，恪守着独属他一个人的私密。看那样子，仿佛到死。

其实二爷，无须猜想，这个时候他多么想找人一吐心中积郁和块垒！

他没有。他不能。他已经麻木不仁，甚或死了。

是的，在这个芸芸众生千姿百态的世界上，每个人都有独属于自己的私密，有人不说，有人无须说，有人要说但不知该和谁说，有人是果然说出，但没人要听。还有人像二爷这样，一种特定时期、环境、身份，却是不准说，不好说，不能说。

学的突然出现，最先惊动的，不用说，是蔡筱谷。他很快就弄清了学的大致情况，也很快在不动声色中制定了杀死学的周密计划。他似乎并不着急，他要等上一些时候，他要看看这个革命的逃跑者、落魄者、落难者，乡村手艺人、游侠，是否还有惊人的表演。

这时的学已经不再是昔日的学了，忧伤化作了颓废，没有激情，没有新奇，没有诱惑，没有欲望，没有舞台、道具、灯光、观众与喝彩，他甚至连那些手艺活儿也懒得去做了。他开始显示出农民式的无赖，那是信念破灭后的人性异化，他也许再也不能承受他的特殊身份给他带来的压抑和沉痛了，他已到了崩溃的边缘。

即便如此，蔡筱谷还是觉得张广庙这个地方只要学在，就是威胁，就会不宁。他认为，像学这样的人，不定哪一天哪一时刻，就会突然激动、疯狂起来。有人认为学现在不过是一条死狗，而蔡筱谷则认为他是一头困兽。于是在学回来后的第二年冬天，那个干冷的冬天，蔡筱谷派遣了他最残忍的枪手对学实施了暗杀。

刚刚入睡的学先被枪声惊醒，后被枪声击倒。

我原以为"历史是个舞台"这个比喻着实俗不可耐，现在我发现其实最先说出这句话的人真是了不起。那是一个舞台。那些个恢宏浩大抑或细致委婉的历史演出，精彩来自导演、总监以及领衔主演的睿智和心智、气度和品格、胸怀和目光、契机和把握。他们是少数人，只能是少数人。他们是时代

　　　　　　　　　　　　　　　　个人史

的号召者、引领者、开创者、开拓者、驾驭者、播火者,他们被称为圣贤、王者、领袖、先驱、骄子、精英,他们都是些天才的伟大人物。他们开天辟地,震古烁今;他们笑傲江湖,纵横天下;他们壁立千仞,名垂青史;他们代表着历史的含义和剧情的主题,他们是我们永远的风范和榜样。

而成千上万个我二爷这样的人,就被忽略了去。尤其是二爷,是疏漏、不屑,还是对其历史身份的无法界定,及至别的,在固始县我所能查到的书籍、档案、史志、史料中,都找不到他的一点儿痕迹。他们在暗处,在地下,他们委曲求全在独属于自己恪守的忠诚和秘密中,他们肩负着特殊的使命,扮演着幕后的角色,革命让他们从开始到结束都没有名字,也没有故事。固然历史是他们和伟大人物共同演绎和推进,但在那一幕又一幕大喜大悲大起大落大爱大恨大歌大哭的演进中,他们既没有台词,我们也看不清他们的面目和表情。于是我就想,蔡筱谷眼睛都不眨一下杀了自己的亲侄子蔡仲美,杀了好朋友的儿子吴伯涵,甚至后来连已经落魄的学都不放过,那遥远的革命和斗争是怎样残忍和残酷!所以,从某种意义上讲,我真是对中国共产党和其领导的中国革命的最后成功一直以来都有着极大的敬重和敬畏。

——我二爷全名叫陈如学,在我们当地的语言方式里,被唤作陈学。因此乡间诸多历史故事、民间传奇,讲到陈学,一般就是我二爷。

——蔡筱谷于解放前夕死于天花,张广庙的人都说他是出"烂痘子"死的。子女不详。他的居宅很大,四周有护城河,"文革"时曾经是乡里的知青点。知青点的知识青年来自郑州,炼了一颗红心后都又回郑州去了。算来,他们一个个也都是六七十岁的人了,这是另外一代人的历史。

——蔡仲美等烈士埋在杨井岗,我二爷,还有我那当即猝死的爷爷也埋在那里。多年前,张广庙调来一位乡党委书记,是个青年作家,执着而富有情怀,上下呼吁,左右活动,为固始县第一任县委书记、烈士蔡仲美立了纪念碑,亲自主持并参与了碑文的撰写。碑文写得自然整饬、华美而流畅,文采斐然。之后,这里成了周边乡镇对青少年进行革命传统教育的基地。其间有人不禁要问,那么多年里,张广庙或者固始县,诸多执政者,为何没有想起给自己的英雄立一块碑。是啊,那么多年里,咋就没想起给自己的英雄立一块碑。

——暗杀二爷的枪手叫曹玉才,实施抓捕蔡仲美的也是他。解放初潜逃,后居香港,做小本生意。两手血腥,满身罪恶,知道时间无论过去多久,张广庙人也不会轻易饶过他。几十年漂泊在外,思乡心切,况且此一时,彼一时,人性早已有了复归,他不知道自己经历了无数岁月之后与家乡人能否相逢一笑泯恩仇。于是改革开放后,试探性地往张广庙打了很多电话,终于拼死踏上归途,回到阔别40多年的家乡。不承想受到县、乡热烈接待,百感交集,老泪纵横。那天天气晴朗,在张广庙乡政府接待室坐下后,一瞬间用不易察觉的眼神确定了

个人史

自己的位置离门很近,不失风度地立即站起,很不好意思地挪到了最里面的沙发上坐下,额头上已有一层细汗。事后大家笑了说,这个坏蛋至今还是年轻时的机警。

的确,他在张广庙的仇人太多了。不定哪一位当年的仇家听说他回来,闯进乡政府,直奔他来,顷刻便会要了他的老命。你还别说,这真没准儿。

仇人倒有,漫山遍野。譬如我父亲,譬如我;譬如散落在民间的那些扁担会的成员;譬如被他杀死的人的后代子孙;等等。然而什么事情都没有发生,流逝的岁月真是个无情的东西,它化解情缘和仇缘,有了宽容和放弃。我们甚至把曹玉才挪座位也只当作乡间平添的一件趣闻和趣事,在之后的很长一段时间里,张广庙人于幸福的茶余饭后,谈笑风生……

目光投向门外的屋檐和天空

寂寞在玫瑰中芬芳/呷一杯酒/之后/炮火照亮了安详的弹片和手臂/妖媚玫瑰渲染热情的日子/大起大落的章节/满足着历史一贯的虚荣/一位农夫在平凡的地头叫出了我的名字/庄稼的生长在他眼里十分简单/没有词语描摹/包括那些辉煌而感人的小蚯蚓|……

——录旧作《英雄·困惑的火焰玫瑰》

经历了人生的轩昂与挫败之后,二爷学开始变得颓废甚或堕落,暴露出他根本性的农民的顽劣和软弱,及至最后,便有了那种无赖相了。青春,理想,热血,大义,功名,尊严,一场梦,一场烟云,一个笑话,一个笑柄;这时的学,哪里还像个英雄,他表现给众人的姿态,有些类似现时代"边缘人"的时髦:我是流氓我怕谁?烦着呢,别理(惹)我!

即便如此,二爷学之于张广庙,无论什么时候,流光溢彩还是黯然失色,大气磅礴还是苟延残喘,只要他还活着,就是一种影响,一种不可忽略的存在。过去人们敬他,是敬重;后来敬他,是敬畏;而现在敬他,是敬而远之。那意思是说,爷也,咱惹不起,还躲不起么。因此,在我父亲(本文简称林)到了可以被拉去当壮丁的年龄,没有谁敢贸然打他的主意。

我爷爷当年猝死的消息是学从外地回来后知道的,出人意料的是,他全然没有表示出惊讶和激动,也没表示出像他这种秉性的人那种冲动和行动。他只是像一条有病的恶狗,死死守护着林,他守护的样子和决心显而易见。众人猜想,谁要敢动林一根指头,学就会倏然毛发乍起,血脉偾张,张牙舞爪,丧心病狂,与之拼命一扑,殊死一搏。结果是,学不仅没有把林守护住,自己也被蔡筱谷于一个寒冷的冬夜暗杀了。

学一死,张广庙长舒了一口气,而林也就没有任何理由不被拉去当国民党的壮丁。壮丁被拉到河南汲县,拉到许昌,拉到郑州,几场仗稀里糊涂打下来,林成了解放军的俘虏。解放军真好,优待俘虏,问是留下,还是回家。留下的,光荣参加中国人民解放军;回家的,发给路费。天底下哪儿有这等好事。

林选择了后者。郑州离张广庙的家，现在我们确切知道有五百公里，而林在那个时候上哪儿晓得，反正很远，方向不错，边问边走，走哪儿是哪儿吧。然而郑州还没能走出去，又遇上打仗，林再次成了解放军的俘虏。解放军真好，优待俘虏，问是留下，还是回家？林这一次毫无迟疑，选择了前者。

这是一个重大的选择。之后，父亲就像一位真正的解放军战士一样，舍生忘死，浴血奋战，枪林弹雨，勇往直前，就这样，他竟先后参加了中国革命史、战争史上堪称最为恢宏壮观的淮海战役、渡江战役、华中南战役、解放大西南以及抗美援朝。——那个秋日金黄的下午，父亲坐在张广庙街北头老家的老屋里，望着门外低矮的屋檐和高远的天空，一下子回想起来，呼呼啦啦，如展开一幅苍浑雄武的人世长卷，感慨万端，荡气回肠。

到了抗美援朝时，林已经是连级干部了。他们是秦基伟的部队，中国人民志愿军第十五军，坚守在东线战场。在铁源以南以一个代号称之的高地上，美国飞机带着骄狂疯狂俯冲下来，射出一梭子又一梭子子弹。仿佛疯狂得不能尽兴，随后又扔下一些炸弹。子弹、炸弹落地很有力，接二连三，响声四起，满山花开；子弹开出小花朵，炸弹开出大花朵；雷霆万钧，山摇地动，震耳欲聋。——父亲自然不这样表述，他只是说震得人要飞起来，耳朵打得生疼。

说时迟，那时快——真的是说时迟，那时快，林和战士们用各自的经验和速度一起往山洞里跑，无意回眼看时，连里的

14 岁小通信员趴在阵地上不动了。这种情况下，林是绝不会多想的，既不想小通信员的生死，也不会想自己的安危，完全是本能，拼了瞬间一股生命勇力冲过去——父亲后来形容说，也不知道哪来那么大劲——他只用了一只胳膊，就把通信员从阵地上挟了起来，跑回山洞。只是其间他拭到了左腿肚子倏然一阵尖锐的灼热，看时，一颗流弹毋庸置疑从那里穿越而过。

林负伤了。

林负伤了，而通信员完好无损，原来他是被那些俯冲而来的巨型美国大鸟吓坏了。

才 14 岁呢。14 岁，小乖乖儿哎，他还是个毛孩子！父亲说。父亲每次说都饱含着一种长者的宽厚和深情。其实他在每次说的时候，口吻都是极其平淡的，仿佛家长里短，没有一点点渲染和强调。后来我体味到了，他这种口吻的平素与平淡，在必须陈述一件事实时，完全是想给人们造成一种忽略。因为哪怕是一点点语气与口吻上的着重，他也担心会被人们误解为是他对这件事情或对小通信员的责备。同时他更担心这会被看作是一种宽宥和原谅。那样的话，小通信员会不安，林也会不安。所谓宽宥和原谅，终究原谅的是原本应该有的错误和责备。原本应该有的错误和责备因为谁，是小通信员吗？不是，是战争。这句很哲理的话的确是父亲说出来的，只是那天他说这话时，他没说是战争，他说是美国鬼子。

至今不能理解的是，在处理父亲伤口时，真是马虎到了草

　　　　　　　　　　　　个人史

率程度;连里卫生员只用纱布在他的棉裤外裹了几圈,再绑扎一下,然后连里就派了战士迅速送他去战地医院。

既不给伤口止血消毒,也不直接在伤口处包扎,而是在棉裤外面缠裹捆绑上纱布,这听上去是不是有些谐谑、有点荒唐,哭笑不得? 但后来我慢慢想开去,这或者就是我们所未知的战争常态。进一步推测,连里那个卫生员,就没经过专业培训,兴许他就不是卫生员。这确实苦了受伤的林,不仅是伤口没有很好包扎,还因为去战地医院,他们要绕开敌群,避开敌机,舍近求远;最要命的是还要经过山后一条大沙河。河水不深,但河面很宽。为了不暴露目标,他们必须从那里蹚水经过,躲躲藏藏的,弯弯拐拐的,竟是十好几里地呢。

别无选择,林的血水就和河水一起流淌,待上了岸,林整个人就软了。

终于到了战地医院,林只用眼睛恍惚地看了一下,心就绝望了:一个院子里到处堆放着伤员,惨不忍睹。既看不到医生,也见不着护士,连有人过问一下都没有。林觉得所谓的战地医院,可能就是把战场上各种轻的重的伤员,要死要活的伤员,收集在一起,堆放在这里。就这么堆放着。因为在那两个战友完成任务走了之后,林也在那里被"堆放"着。

父亲在讲述这些情形时,根本不像我这样有那么多描述性词语,手势和神态也都没有夸张和渲染,他说的不是语言、句子和词汇,而是实物,确切而具体;是历历在目的那种,是现场的乃至感官的;身临其境,能闻到气味,能用手触摸;一抬脚,就能踢飞一只瘪了的军用水壶或搪瓷茶缸。

这让我慌乱、战栗,也大为惊疑。我迅速搜寻大脑中过去有关战争的信息储存,首先点击出的,不用说是中国电影我们再熟悉不过的带有划痕、声音失真的黑白或彩色画面。我仿佛明白了,我们这一代那点有关战争的概念,大多是从这些老掉牙的故事片中得来的。那些反复放映的故事片,在对革命英雄主义和革命浪漫主义大肆宣扬抑或讴歌的同时,无意删节了战争的残酷,也掩盖了战争的真相,更是遮蔽了战争中的人性悲苦及肉体生命状态。

我们被那些编造得虚假、离奇、误会、巧合、拔高的情节引导着,在我们原本就有的胜利者心态中激昂着;几乎每部电影结尾都像我们期望的一样,让一面布满硝烟和弹洞的战旗,高高飘扬在山巅、高地、城头。这时首长出现了。而首长一定要站在高处,一般是坦克或者敞篷吉普车上,掐着腰,昂着头,挺着胸,挥着手,喊上一番激昂的讲话,紧接着电影就在一片欢呼声中胜利散场。

看完电影我们走在回家路上,固然饥肠辘辘、东倒西歪,但一个个热血沸腾、激情洋溢,这是我们那个极度贫困年代的精神匮乏和拥有,是我们没有其他艺术形式可选择而独属电影的专注和慰藉。世界遥远,国家宏大,乡村封闭,两眼一抹黑,季节轮回,周而复始,我们没有比较,甚或不具备常识,愚昧致死;就是革命电影也很少,屈指可数的几部,重复放映中我们没有倦怠,也没有厌烦。我们不仅知晓故事的开始和结局,也熟知那些演员和台词。革命英雄主义和革命浪漫主义在反复放映中,战争就在我们幼稚的判断中成为认知,成为精神倾向,成为内心的优美和完美;我们从没质疑过,那些高大全,假大空,主题先行,宏大叙事,那些虚假到不能稍作推理的故事,也根本不会知道是否附会于政治的需要,进而成为基于真诚的愚昧的国家艺术教化和欺骗。

是的,真诚的愚昧,愚昧的真诚,荒诞不经,这既是说那些物质极度贫困而精神极度狂热年代的"艺术家"及其作品,也是说那个时代的普罗大众。因为他们从没怀有欺骗的目的,但他们也从没有深刻反思和警醒。仿佛有什么看不见的东西,看不见却无处不在,笼罩着你,控制着你,驱使着你,恐吓着你,蛊惑着你,奴役着你,整个民族的心商和智商,似乎都单纯幼稚得和我同龄。就像一个奇怪的国度,从一开始就希望它的子民永不成长,成为巨婴。方法很多,包括电影……

令我不安也令我困惑的是现在,我们这些大人包括一些集体,还常常匪夷所思组织孩子们仍然去接受这种电影的教育。而在另外的时候,又让孩子们在电子游戏和动漫卡通的战争中放任自流。我怕他们在未来,在真正应对战争或应对同等意义上的巨大灾祸、困厄、危急、险恶、磨难时,个人的或民族的,完全缺失心理和人格上的准备。况且金钱与和平、财富与盛世互相喧嚣辉映的日子,已让我们的孩子深陷于欲望和诱惑,充满了呵护和溺爱。没有大痛,何来忧患;没有大恨,怎言大爱,包括我们这些曾经从贫困、饥饿、浩劫、灾难中走过来的人，都值得怀疑了，也需要反思了，在这个无序时代，无命名时代，是否还有道德警示的底线，及其危难之中挺身而出的匹夫的责任。

中国的改革开放使我们迅速有了文化多元的景观，我们开始从好莱坞，从波兰斯基、大卫·里恩、斯皮尔伯格全新的画面中认识了电影，认识了电影艺术；认识了大师和巨匠，个性和风格，历史和叙事；认识了电影的战争和战争的电影；认识了战争的宏大和惨烈及以此为背景的真实而崇高的人性之美。强烈视觉的、听觉的、心灵的巨大震撼中，我们有了全方位、多视角并远远超出战争本身的话题和思考。至于商人们淌血的眼睛死死盯着的继而被我们大肆宣传的火爆票房收入，斯皮尔伯格们也只能耸耸肩，以一个伟大艺术家的诙谐，表示出他略带人类悲哀的无奈。

此刻，我们还是从波兰斯基、大卫·里恩、斯皮尔伯格回到父亲林，回到朝鲜战地医院。因为负伤的林和他的战友们还堆放在那里。时间是流血，一点一滴地流淌，以至凝结；时间是伤痛，一阵一阵地锐利，以至麻木；时间是绝望，一分一秒地隐忍，以至昏厥。林觉得时间很长也很深，许多生命在向那里去；没有人挽留他们，他们的手也抓不住任何一件具体可感的东西；他们从无助正在到达无望；他们的身体不停抽搐和战抖，一点一点崩溃、涣散和流失，慢慢变冷、变凉……

这时，一阵响动，大家的目光突然一下，齐刷刷地，都转向了院子门口。

大门完全被打开，先是出现一个一脸凄苦的小兵，接着进来了他牵着的一匹马，一匹高大英俊的白马，白马很白，骨骼清奇，超凡脱俗，有几处黑色斑块和不协调的红色污染了它的毛色，当然这丝毫无损它原本就是一匹战马、一匹骏马的强烈视觉冲击和判断。再看时，原来那黑色是马伤口的瘀血，红色是人的血；那个流血的人出现了，是一位首长，坐在马上。是哪一个级别的首长，林没能看清。因为那位首长浑身上下被炮弹皮炸得一无是处。林说那真是没法形容。那个词叫什么？体无完肤？粉身碎骨？好像也不是。反正整个人显得乱七八糟，按俺们老家话说，就像是一堆烂棉花套子。幸运的是那乱七八糟中都没有达到致命一击，好像那无数爆炸的钢铁火药，及至锋利如削的炮弹皮溅到他身上之后，又被他哗啦啦抖落在了地上，这使得这位首长高高坐在马上，坚定保持着军人的威严和生命凡常的风度。

牵马小兵去了医院里面，不一会儿又从医院里面出来，他的那张脸更凄苦了，躺在地上的伤员都忍着不再呻吟和喊叫，听小兵说话。小兵说话怯怯的，已带了孩子的哭腔，说报告首长，医院说伤员太多了，一个医生护士都没有了，他们一点儿办法都没有了……

不等小兵说完，首长勃然大怒，破口大骂，声裂寰宇。他骂人的声音是在战场上枪炮轰鸣中长期练出来的，有一种震荡和回响。他满嘴老子……老子……老子……不知骂谁、骂谁的娘、骂谁娘的巴子。大家心头一紧，八八九九猜出来，敢在大庭广众之下如此嚣张并自称老子的人，你想想，他会是谁，不是老资格，也是久经沙场，看来这人来头不小。

来者不善，不敢怠慢，吃不了可得兜着走。果然，医院负责人很快被骂出来，先是抬头看了看马上，一惊，猜他不是认出了人来，就是认出了级别，当即就软了，开始向那位首长点头哈腰，又是赔礼，又是道歉，反复解释，苦不堪言，像是犯了天大的错，当即向首长立下保证，说天塌地陷，千难万险，我们也要把首长安全、专程、护送、转移到后方医院……好好好，尽快！好好好，马上！好好好，现在……

众目睽睽，一番折腾，我的爷哎，这下总算是可以了吧？不行！因为这位首长，是大首长，大首长生了气，哪能那么容易消得下去，左右看了看，用手一指满院子的伤员，吼声震天，怒不可遏：那，他们呢？他们呢？医院负责人连连点头：一起、一起……

这时，一脸凄苦的小兵才牵着白马和首长走了。白马高大英俊，气质非凡；首长威风凛凛，如山巍峨，这惊人一幕，跌宕起伏，跟唱戏一样，林们都看傻眼了，大为振奋，大受鼓舞，一个个突然对伤痛有了忍耐并表现得坚强起来。

他们看到了生和希望！

果然，父亲和那里的伤员很快便被全部送到了一个条件不错的后方医院。许多年后我还在想，这不是一个战争故事，更像是一个童话。那位首长，从天而降，倏然一现，他不是首长，也不是来疗伤，他是神仙、英雄或者王子变身，专程带来上天的眷顾和旨意,让林们那么多人在生死边上,捡回了一条命。

那可都是正值青春的生命。

现在,来一个个进行住院登记。负责登记的是个二十来岁的女同志,有人叫她护士长。护士长很细致,很认真,很范式化,重复着一个个问:姓名? 年龄? 部队……籍贯……林答:河南。女护士长一直没有抬起的头慢慢抬起来。再问:你是河南的? 河南哪儿? 问话的声音已经有了女子的柔软。没等林再答,女护士长就先说了:俺也是河南人,河南正阳。说着,泪水就涌满了眼眶。

不知当时她是否知道,河南正阳和固始那时的行政区划同属信阳专区。他们当时不知道,我相信,后来肯定知道了。多么巧,又多么好,是亲老乡哩,如果你相信缘分的话,那么它就这样一下子说来就来了。但我,还有你,一定更想马上知道河南正阳女护士长长啥样儿。

当然,所有被父亲视为庄严和神圣的东西,譬如正义,譬如牺牲,譬如和平,譬如战友,譬如女护士长,我从不敢哪怕有语言上的冒失和冒犯,我常常是试着用多种叙话的方式,想让父亲更细节一些说出女护士长的样子,譬如衣服、头发、装束、脸形、额头、眼睛、身高、肤色以及胖瘦等等。样子……父亲走进他的回忆;父亲走进他的回忆就不再出来,不再说话,也忘记了我。想必那会儿女护士长就在父亲眼前了。也许那女护士长的那个样子一直都在父亲的眼前。

我知道这个时候,我该走开了。我看到父亲的脸上是很深很深的怀念,他坐在张广庙北头自家的老屋里,把目光轻轻抬起来,再次长久望着门外的屋檐和天空。

按说林的伤势算不得很重,但几经周折,造成失血过多,林的身体相当虚弱。林说女护士长所在的医院还算好,其实这种好,也是指在当时条件下所能有的对比和感受。战争让人的一切愿望和要求,都变得低廉而朴素。

林那时算是大小伙子了,四肢发达,头脑简单,血肉之躯,生死有命,想那么多,干吗呢?想那么远,弄啥哩?负伤被困在这医院里,不奔袭了,不打仗了,不冲锋了,不肉搏了,不喊叫了,不骂人了,不急慌了,不大口喘息了,时空像凝固了一样,身体突然停顿下来,空空如也;瞌睡已经睡足,体力正在恢复,最现实的,他希望能好好吃上几顿饱饭,让总是空荡无着的胃享受一下胀满充实的感觉,并通过细嚼慢咽找回食物的口感和味觉;如果能意外从天上掉下来一碗泛着油亮光泽的红烧肉,那当然就更美气了。林舔了一下嘴唇,说要是那样,吃了,我就再去打仗。可哪里会有。医院供应的饭食糟糕透顶,糟糕到具体是些什么样的饭菜,林一点儿都不记得了。

后来,河南正阳女护士长亲自来给伤员送饭,她很优美地对林笑了笑,微微的羞涩是那个时代女孩子递出的公共名片。林和往常一样,对那些饭菜从不寄予希望,草率而马虎地吃下,最后发现,碗底下竟油亮光泽着许多从天上掉下来的红烧肉。天哪！这之后，几乎每天都有！林马上就明白了，那根本不是从天上掉下来的，那是一个女孩子偷偷为他埋下的。这是一个天大的秘密，一个人的惊喜！他与女护士长深藏不露，恪守诚信，心照不宣。后来父亲在和病房里其他伤员共同进餐时，就不再是蹲着而是站着吃了。他需要避开战友们的眼睛，不让他们轻易就看见了不仅仅是几块肉类含义的碗底。林觉得，女护士长每次来送饭菜，美丽得就像天使；而在女护士长离去时，林就会怅然若失，一个人在那儿发上一会儿呆。

父亲心上萌生了一种东西，我说是恋爱。父亲便很凶地瞪了眼睛，而态度上已经有了暧昧：恋爱？哼，像你们！然后陡然发出一声感慨：唉，战争……父亲一定想在这句感叹后面找到某种形容或者一个比喻，但他不知道有什么能对战争以及自己的爱恨情仇，做出内心深处的概括。我知道就是战争，在这个时候，扼杀了他心上刚刚萌生的对一个女孩子的爱恋，并武断地中止了他的故事，打断了他与女护士长带有抒情性质、不无浪漫的秘密心灵对话。

打断别人对话是不礼貌的。林很气愤。

打断他们对话的是在一个夜晚，林听到了飞机巨大的轰鸣声，紧接着炮弹就在医院内外接连炸响。林迅疾带着疼痛翻身下来，他看见窗外的火光映红了夜空。医生、护士、伤员乱作一团，很多穿越奔跑的人群和脚步形成此一时刻情势火急的氛围。林这时一眼就看见了女护士长，她正带领着几个女护士从门口冲进来，不停地喊叫着，指挥着，径直朝他而来，过来就把林放到担架上,抬起来就朝外冲去。待林在一阵紧张的颠簸中晃过一点神来,他们已经行走在远离医院与大火的黑夜中,林怦然有了巨大感动。女人们累坏了,林坚决让她们把担架放下来,林想试着自己走,而他负伤的左腿根本让他走不了。无奈,只好让女人们搀着他,继续向着黑夜深处走去。

一条江阻止了他们,大桥上正在走过一支浩荡的部队。女人们说过不去了,就把林和担架一起放下。女人们经过简短的商量,就又一起往回跑,医院里还有很多伤员。

林在担架上躺着,空落而无助,黑夜凝重了他悲哀的心情,那些女人向他说的那个有具体名称的医院他不知道在哪里,也不知道有多远,女护士长和那几个累坏了的女人不知要多久才能过来。

林敏锐地听到了一个声音,那明显是一个他熟悉的声音。他用心辨别了一下,确认是他的团长,桥上行进的部队大概就是他原来所在的部队。林啥也不顾了,就在担架上大喊团长的名字;团长听到了,停下吉普车,向林的喊声走过来,离近一看,认出来,大为惊疑,简短问过情况,就叫了士兵过来,把林抬到他的吉普车上,一路高奏凯歌把林送到女人们说的那个医院。那个医院是山吨总兵站医院,是真正意义的医院。

是不就是这个"山吨",我拿不准,父亲也说不清。

在新医院,似乎有很长很长一段时间了,林都没有见到女护士长,他开始通过多种方式,极力打探和寻找河南正阳女护士长和那几个累坏了的女人的去向,林做出多种可能的猜测。

结果很简单,那晚她们跑回去抢救伤员时,全部被炸死了。

…………

故事到这里就结束了。一切有关林在听到这个消息后的心灵巨大震撼和悲情,我都不想再去追问,也不想再去表现。我的文字已有许多残酷。

后来,父亲作为伤残人员光荣地坐在了回国的列车上,与手持彩带与鲜花到车站送行的人们挥泪告别。随着一声汽笛奏响,列车缓缓启动,林突然从车窗边把脸向后望去,他想他一眼就能望见那个河南正阳的女护士长,望见女护士长永远深刻印存在他记忆中的那个样子。

回国后,父亲就给女护士长家里写信,写了好多信,没有回音,正待他绝望时,回音有了,是以女护士长父母口气回的一封信,信上说,他们已经接到组织上关于女儿牺牲的消息,遗物已有专人送达,女儿长眠于朝鲜……

这让我获得一个判断,父亲与女护士长相互交换过家庭的通信地址。我相信他们也在一起说起过各自的家人,回忆过家乡的平原、河流、丘陵、山地、村庄、小路、野花和庄稼,并一起想象过和平美好的未来……

父亲后来被确定为三等乙级残废,是很低的一个伤残等级,但他完全享受了所有残废军人应该享受的待遇,比如优先购票、车票半价、所有公共场所免费自由出入等。抚恤金最早每年24元,后来不断增加,曾一度每年可领到三四百元。从数目上讲,这算不得钱的,甚至有些寒碜。父亲是共和国成立前参加工作的离休干部,过去许多年中工资经常不能全额发放,一大把一大把的药费条子不能报销,他都没和谁有过认真计较,但那点儿抚恤金,林自始至终都是坚持每半年去民政部门领上一次的,从不耽搁,也从不让人代领。这是属于他的荣誉,是一种珍视,一种珍视的方式。好像除此便再没有其他可以对他的人生做出价值资证和说明。林觉得,整个社会对他们这些人怕是早已忘却殆尽了吧,而他不能忘了自己,他要每半年去领上一次抚恤金,来作为对自己的提醒。

他把那很少的一点儿钱领取后,亲手签过自己的名字,把钱庄严地装进左边靠近心脏的衣袋,用手按按,然后抬起他隐隐疼痛的伤残的腿朝大门外走去,明亮太阳下的林,已是满脸悲壮。

谁将给予精神的弥补和安慰

一只橙色的包容/生命在时空中的形状/残忍/鲜美/十分复杂/不可征服/并不是所有人都能得到自然的赐予/得到最原始的启示/人们忽视了大地/雪和知更鸟/忽视了塑造橘子的那只伟大的手/忽视了心灵对困境的无力挣扎/面对一只橘子/无言以对……

——录旧作《英雄·面对一只橙色的橘子》

我刚满周岁的时候,父母亲抱着我照过一张相,那要算是我最早的照片。父亲林坐在我的右边，胸前挂满了勋章，年轻的脸上，充斥着英武之气。母亲（本文简称兰）坐在我的左边，无任何修饰与装扮，清水芙蓉，自然的开放，天然的美好。不似大家闺秀的风范，亦非小家碧玉的娇羞，母亲就那么朴素地漂亮着，绝对地漂亮着。

父亲林在朝鲜负伤回国后，先是转到黑龙江一家部队医院治疗，康复出院后，由河南省民政厅去人把包括父亲在内的豫籍赴朝伤残人员，接至洛阳白马寺第二荣誉军人学校，简称荣军学校。稍事安定后，父亲强烈觉得，他迫切需要回家探亲，与亲人团聚，同时他也该讨个老婆，生娃过日子享太平了。

战争打完了。苍山如海，残阳如血；功名尘土，征路云月。枪林弹雨中走过来的生命突然安顿下来，硝烟尽散，偃旗息鼓，检点一下，相视一笑，少女与鲜花簇拥着的父亲和他的战友们，胡子拉碴的都成了大龄或超龄青年了。

这是摆在组织和个人面前的严峻而棘手的问题。

父亲似乎有他的原则和考虑：牡丹洛阳，九朝古都，但那都不是他的花花世界，他原本就不想找外地的女人，同时他也不想像其他人那样由组织钦定。咋个说呢？若是钦定到好的，你自然心甘情愿、欣然接受，癞蛤蟆吃到了天鹅肉，美滋滋地偷着乐；钦定到差的，譬如资产阶级大小姐般的，水性杨花，弱不禁风，洗衣做饭都不会，常年手都不湿一回，你只可供着养着当花儿看；倘或是母夜叉样的，五大三粗，泼妇一般，河东狮吼，弄不好半夜三更打你个鼻青脸肿黑眼圈儿，那可就惨了。你不情愿,说不同意?组织上会说你挑三拣四,不服从安排,思想意识有问题哩。再说了,哪儿有那么多好的,等着你来。于是父亲思考再三,义无反顾,向组织告假回乡探亲。获准后,杂七杂八上街买了一大堆衣服、鞋袜、烟酒、罐头、小金丝、水果糖什么的,自然也洗洗澡,理理发,刮刮胡子,像模像样,择了个好天,就踌躇满志耀武扬威打马回到阔别多年的家乡。相聚的喜悦与感慨中见过家亲,见过族亲,见过乡亲,又到爷爷、二爷还有蔡仲美、吴伯涵的坟地,磕头、放炮、敬香、烧些纸钱……呜呼,人生天地间,忽如远行客,不知父亲那会儿还有多少回顾和忆念,是否顿生万千感慨。因为一晃眼,数十年轰然而去了,虎踞龙盘今胜昔,天翻地覆慨而慷;是的,天翻地覆,世界翻了个个,人民翻了个身,社会变了个样,只是暂时还看不那么明白,咱现在过的这个社会,就是当年那些革命者、追随者、先人、先驱,当然也包括他自己,拼死拼活,为之奋斗、流血、牺牲所实现的崇高理想中的那个社会吗?

父亲小时候上过私塾,读过一些书,有点儿文化,传说他很小的时候就在亲戚家药房门市做账房收银,人太小,柜台高,够不着,父亲就站在小板凳上,熟练地打着算盘,报着账单,想那也相当令人惊奇了。但父亲终归是个农民,后又腥风血雨,南征北战,成为一介武夫,哪儿会有那么多感慨和感想,更不会对国家民族有高深的思辨和认知。那咱就不管那么多了,和林一起从北边杨井岗的墓地下来回家,天刚半晌午,五月初夏的太阳已经有点儿火辣辣的了,到处勃勃生机,欣欣向荣，显示出向上生长的力量。快到家的时候，我们看到从阳光里，从云彩里，一群喜鹊飞来，花枝招展，喜气洋洋，卖弄卖俏似的唱着、叫着，像是情不自禁，要向整个张广庙转播喜讯传达美事广而告之。接着我们就看到了有人张罗着，把一个16岁的女中学生领到了家里来，领到了林的面前。

进门后，16岁的女中学生站在侧逆光里，清纯、小巧而妩媚，有点儿梦幻，她的身体和衣服能发出光，照亮了屋子。林可能看清了，也可能就根本没看清，但他却是当即在不到一分钟之内，完成了婚姻初级阶段三级跳：眼睛一亮——怦然心动——欣然同意！

林同意了，就是决定了，至于16岁女中学生在见过林之后有什么感想已不重要。这是否有点太过武断，甚或霸道，但你要知道林那时是谁？是爷们，是国家功臣，人民英雄，是所有16岁女学生崇敬仰慕的天下最可爱的人。只是接下来的事情让这位在心理和生理都毫无准备的16岁女学生，完全措手不及了。这个一脸英武之气的陌生男人，居然在婚姻问题上，也保持了军人作风——简单一商量，林就把她领到了洛阳；再简单一操办，林就把她领进了洞房。

不用说，这个漂亮的、有点儿措手不及的女学生，就是我的母亲兰。大约也就是在这个时候，兰才知道，林比她大了9岁！

兰不仅漂亮，且天资聪颖，这要上溯到她的那个堪称优秀的家族。那个家族是乡间一个古老镇子上的商人世家。名头不大,却有名声;生意不大,总有进账,日子过得平安而殷实。经营生意聚敛财富需要特别的才干和精明,亏盈之间的筹划盘算终成人生的细致和精妙,流水账上就日积月累训练了他们超出常人的情商和智商。即便是月朗风清,也要有一时一刻的未雨绸缪;即使是家资万贯,也必须一点一滴地精打细算。财富是一个喜怒无常的东西,所谓无商不奸,众人以为恶贬,殊不知这"奸",正是商人的智慧和谋略,因此才可能有其世代经营的气脉传承和可持续发展。

财富是冰冷的,也是坚硬的,金子的光泽璀璨地照亮我们的额头和内心,它既带来家庭物质的优裕,也带来家族精神的优越,这包括优秀遗传、良好教养和健康素质,及至心态上的钟鸣鼎食和眼光上的不同凡俗。反映在婚姻上,便成了择偶的筹码。外祖母、姨姥以及母亲,条件是很高的。像我父亲,如果不是意外当兵又意外成为我们时代最可爱的人,恐怕他也只能对那个漂亮的 16 岁女学生,偷偷看看,幸福一下眼睛,最多做一点非分之想,然后便立刻自惭形秽。

外祖母漂亮,姨姥漂亮,我母亲兰漂亮;我的那些舅、姨也都漂亮。漂亮又聪明的外形、内质和天分,使这个家族人人都表现出强烈的个性色彩和自主意识,这在婚姻上有时却是十分有害的。不能容纳,不能容许,更不能容忍。尤其是新的社会制度完全打破了这个家族的传统格局,而他们又不能与时俱进,这就一定程度上注定了他们不可避免的悲剧性格和悲剧人生。

如外祖母，这小裹脚、大高个、健朗、干净的老太太，一辈子坚强不屈。与外祖父几分几合，把一个房门封了又拆，拆了再封，几次拆封，外祖父就像丧家犬一样被彻底征服。直到解放初期，外祖父生意上与人犯了一点儿事，羁押待审，母亲从家里去给他送油炒饭，外祖父吃后，当场毙命。后来人们怀疑外祖母在那饭里做了手脚。完全丧失了男人自尊的外祖父死了，这是外祖父的悲剧，何尝不是外祖母的悲剧，它也是那个家族注定了的悲剧。如果人们的怀疑是事实的话，那么小脚的外祖母给予我们的，就不仅仅是大惊失色。

　　如我的几个姨，没有一个不在婚姻问题上闹得沸沸扬扬，天昏地暗。其中二姨，古典美人一个，惊世骇俗，其脸形、体形和造形，都会让你想起电影里旧上海歌女、明星和名媛。家里刚给她介绍对象时，她就精神失常，婚后多次自杀，要死要活，幸福根本就谈不上。还有我最漂亮的小姨，年龄稍大我一些，她漂亮得连我看她都莫名脸红。结果是眼睁睁着漂亮的小姨一天天老成老处女，私下里模拟想象的爱情，及其啥子海誓山盟，海枯石烂，悲欢离合，罗曼蒂克，连她自己都知道，不过是水中月，镜中花，白日梦。她也就模拟想象一下，幸福一下。但你天仙也好，天使也好，老姑娘终究要嫁人。好吧，嫁吧，一切条件豁免，是个男人就行。可怜的小姨就这样把自己嫁了。谁知她嫁出去后，啥子爱不爱的，就不说了，竟是连孩子都不能生产了……

顺从，沉沦，不屈，抗争，无奈，绝望，期冀，前行，人在时间中，也在时代里。在时间中，我们击来荡去，随波逐流，终被携带淘洗成泥沙；在时代里，尤其是在特殊时代里，国家、个人、际遇、命运、当下、未来、大体、小我，都变得昏黑不清，变幻莫测，不可捉摸，甚或被控制，被驱使，被愚弄，完全失却判断和把握。认不清自己，也辨不明方向。

20世纪50年代初之中国，社会刚刚经历巨大变革，新旧制度，冰火两重，天人之际，瞬息万变，譬如昨天的达官贵人、乡绅士族，一夜间成了地富反坏、革命对象，那些娇惯的大小姐，就像我的姨们，大家闺秀或者小家碧玉，沉鱼落雁或者闭花羞月，都背上了家庭成分沉重而耻辱的十字架，现在都要走下绣楼直面现实了，而现实是如此锐利、严峻、冷酷无情，你不得不低下尊贵的头颅，消灭掉你一身的娇气、傲气，委身嫁给在过去她们根本就看不起的被视为粗鲁的、粗俗的，甚或是粗暴的无产者了。无产者，换言之就是过去的那些穷人。无产者、穷人自身并没有错，只是把"大小姐"作为一个阶层与之放在一起，就有着无法看得见的巨大的思想差异、文化差异、生活方式差异，并由此带来看不见的巨大的肉体与精神悲痛，反映在个体身上，大都在漫漫岁月里默默吞咽和忍受了去，有的则进行了反抗，甚或激烈的反抗，坚决的反抗，殊死的反抗，有什么用，除一部分人算得上拥有庸常的人世恩爱或者幸福之外，大多数终究都成为历史兴亡时代变局的牺牲品、躺枪者。大江东去，大势所趋，而这个大势，就是国家刚刚解放，政权尚不稳固,斗争依然残酷,江山百废待兴,我们还照顾不到生命个体及生存与精神的困苦和困厄,还来不及对他们有所人文意义上的关注和关怀。无论新生的共和国,还是曾经的一代人,此一严峻时刻,这既是无奈,也是代价。

当时间过去之后,今天来看,牺牲的并不仅仅是女人们,而是所有人;这代价也非仅仅是一代人,甚或是好几代人!

这是另外的话题。一个过于敏感、悲苦、沉重、伤感的话题。

我们现在回到我母亲——兰。兰在家时小学毕业,到了洛阳后,连父亲都觉得这个聪明活泼的 16 岁小女孩应该继续上学,兰听说后就有了孩子式的欢喜。在父亲的运作安排下,兰到了当地的平乐中学上学。兰不仅成绩优良,而且能歌善舞,在很短时间内,兰就在洛阳的那所中学里表现得出类拔萃。青春少女情采飞扬的日子没过多久,问题来了,而且有一点点严重:兰有了妊娠反应。开始只是一些感觉,逐日强烈起来,去医院一检查,果然是怀孕了。怀的就是我,我让母亲无所适从。坚持着又上了一些时候,兰就挺起了大肚子,一览无余,显示出那种骄傲的姿态。兰觉得臊了,这个样子哪还是一名中学生,于是退学回家,一边为即将出世的孩子并即将做母亲幸福着,一边为少女的快乐时光再次被打断而怅然若失。

次年早春二月,准确说是 1954 年 4 月 1 日(农历二月二十八日),晨光初露,寅时时分,母亲兰顺利生下了我。我呱呱坠地的哭声响彻了中国古老佛教圣地——洛阳白马寺。我无数次地想象着我出生时的那一刻，整个白马寺群鸟共飞，钟鼓齐鸣，吉祥之晨光与佛光辉映，婴孩的啼哭与佛乐绕梁……我因我的出生地一直以来骄傲不已，我也许不知世俗乃至庸俗的我将来会怎样归寂，但我以为我是有着神圣的降生的。我佛慈悲，保佑我吧，母亲在那一刻也这样在心里祈祷着吧。兰望着身边刚刚出生的男婴，眼睛里涌满温润的泪水。

在母亲精心哺育下，我一天天长大起来。在这个同一类人几乎是清一色的群体和集体里，我是父母的孩子，也是荣军学校的孩子，对内对外这都是一个带有标志性的归属。那些集体生活的男人们不知深浅不知轻重把我当成他们快乐的玩意儿，这个抱抱，那个要要，弄得我笑声连天，也会大哭不止。我会经常被那些当兵的抱出去弄丢了，好几天找不回来，兰无可奈何。

这些我当然是一点儿印象都没有，母亲经常这样说。兰说时的口吻与神态，明显表现出她是十分怀念那些已经遥远了的集体生活和岁月。人们快乐，率真，无私，健康；人被一种热情包围着，没有孤单和忧虑；有一种依靠，安全地生活；人很胆大，没有什么困难是个人的，什么也不怕，甚至还鼓励着不无恶意的放纵和狂妄。这是一个强大的无所畏惧的集体。所以孩子丢了就丢了，反正没有丢在别的地方。玩够了，疯足了，孩子就自然会有人送回来。兰说，那些打过仗的人，从死人堆里爬出来的人，一旦成群了，真祸害得不得了。她这话没有具体确指什么，但涵盖了很多彼时的情形和内容。

母亲生我时,满打满算,不足 18 周岁。

很快,荣军学校被解散了。荣军学校被解散的原因很多,最直接的原因是我们国家开始了经济最困难的时期。即使是国家不困难,你想想,那么多伤残军人总不能就这样永远地养活下去。

该解散了。父亲经常这么惊叹着说。父亲是荣军学校的司务长,他目睹了那时那帮老爷无度的挥霍、惊人的浪费,以及蛮横和不讲道理。父亲给我说过很多这方面的事情,还有一系列只有他才明白的数字,触目惊心。父亲说:整桶整桶的肉都倒掉了。父亲说:全国各地每年要来多少慰问团呀。父亲说:除了国家的慰问团,还有地方的,甚至是单位团体自发组织的,还有个人……

更大的问题,或者说是隐情,是这些伤残之人,一边享有英雄的名誉和荣光,一边却是身体的痛苦,以及所带来的心灵挣扎。他们是国家的功臣,他们奉献了血肉,夺得了天下,打下了江山,但他们已经残缺不全,甚或不能行走和自理。因此,在他们的身体里就隐藏了某种程度的惶惑、伤感和悲观,无以排解,几近绝望。表象上的无度的挥霍、惊人的浪费,以及蛮横和不讲道理,都深刻呈现了他们的内心沉沦与精神幻灭。我们理解也好,同情也罢,都是无为而无助的。那个时代早已不复存在。就像我们今天通过回忆和文字来重现他们的历史,充满企图,自以为是,其实我们距离他们很远,而且不能逾越,永难抵达。这就是时间之于人的"意义",也是时代之于人的"意义"。

政府在解散荣军学校时,大致分出两类:一类是重残者,由国家完全养起来;一类是轻残者,一律转业地方安排工作。父亲属于后者,把一应手续证明关系办完,就分配到许昌临颍工作。到了1958年,我基本上可以撒手交外祖母看管时,母亲也参加了工作,被安排在当地一个叫固厢的小学教书。

那些年正是中国著名的饥饿年代,伴随着我两个妹妹的相继出生,家庭生活十分艰难。这种艰难具体到什么程度我不知道,但我知道我非常饿。记忆中我吃过很多鸟类的肉,吃过很多春天的榆钱,那么一种纯自然的甜味,浅浅的,美美的,就像现在还在我的口中噙着。我还吃过"苍蛛"。苍蛛是北方拇指大小的甲壳类昆虫,夏夜里它们顺着墙角排成很长的队列朝一个方向行进,用手电筒一照,就会捡拾很多。把头掐去,留一个挺圆的肚子,用油煎一下,就是一种美味十足的少年快餐食品。

这类鱼鳖爬虫,一向高贵的外祖母,是决然不能同意在家里烹制的。于是就拿了一个小铁勺儿,倒上点儿油,把我领到学校的一个废弃的大庙里,支了砖头,烧上柴棍,不一会儿,苍蛛就在小油勺里哗哗剥剥散发出诱人的香气,很快漫浸了我,我的全部生命感官和心腹都被唤醒,整个身体在跳跃欢腾,口水从嘴角流出来,两只手在裤子上乱搓。外祖母才不管呢,她是不会急于给我吃的,她一定是要把这被她视为不雅和不洁,甚或有点儿丑陋的生物煎透了,炸焦了,烤得没魂了,才觉放心,方能罢手,然后才在一旁看着我吃,神情奇异:惊讶,惊心,不解,幸福,及至一点点心酸。泪光闪闪。

关于饿与吃,还有一件事让我一生想起来都会觉得遗憾,那就是我是可以吃到一只田鼠的,而且是到嘴边上了,后来终于没能吃到以至于我这一辈子怕是也吃不到的田鼠。原本那只田鼠就是我的,校长儿子见到了,就动了心思,鼓动我去他家烧了吃。到了门口,校长儿子就让我在门外等,说烧好了就拿出来,和我一块吃。我就傻乎乎在门外怀着美好的味觉想象,漫长等候一只烧熟了的香喷喷的油泽光亮的田鼠。谁知校长儿子进去后,就再也没有出来。那是校长的家,我几次下了决心,弯曲手指,还是没敢敲门,直到天黑透了,母亲惊慌着来找我。

见了母亲,我就哭了。问清了缘由,母亲就爱抚地摸了摸我的头说:傻儿子。我懂母亲的话,那意思是说校长儿子根本就不会出来。于是我就愤怒着坚决要撞门进去,找校长儿子算账,母亲就又爱抚地摸了摸我的头说:傻儿子。母亲这第二句傻儿子我当时不能明白,稍大一些才知道,她是说那是校长的儿子哩,校长是管母亲的,校长可以把母亲的田鼠拿走,校长的儿子当然可以把我的田鼠拿走。这是一个简单推理,也是生活真理,直到现在,好像还是这样,颠扑不破。

漫长的饥饿年代里,想象不出母亲是怎样带着我们姊妹,一天天坚持着,挺过来。在这里我需要说到我和我的全家都要感谢的一个人了,那就是我们亲切称之为党姥的。党姥是学校边的一个农村孤寡老太太,比我外祖母大些,互相认了干姊妹,党姥用了她的或者她亲戚家的粮食接济了我们一家。现在看,这种接济不仅是物质的,也是精神的,父母身在异乡,举目无亲,我们不仅用党姥的粮食喂饱了肚子,也获了她无私给予我们的属于那个时代的抚慰。党姥。党姥。我们这样亲切地叫她,叫出了许多人生感动,也叫出了许多特殊内涵的人际亲情。

许多年后,我们得知在我们老家,那时正发生一场惨绝人寰的大饥饿:信阳事件。我们躲过一劫。但到了 1962 年,风云再起,厄运降临,突如其来,母亲没躲过,被下放了。当时有政策,规定凡 1958 年参加工作的一律下放。没有余地,无处诉说,母亲强忍着泪水,稍稍准备了一下,就神情黯然地带着我们姊妹三个,还有外祖母,回到了祖辈生活的老家——河南省固始县张广庙乡杨井岗村孙老庄子。母亲下放时,全部家当装了一架子车,我记得,车子最上面是一只很大的洋铁皮做的水瓢。

党姥来送我们,党姥哭了。党姥哭了,我外祖母也哭了。母亲再也忍不住,也哭了。母亲哭得更沉痛一些,哭完后,两眼满是无尽的惶惑与苍茫。

母亲就是在这样一种背景下,开始了她真正的农业生活。她是独生女,小时外祖父对其疼爱有加,外祖父南北跑着的生意还算得成功，兰从小就过着衣食无忧的生活。与父亲结婚后，日子清贫些，但一直也没有做过体力劳动。我真是想不出母亲在这个时候如何面对那些十分具体的农业劳作。况且这之后我的小弟出生了，这就有了四个半大不小的孩子张着嘴要吃要喝要用要上学。父亲还留在许昌工作，抽烟而且喝酒，他剩余不多的那点儿工资，甚至不足以交齐生产队每年的缺粮款。母亲日渐瘦下来而且黑下来，变成一个仅仅只剩一点漂亮的农村妇女。终于，母亲得了黄疸性肝炎，这种病与营养有着直接的关系，这从相当程度上反映了我们这个时期家庭生活十分低劣的质量。

之于饥饿和繁重的农业体力劳动，母亲兰的漂亮实在没有任何作用，但她的聪慧，加之她的文化知识还真派出了用场。兰下放的第二年生产队选会计，左选右选，兰脱颖而出。会计在大集体时期是生产队不可或缺的重要角色。母亲兰必是有商人世家血脉的遗传，做了会计，盘弄数字，竟是如鱼得水。她不仅把账面做得漂亮而精细，算盘更是打得天花乱坠，娴熟无比，仿佛那已经不是一门实用技术，而是专供审美的艺术；于是在手指翻飞、眼花缭乱间，社员们就对兰有了充足的信任和由衷的佩服。这还不算，母亲福相，真是走运，她当会计那几年风调雨顺，孙老庄子的人从来就没见过那么好的丰收年景，每家每户的粮食，像是从天上掉下来的，突然增加了许多。自然与人为灾难中走过来的仍然带着昨日饥饿和绝望的人们，脸上终于有了笑容。兰怀着愉快的心情熟练地拨弄着算盘珠儿,明快而响亮着一种喜悦动人的节奏,响彻整个村庄。

兰开始着手造屋。兰那时想必不仅拥有一定权力也具有相当实力,造屋这么大的事在乡间很多人想都不敢想,但兰轻而易举地就决定了,而且很快付诸实施。这让全队人大吃一惊。

兰用她所具有的不乏审美的眼光看中了一处宅基地,四周是水,东、西、南三面仿佛人工挖出来的壕沟,不很宽,也不是很深,但相对地面很高;你转到圩子的北面,你会欣喜发现有一个天然的池塘,水深碧而清澈,能看见游动的鱼群,微风从四野吹来,洋溢着迷人的波光;圩子四周,水草丰美,长满了芦苇、菖蒲、荸荠、菱角、茭白、鸡头果、水芹菜、葫芦叶和莲荷,明媚、喧闹,且幽深,无处不营造着极佳的人居环境。其中的宅基地,算不得大,紧紧巴巴,只能住一家人家,仿佛上天规划,免去杂居的烦扰。这么好一个地方,不是兰一人看中,但兰看中了,就没人敢去与她争。大家知道,这个女人手中掌握着他们的工分和口粮分配,也许惹了她她只需用一个算盘珠儿,就把你拨拉没有了。所以到了后来,大家就有了共识,这块风景独好的宅基地非我母亲莫属。只是,一些社员还是心中耿耿,敢怒不敢言的。

我们家原来居住在孙老庄子靠南的自然村落,叫武场,在张广庙街北头,那是母亲下放时,有地方政府负责按政策给安排居住的。房子有点老,勉强也够住,但房前屋后的生活环境

　　　　　　　　　　　个人史

肮脏透了,不能描述,母亲这样的人,哪能受得了,猜想她决意要迁居造屋,这可能也是其中考量的重要因素之一。交出老屋,修造新居,母亲与生产队交涉置换条件,商议的结果是:公家负责打地基、筑塘坝和部分建筑材料,其余由母亲个人承担开支。这样,生产队就派人去南边的大别山购买造屋用的木料和竹子,兰说去买竹子的人真是笨蛋,为了讨好和巴结她这个生产队会计,也不排除完全是别有用心,买回来作椽子用的毛竹,竟比一般造屋用的毛竹粗了两三倍!开玩笑呢?连兰看着都觉扎眼。于是这给了那些敢怒不敢言的人一个借口,终于有勇敢的人挑头站出来,找生产队闹事,弄得全队贫苦的社员们,几乎都稀奇地来看毛竹。聪明的兰优雅地向社员们笑了笑,胸有成竹当即决定,把这些粗毛竹让出盖生产队队部,自己造屋用的竹子重新买就是了。闹事并准备闹大事的人们立刻傻眼,又敢怒不敢言了。

竹子固然细了些,但屋子在母亲的亲自操持下,还是盖得高大而壮观。坐北朝南三间堂屋,东边一侧是两间厨屋,屋后有白杨、垂柳、乌桕、梨、桑、槐、枫杨和一棵伸向水面的很大的合欢树。每年春天,合欢粉色绒绒的花朵开得满枝满丫,散发出浓郁的清芬。池塘里的荷也开始向四周推进,尖尖角的芽尖上常有蜻蜓和翠鸟做杂技表演;青蛙打鼓,鱼群巡游,秧鸡弹奏,画眉和鸣,偶有三五纯白清丽的鹭鸶飞来,明镜一样的水面投下它们动感而优雅的身影,天使一般;至于新居的簇新是随处可见的,院子更是被打扫得整洁有序,夏夜,洒些清水,杀下膛灰和暑气,搬出凉床,随意散几把葵扇,淡淡月光下唱一些乡土纯真的歌谣,流萤一明一灭,小小的光,闪动,跳跃,舞蹈,富有韵律和节奏……

新屋新鲜,新屋明亮,我们的心情也有了一次美好乔迁和诗意栖居。

独处一隅的宅子,高大轩敞的新屋,在那个物质极其贫乏的时代就显得碍眼而豪阔,群众的眼里盛不下,敢怒不敢言的人们远远地望着,妒嫉、愤懑、咒骂,充满对兰的猜疑和仇恨。是啊,一个女人,一窝孩子,一个缺粮户,有什么资格和资本就平地盖起了这么好的屋子!这甚至是一个普通农民一生都不能把它变为现实的梦想。于是,按照他们的逻辑推理得出一个结论,这女人贪污!越想越像,以至后来在他们的分析中觉得像母亲兰这么聪明漂亮的女人,不贪污简直不能想象。有人就开始在暗地里对兰进行秘密调查。

史无前例的"文化大革命"来了,来得真是时候,像闪电,像惊雷,像狂风骤雨,摧枯拉朽而又欢天喜地,敢怒不敢言的人们终于有了振奋和跃动。基层政府顷刻间被革命群众砸烂了,地富反坏右再次被打倒在地,所有的"封资修""四旧"在一把大火中灰飞烟灭,公社干部、校长、老教师、牛鬼蛇神都被戴高帽子挂大牌子游街批斗……人们觉得,下面就是轮也轮到生产队女会计了吧。于是他们经过组织策划密谋安排,一个革命者勇敢地跳将出来,兰抬眼看时,吓了一跳,那人竟是家门的长辈!

那年冬天来得早,且出奇地冷,连天的大雪下个不止,但这并不影响革命热潮一浪高过一浪,那位革命的长辈在热浪间站出来。作为革命者,他在形象上似乎是差了一点儿:一是年龄偏大,你还不能说他是一张农民的苦大仇深的脸,除苍老外,脸上的肌肉成块状,双颊有深深的沟,如果从侧面看,会觉有电影里坏人的阴险;二是满嘴牙齿掉了许多,因此过去大家一直叫他"豁牙子"。不是所有掉牙的人都叫"豁"的绰号,他那牙齿掉后留下的空缺是真正意义上的"豁",他一张嘴你就有那种深刻"豁"的印象。在那个寒冷的冬天里,"豁牙子"双膝跪在雪地里,同时愤然甩去上身的棉袄,用很大嗓门和不关风的牙齿,一桩桩、一件件揭发我母亲的罪恶,充满血泪控诉。那场面是很感人的,又有点大义灭亲的悲壮。只是声音用力太大,到了后来嗓子就破了,那种声嘶力竭加之控诉时的手舞足蹈,让人觉得他不像是革命者大义凛然的宣讲,而更像是一个骂街的男性泼妇。

终于控诉完了,人们也像看完一场演出一样,打着哈欠散去,他就自己从地上拾起棉袄穿上,拍了拍上面的雪和口水,回家去了。

很快,我家的宅子和新屋像过年一样热闹起来,一拨又一拨的人到我们家里来,清查母亲的账本。账本16开,有一尺多厚,捆成一捆,放在我家的壁洞里。自从母亲被免职,她就把那些账本一直放在家里的壁洞里。"豁牙子"带人来把账本一次又一次全部打开,摊在我家堂屋大方桌子上,几把算盘此起彼伏，响成一片；外祖母和母亲就热情地给他们烧饭、送水、递烟、敬酒，那一段时间我们家每天都像宾客盈门的样子。

"龅牙子"从开始挑头革命就有点儿老来的天真，他实在没有认真想过，母亲的账是经过母亲的手做过的，你能查出什么来。聪明漂亮的母亲，即使把半个生产队都贪污了，她也会把账做得滴水不漏。对于兰这种智商的女人，不过一点小智谋、小技巧而已。"龅牙子"低估了他的对手。

越是查不出，越是要继续查。"龅牙子"后来想明白了，即使是最后什么也查不出，他起码也要在革命的场面上，打垮这个傲气的女人！以至于查到后来，连我一个瘦弱的少年，也有些愤怒了，就对母亲说，你把那些账扔灶洞烧了，让他们查去！母亲像当年一样用爱抚的手摸着我的头说：傻儿子！原来那些账万万是烧不得的，烧了就说不清了。

兰就是以那些她做过的滴水不漏的账，作为清白的自证和凭据。

在兰与敌手对峙、较量并胜利在握时，父亲林在许昌可就惨了。"文革"一开始，林是黑手，每次被红卫兵拉去游街批斗时，用黑墨汁或者黑油漆，把他从肩膀、胳膊，一直涂黑到十个指头，以此表达了他是"黑手"，不仅形似，也有一定的想象力。后来，林是县委的"八大金刚"之一，每次被红卫兵拉去游街批斗时，就戴上一顶纸糊的高帽子，上面写满革命口号和打了叉的林的名字。再后来，林的身份就不断变化，比如以无产阶级作定语,他就是当权派;如果以资产阶级作定语,他就是走资派。手不再涂黑,高帽子也不戴了,但被反剪双手,甚或在特定的情境会被五花大绑,以至吊在树上,并常常在红卫兵的群情激昂中,遭到拳打脚踢。林就有了慌张。林觉得革命真是一天天地深入了,红卫兵们过去只喊口号动动口,现在动口动手还抄家伙。动口动手推推搡搡打一两下甚至下手过重,林都能忍受,以为不过小孩子的把戏;他是当过兵打过仗的人,生死不惜,这算什么;只是有人不怀好意专门用脚踢他战争留下的伤残处,他觉得疼了,一直疼到心里。

林的这一切在音信全无的情况下,母亲仅凭着她的敏锐,完全感觉到了,这是她的第六感觉。一种一刻也不能耽误的迫切,让这个女人疯了,毅然决然打了包裹,只身一人悄悄从孙老庄子骑自行车赶到固始县城,拦了很不正点想必也十分颠簸破旧的客车到了信阳,然后又不知坐了怎样的一趟北去的火车风尘仆仆十万火急赶到父亲那里。

母亲的突然出现,父亲惊讶万分。

父亲在工作的那个地方算是老资格的干部,他一直住在一座旧式的两层小楼里。小楼古色古香,古朴典雅,厚重的青砖勾着白灰泥的墙缝生满时光的苔藓。临窗一株高过二层楼的石榴树,碧绿耀眼,几乎常年都有火红的榴花,鲜艳地燃烧着,热烈而且强烈。小时候,母亲经常带着我们姊妹去父亲那里玩,开满榴花的石榴树就给我留下永远火红的印象。而现在榴花落尽了,榴树也衰败着,从一楼到二楼父亲所有的书籍、家具、器物都被劫掠一空。楼下剩一个无法搬走的巨大的玉石桌子,泛着冰冷的光,二楼留给父亲一个单薄寒碜的床铺;所有墙壁都贴满打倒他的口号和标语,严严地遮蔽了这栋小楼原有的古朴,以及父母往昔在这里留下的美好岁月的幸福气息。

兰面对眼前的杂乱情景,立即做出了她的判断和决断。

兰的嘴唇嚅动了一下,想表达一下她对现实直观上的感想和感慨,这时,大门外已有了那个时代惯常听到的喧闹和嘈杂,如潮水的人群和声音一步步向父亲这边涌过来。突然就有人一脚踢开了房门,红卫兵小将立即涌满了屋子,把兰和林围在中间,口号和喊声在小楼里震荡,革命的拳头和手臂不断地举起来,像许多年后做的那种广播体操。兰听明白了,他们是来把林拉去批斗的。

兰就开始酝酿情绪,进入角色。

她刚刚下车,满身灰土,蓬头垢面,一脸沧桑,这妆也无须再化。倏然间只见兰痛苦地抓了自己的头发,并在那个瞬间为追求效果逼真,极有可能把头发弄得凌乱不堪,令人恐怖,突然间在红卫兵的口号声中"扑通"一声,惊天动地地跪在了父亲面前。

兰就开始了她的演出——

第一幕:狂风暴雨的号啕大哭,用力撕扯着林:噢啊噢喂——我妈死了三天了;噢啊噢喂——我妈死了没人管哪;噢啊噢喂——我妈死在屋里都臭了……

第二幕:对林进行泼妇式大骂,以至于骂出很多下流的不堪入耳的脏话,大意是说林这么多年,只顾工作、舍身忘己,不管家里妻儿老小的死活,老人死了三天没人埋,于是林就成了没良心的狼心狗肺的千刀万剐的天打雷劈的以及其他更为难听的什么东西……

第三幕:兰做出披头散发丧失理智的样子,死死抱住林把他往外拽:你、你、你跟我回去,你、你、你跟我回去;你今天不回去,我也不活了;你要不回去,我当场死给你看!接下来,兰就坐在地上大哭,拉着很长的声,悲天悯地,极其夸张:我不活了呀——老天爷呀;我命好苦呀——老天爷呀;我好可怜呀——老天爷呀……

一屋子红卫兵把兰的全本戏看完后,面面相觑,全都傻了。有女红卫兵上来劝兰,劝着劝着也禁不住流泪。几个头头脑脑的人物小声商量一下,就带人从林这里喊着口号去批斗别人去了。

红卫兵一走,兰马上就不哭了,迅速收拾东西。其实根本就没什么东西,几件换洗衣裳和藏在木地板下的林的钱包。然后披星戴月,马不停蹄,按照兰来时的相反方向和相似方式,把林安全地带回到了孙老庄子……

强大的母亲,到了老年,一下变得十分脆弱,真病假病、生理的病精神的病一起缠绕着她,让她变得蛮横而不讲道理,有时甚至凶恶。她没有了对手,也没有了敌人,只把丈夫和子女们作为发泄和纠缠的对象,反反复复地把我们折腾得死去活来,也把自己折腾得死去活来。于是我就领着她去最好的医院请最好的医生用最好的仪器看病,结果诊断为隐匿性精神抑郁症。医生对我说,你妈年轻时是女强人哩。医生这句话让我顿开茅塞并感慨系之。

首先母亲以其家族为背景,优秀而突出,卓尔不群。相比之下,父亲从一开始就表现出软弱、忍让、平庸和无所作为。母亲便从对家庭一点一滴的辛勤操持中,走向独裁和专制。其次,命运的坎坷与生活的艰辛造就了母亲必需的强硬与坚定。一个长期与丈夫两地分居独立生存的女人,一个拖着一个老人和四个孩子过生活的女人,一个不失个性生生要强的女人,她只能咬紧牙关站立着,不能倒下。在那个贫穷时代,软弱可欺,眼泪廉价,同情不值一分钱。其三,我经常想,母亲毕竟生错了时代,一生中整个社会没有给她提供舞台,也没有给她机会和机遇,使她不得施展才华,展现内心压抑的激情和才情。然而这一切都忙不迭地仿佛转眼之间,她就老了,她就退休了,她就病了,她十分痛苦。这是一个刚刚过去的可爱又可恨的时代终结在现实的痛苦。在一切岁月和苦难都远去之后,在子女一个个都长大成人之后,母亲需要深深的精神弥补和安慰,而一切不能重来,那么谁又能给予……